16	3	2	13
5	10	11	8
9	6	7	12
4	15	14	1

Coleção LESTE

Fiódor Dostoiévski

A ALDEIA DE STEPÁNTCHIKOVO E SEUS HABITANTES
(Das memórias de um desconhecido)

Tradução, posfácio e notas
Lucas Simone

Desenhos
Darel

editora■34

EDITORA 34

Editora 34 Ltda.
Rua Hungria, 592 Jardim Europa CEP 01455-000
São Paulo - SP Brasil Tel/Fax (11) 3811-6777 www.editora34.com.br

Copyright © Editora 34 Ltda., 2012
Tradução © Lucas Simone, 2012
Desenhos © Darel Valença Lins, 1962/2012

A FOTOCÓPIA DE QUALQUER FOLHA DESTE LIVRO É ILEGAL E CONFIGURA UMA
APROPRIAÇÃO INDEVIDA DOS DIREITOS INTELECTUAIS E PATRIMONIAIS DO AUTOR.

Título original:
Seló Stepántchikovo i egó obitáteli

Desenhos:
Darel

Capa, projeto gráfico e editoração eletrônica:
Bracher & Malta Produção Gráfica

Revisão:
*Cecília Rosas, Cide Piquet, Camila Boldrini,
Nina Schipper, Alberto Martins*

1ª Edição - 2012, 2ª Edição - 2014 (3ª Reimpressão - 2024)

CIP - Brasil. Catalogação-na-Fonte
(Sindicato Nacional dos Editores de Livros, RJ, Brasil)

Dostoiévski, Fiódor, 1821-1881
D724a   A aldeia de Stepántchikovo e seus habitantes /
Fiódor Dostoiévski; tradução, posfácio e notas de
Lucas Simone; desenhos de Darel — São Paulo:
Editora 34, 2014 (2ª Edição).
352 p. (Coleção Leste)

ISBN 978-85-7326-503-3

Tradução de: Seló Stepántchikovo i egó obitáteli

1. Literatura russa. I. Simone, Lucas.
II. Darel Valença Lins. III. Título. IV. Série.

CDD - 891.73

A ALDEIA DE STEPÁNTCHIKOVO E SEUS HABITANTES

Primeira parte

I. Introdução 9
II. O senhor Bakhtchêiev 37
III. O titio 61
IV. Na hora do chá 85
V. Iejevíkin 101
VI. Do boi branco e do mujique Kamárinski 121
VII. Fomá Fomitch 131
VIII. Declaração de amor 153
IX. Vossa excelência 161
X. Mizíntchikov 181
XI. Extrema perplexidade 199
XII. Catástrofe 217

Segunda e última parte

I. A perseguição 229
II. Novidades 251
III. O dia do santo de Iliucha 257
IV. A expulsão 271
V. Fomá Fomitch proporciona a felicidade geral 287
VI. Conclusão 313

Posfácio do tradutor 335

Traduzido do original russo *Sobránie sotchiniénii v piatnádtsati tomákh* (Obras reunidas em quinze tomos) de Dostoiévski, tomo II, Leningrado, Ed. Naúka, 1988.

PRIMEIRA PARTE

I
INTRODUÇÃO

Meu tio, o coronel Iegor Ilitch Rostániev, tendo se reformado, mudou-se para a aldeia de Stepántchikovo, que recebera como herança, e passou a viver nela como se por toda a sua vida tivesse sido um dono de terras local, do tipo que nunca sai de sua propriedade. Existem índoles que decididamente se satisfazem com tudo e que se acostumam a tudo; tal era justamente a índole do coronel reformado. Seria difícil imaginar uma pessoa mais cordata e mais complacente com tudo. Se inventassem de lhe pedir, com ar sério, para que carregasse alguém nos ombros por duas verstas,[1] talvez ele de fato carregasse: era tão bom que por vezes seria capaz de entregar absolutamente tudo ao primeiro que lhe pedisse e dividir o último pedaço de pão com o primeiro que o desejasse. Sua aparência era hercúlea: alto e esbelto, com bochechas coradas, dentes brancos como o marfim, longos bigodes de um loiro escuro, uma voz alta e sonora, e um riso franco, retumbante; falava de maneira entrecortada e atropelada. Na época, ele contava quarenta anos, e toda a sua vida, desde quando tinha pouco mais de dezesseis, passara servindo com os hussardos. Casara-se muito jovem, amara sua esposa loucamente; mas ela morrera, deixando em seu coração uma lembrança indelével de gratidão. Finalmente, ao receber co-

---

[1] Antiga unidade de medida russa, equivalente a 1,06 quilômetros. (N. do T.)

mo herança a aldeia de Stepántchikovo, o que aumentou sua fortuna para seiscentas almas, pediu baixa e, como já foi dito, instalou-se no campo juntamente com os filhos: Iliucha,[2] de oito anos (cujo nascimento custara a vida de sua mãe), e a mais velha, Sáchenka,[3] uma menina de uns quinze anos, que vinha sendo educada, desde a morte da mãe, num colégio interno em Moscou. Mas logo a casa do titio tornou-se algo semelhante à arca de Noé. Eis como isso aconteceu.

Na época em que ele recebeu a herança e se reformou, sua mãezinha enviuvou; uns quinze anos antes, a generala Krakhótkina casara-se novamente com um general, quando o titio ainda era alferes da cavalaria, mas, por outro lado, tinha já ele mesmo a intenção de casar-se. Durante muito tempo, a mãezinha não abençoou seu casamento; chorava amargamente, acusando-o de egoísmo, de ingratidão, de falta de respeito; insistia que a propriedade do titio, mesmo contando com duzentas e cinquenta almas, era quase insuficiente para o sustento de sua família (ou seja, para o sustento de sua mãezinha, com todo o seu estado-maior de agregadas, *pugs*, lulus-da-pomerânia, gatos chineses e assim por diante); e, em meio a essas reprimendas, reproches e ganidos, de maneira completamente súbita e inesperada, casou-se ela mesma, antes do casamento do filho, tendo já quarenta e dois anos de idade. Ela, porém, conseguiu, ainda assim, achar um motivo para culpar meu pobre tio, jurando que estava se casando unicamente para ter um refúgio na velhice, o que lhe negava seu filho, aquele egoísta desrespeitoso que tencionava cometer uma ousadia imperdoável: ter sua própria casa.

Nunca pude saber o verdadeiro motivo que teria induzido um homem aparentemente tão sensato como o falecido

---

[2] Diminutivo carinhoso de Iliá (Elias, em português). (N. do T.)

[3] Diminutivo carinhoso de Aleksandra. (N. do T.)

general Krakhótkin a se casar com uma viúva de quarenta e dois anos. É de se imaginar que ele suspeitasse que ela tinha dinheiro. Outros achavam que ele simplesmente precisava de uma babá, pressentindo já então todo aquele enxame de doenças que o acometeria mais tarde, na velhice. Só se sabe que o general teve um profundo desrespeito por sua esposa durante todo o tempo de sua convivência com ela, de quem ria mordazmente a cada oportunidade. Era um homem estranho. Pouco instruído, mas bastante inteligente, decididamente desprezava a todos, não respeitava regra alguma, ria de tudo e de todos; e com a velhice e as doenças — consequência de sua vida não de todo regrada e justa — tornou-se mau, irritadiço e impiedoso. Servira com êxito; fora no entanto forçado, por um certo "acontecimento desagradável", a reformar-se de uma maneira bastante ruim, esquivando-se por pouco da corte marcial e perdendo sua pensão. Isso o enraiveceu definitivamente. Quase sem quaisquer meios, possuindo uma centena de almas arruinadas, ele cruzou os braços e, pelo resto de sua vida, doze anos ao todo, jamais se indagou com que meios vivia, quem o sustentava; mas, enquanto isso, exigia todas as comodidades da vida, não cortava as despesas, mantinha uma carruagem. Logo perdeu o uso das pernas, e seus últimos dez anos passou sentado numa cadeira de rodas, empurrada, quando necessário, por dois criados gigantescos, que nunca ouviam nada dele além das mais diversas injúrias. A carruagem, a criadagem e a cadeira eram sustentadas pelo filho desrespeitoso, que enviava à mãe seus últimos recursos, que fazia hipoteca em cima de hipoteca de sua propriedade, que abria mão das coisas mais imprescindíveis para si, que contraía dívidas quase impossíveis de serem pagas com seu patrimônio de então; e, mesmo assim, a alcunha de egoísta e de filho ingrato não deixou jamais de acompanhá-lo. Mas o caráter do titio era tal, que ele mesmo finalmente acreditou ser um egoísta, e por isso, em punição a si mesmo e para não ser um egoísta, mandava cada vez mais dinheiro. A generala venerava seu marido. Porém, agradava-lhe sobretudo o fato de que ele era general, e que ela, por conta disso, era uma generala.

Ela tinha sua metade da casa, onde, durante todo o período de semiexistência de seu marido, brilhara na companhia de agregadas, mexeriqueiras da cidade e totós. Em sua cidadezinha, ela era uma importante personalidade. As fofocas, os convites para que fosse madrinha em batizados e casamentos, para jogos de *préférence* valendo copeques e o respeito geral por sua posição de generala recompensavam-na inteiramente pelas limitações do lar. Os tagarelas da cidade vinham até ela com relatórios; davam-lhe sempre e em toda parte o melhor lugar: em suma, ela tirava de sua posição de generala tudo que podia tirar. O general não se intrometia em nada disso; mas, em compensação, ria da esposa na frente das pessoas sem nenhum pudor; por exemplo, fazia para si mesmo perguntas como: por que se casara com "essa beata?", e ninguém ousava contrariá-lo. Pouco a pouco, todos os conhecidos o abandonaram; e no entanto ele necessitava de companhia: adorava prosear, discutir, adorava ter sempre diante de si um ouvinte. Era um livre-pensador e um ateu à moda antiga, e por isso adorava discorrer também sobre a alta filosofia.

Mas os ouvintes da cidadezinha de N. não apreciavam a alta filosofia e apareciam cada vez menos. Tentaram organizar uma mesa doméstica de uíste-*préférence*; mas o jogo terminava geralmente em tamanhos acessos do general, que a generala e suas agregadas, horrorizadas, acendiam velas, encomendavam missas, adivinhavam o futuro em folhas de chá ou em cartas, distribuíam pãezinhos de trigo na prisão e esperavam aterrorizadas o momento da tarde em que novamente teriam que organizar o jogo de uíste-*préférence* e, a cada erro, levar gritos, ganidos, xingamentos e escapar por

pouco de uma surra. O general, quando algo o desagradava, não se constrangia diante de ninguém: berrava como uma mulherzinha, praguejava como um cocheiro, e às vezes, depois de rasgar e espalhar as cartas pelo chão e de enxotar seus parceiros, chegava a chorar de irritação e de raiva, e tudo por conta de algum valete que haviam jogado no lugar de um nove. Finalmente, devido a sua vista fraca, precisou de alguém que lesse para ele. E foi aí que surgiu Fomá Fomitch Opískin.

Reconheço que é com certa solenidade que anuncio essa nova personagem. É indiscutivelmente uma das personagens principais de meu relato. Não explicarei em que medida ela merece atenção: é mais adequado e mais digno que o próprio leitor julgue tal questão.

Fomá Fomitch surgiu na casa do general Krakhótkin como um mero agregado, nem mais, nem menos. De onde ele surgiu é algo envolto em mistérios. Eu, porém, fiz uma busca especial por informações e descobri certos pormenores do passado deste homem memorável. Em primeiro lugar, diziam que, em algum momento, não se sabe onde, prestara serviço público, que em algum local sofrera e que fora, naturalmente, "pela verdade". Diziam ainda que em algum momento ele se envolvera com literatura em Moscou. Nada de extraordinário: é claro que a sórdida ignorância de Fomá Fomitch não poderia servir de obstáculo para sua carreira literária. Mas a única coisa que se sabe ao certo é que ele não obteve êxito algum, e que finalmente viu-se forçado a ingressar na casa do general como leitor e mártir. Não houve humilhação que ele não enfrentou por um pedaço de pão do general. De fato, posteriormente, com a morte do general, quando o próprio Fomá, de maneira completamente inesperada e súbita, tornou-se uma figura importante e extraordinária, mais de uma vez ele assegurou a todos nós que, ao concordar em ser o bufão, ele magnanimamente se sacrificara em nome da amizade; que o general era seu benfeitor; que fora um homem grandioso, incompreendido, e que apenas a ele, Fomá, confidenciava os segredos mais recônditos de sua alma; e finalmente que se ele, Fomá, por ordem do general, representava diversos animais e certos quadros vivos, era unicamente para divertir e animar o amigo sofredor, abatido pelas doenças. Mas as assertivas e as explicações de Fomá Fomitch são, neste caso, suscetíveis de grandes dúvidas; e no entanto, este mesmo Fomá Fomitch, ainda como bufão, desempenhava um papel completamente diferente na ala feminina da casa do general. Como ele obteve isso? É difícil de imaginá-lo para alguém que não seja um especialista em tais assuntos.

A generala nutria por ele um respeito quase místico; e por que motivo? Não se sabe. Pouco a pouco, ele adquiriu sobre toda a ala feminina da casa do general uma influência impressionante, que em parte se assemelhava à influência de diversos Ivans Iákovlitch[4] e de outros sábios e profetas semelhantes, visitados em manicômios por certas damas diletantes. Ele lia em voz alta livros confessionais, discorria com lágrimas eloquentes acerca das diversas virtudes cristãs; contava sua vida e suas façanhas; frequentava a missa diurna e até as matinas; conseguia, em parte, predizer o futuro; interpretava sonhos particularmente bem e condenava o próximo com maestria. O general suspeitava do que acontecia nos cômodos dos fundos e tiranizava de forma ainda mais inclemente o seu agregado. Mas o martírio de Fomá rendeu-lhe ainda mais respeito aos olhos da generala e de todos os seus seguidores.

---

[4] Referência a Ivan Iákovlevitch Koriêicha (1780-1861), um dos mais famosos *iuródivie* ("loucos em Cristo") dos anos 1820 e 1830. Foi retratado por Dostoiévski em *Os demônios* com o nome de Semion Iákovlevitch. (N. do T.)

Finalmente, tudo mudou. O general morreu. Sua morte foi bastante original. O antigo livre-pensador e ateu acovardou-se de maneira inacreditável. Chorava, confessava seu arrependimento, carregava imagens, mandava chamar padres. Rezaram acatistos, deram a extrema-unção. O pobrezinho gritava que não queria morrer, e chegou a pedir desculpas a Fomá Fomitch com lágrimas nos olhos. Este último detalhe conferiu a Fomá Fomitch posteriormente um prestígio extraordinário. De resto, antes da separação final entre a alma do general e o corpo do general, deu-se o seguinte acontecimento. A filha do primeiro casamento da generala, minha tia Praskóvia Ilínitchna, que ficara solteirona e acabara por fixar-se na casa generalícia — uma das vítimas favoritas do general, indispensável a ele ao longo dos dez anos de sua invalidez por prestar-lhe serviços constantes, a única que conseguia agradá-lo com sua docilidade simplória e resignada —, aproximou-se de sua cama, chorando amargamente, com a intenção de arrumar o travesseiro sob a cabeça do sofredor; mas o sofredor conseguiu de alguma maneira agarrá-la pelos cabelos e puxá-los três vezes, quase espumando de raiva. Depois de uns dez minutos, morreu. Levaram ao conhecimento do coronel, embora a generala declarasse que não queria vê-lo, que preferia morrer a deparar-se com ele naquele momento. Os funerais foram formidáveis; às custas, é claro, do filho desrespeitoso que não queriam ver.

Na arruinada aldeia de Kniaziovka, pertencente a diversos senhores de terras e na qual a generala possuía sua centena de almas, existe um mausoléu de mármore branco, recoberto de inscrições laudatórias à inteligência, aos talentos, à nobreza da alma, às condecorações e ao generalato do falecido. Fomá Fomitch participou ativamente na composição dessas inscrições. Por muito tempo, a generala teimou em recusar-se a perdoar o filho insubordinado. Ela dizia, em meio a soluços e gemidos, cercada por uma multidão de agre-

gadas e *pugs*, que preferia comer pão seco e, evidentemente, "amolecido por suas próprias lágrimas"; que preferia sair de bengala para pedir esmolas sob as janelas das pessoas a assentir à solicitação "do insubordinado" de mudar-se para sua casa em Stepántchikovo; e que nunca, nunca poria lá seus pés! Geralmente a palavra *pés*, empregada nesse sentido, é pronunciada com um efeito extraordinário por certas senhoras. A generala a pronunciava com maestria, artisticamente... Resumindo, gastava a eloquência em quantidades inacreditáveis. É necessário pontuar que, durante todas essas reclamações, já se faziam aos poucos os preparativos da mudança para Stepántchikovo. O coronel extenuava todos os seus cavalos fazendo quase quarenta verstas diárias entre Stepántchikovo e a cidade, e recebeu a autorização para aparecer na frente da ofendida genetriz apenas duas semanas depois dos funerais do general. Fomá Fomitch foi utilizado nas negociações. Ao longo dessas duas semanas, ele repreendeu e envergonhou o insubordinado por seu comportamento "desumano", provocou-lhe sinceras lágrimas, levou-o quase ao desespero. Foi nessa época que começou toda a influência inconcebível, desumana e despótica de Fomá Fomitch sobre meu pobre titio. Fomá adivinhou que tipo de pessoa tinha diante dele, e imediatamente sentiu que se acabara seu papel de bufão e que, na ausência de pessoas capazes, até mesmo Fomá podia ser um nobre. E com isso ele recobrou o que lhe era devido.

— O que seria do senhor — dizia Fomá — se sua própria mãe, aquela que por assim dizer é a responsável pelos seus dias, pegasse uma bengala e, apoiando-se nela, com as mãos trêmulas e mirradas de fome, começasse de fato a pedir esmolas? Não seria isso monstruoso, levando-se em conta, em primeiro lugar, a importância de sua posição de generala, e em segundo lugar as suas virtudes? O que seria do senhor se ela chegasse — é claro que por engano, mas isso poderia acontecer — debaixo de sua própria janela e esticasse a mão, talvez no exato momento em que o senhor, seu filho querido, estivesse afundado num colchão de penas felpudo e... bem, resumindo, no luxo! Horrível, horrível! Mas o mais horrível de tudo — permita-me dizê-lo com toda a sinceridade, coronel —, o mais horrível de tudo é que o senhor agora fica aí parado diante de mim, insensível como um poste, com a boca aberta e piscando os olhos sem entender nada, o que é até indecente, quando à mera suposição de tal acontecimento o senhor deveria arrancar os cabelos da cabeça pela raiz e derramar torrentes... Mas o que estou dizendo?! Rios, lagos, mares, oceanos de lágrimas...!

Resumindo, Fomá, no calor do momento, metia os pés pelas mãos. Mas tal era o resultado habitual de seus arroubos de eloquência. No fim das contas, é claro, a generala, juntamente com suas agregadas, com os cãezinhos, com Fomá Fomitch e com a dama Perepelítsina, sua principal confidente, finalmente deram a Stepántchikovo o prazer de sua presença. Ela dizia que apenas *tentaria* morar com o filho, enquanto punha sua consideração à prova. Pode-se imaginar a posição do coronel enquanto punham à prova a sua consideração! No início, na condição de recente viúva, a generala acreditava ser sua obrigação cair em desespero, umas duas ou três vezes por semana, ao lembrar-se de seu general irrecuperável; não se sabe por quê, mas sempre sobrava para o coronel. Às vezes, especialmente na presença de certas visitas, chamando para perto de si seu neto, o pequeno Iliucha, e sua neta Sáchenka, de quinze anos, a generala colocava-os sentados junto a ela, olhava para eles por muito, muito tempo com um ar triste e sofrido, como se fossem crianças arruinadas por terem um *pai daqueles*, suspirava profunda e pesadamente e, por fim, desfazia-se num pranto silencioso e enigmático por pelo menos uma hora. Azar do coronel se ele não conseguisse *compreender* aquelas lágrimas! Mas ele, pobrezinho, quase nunca conseguia entendê-las, e quase sempre, por ingenuidade sua, aparecia como que por azar nesses momentos chorosos e, querendo ou não, era submetido à provação. Mas a sua consideração não diminuía, e chegou finalmente ao seu limite mais extremo. Resumindo, ambos, tanto a generala quanto Fomá Fomitch, sentiram que a ameaça que pairara sobre eles por tantos anos passara de todo, a ameaça do general Krakhótkin; passara e nunca mais voltaria. Por vezes, de repente, a generala, sem mais nem menos, caia desmaiada no sofá. Começava um rebuliço, uma correria. O coronel ficava devastado e tremia como vara verde.

— Filho cruel! — gritava a generala, voltando a si. — Você rompeu minhas entranhas... *Mes entrailles, mes entrailles!*[5]

— Mas como foi, mamãezinha, que eu rompi suas entranhas? — objetava timidamente o coronel.

— Rompeu! Rompeu! E ainda se justifica! Mas que grosseiro! Filho cruel! Estou morrendo...!

O coronel, é claro, ficava devastado.

Mas sempre acontecia, não se sabe como, de a generala recobrar os sentidos. Meia hora depois, o coronel já confidenciava a algum conhecido, puxando-o pelo braço:

— Mas é que ela, meu querido, é uma *grande dame*,[6] uma generala! É uma velhinha muitíssimo boa; mas sabe, ela se acostumou a todo esse refinamento... Um bronco como eu não está à altura dela! Agora está zangada comigo. Eu mesmo devo ser o culpado. Ainda nem sei, meu querido, qual foi minha falta, mas certamente sou o culpado...

Frequentemente, a dama Perepelítsina, uma criatura passada em anos e resmunguenta com o mundo inteiro, sem

---

[5] Em francês, no original: "minhas entranhas". (N. do T.)

[6] Em francês, no original: "grande dama". (N. do T.)

sobrancelhas, de chinó, com olhinhos pequenos e ferozes, lábios fininhos como um pedacinho de linha e mãos banhadas em salmoura de pepino, considerava sua obrigação pregar sermões ao coronel:

— Isso tudo porque o senhor é desrespeitoso, meu senhor. Isso tudo porque o senhor é um egoísta, porque ofende a sua mamãezinha; ela não está acostumada com isso, meu senhor. Ela é uma generala, e o senhor é apenas coronel, meu senhor.

— Essa, meu querido, é a dama Perepelítsina — explicaria o coronel a seu ouvinte. — Uma dama das mais magníficas, sempre em defesa de minha mamãe! Uma dama rara! Não pense que ela é uma agregada qualquer; ela, meu querido, é filha de um tenente-coronel. Pois veja só!

Mas tudo isso, é claro, ainda eram apenas flores. A mesma generala que era capaz de produzir tamanhos caprichos tremia, por sua vez, como um ratinho na presença de seu antigo agregado. Fomá Fomitch conseguira enfeitiçá-la definitivamente. Ela mal respirava em sua presença, ouvia com os ouvidos dele, via com os olhos dele. Um de meus primos de segundo grau, também hussardo reformado, homem ainda jovem, mas incrivelmente extenuado pela vida, e que morara por um tempo na casa do titio, declarou-me, de maneira direta e simples, estar plenamente convencido de que a generala mantinha relações impróprias com Fomá Fomitch. É claro que eu imediatamente rejeitei com indignação essa suposição, considerando-a por demais grosseira e simplória. Não, ali havia outra coisa, e essa outra coisa eu jamais poderia explicar de outro modo que não explicando de antemão ao leitor o caráter de Fomá Fomitch tal como eu mesmo o compreendi posteriormente.

Imaginem o homenzinho mais insignificante, mais pusilânime, um pária da sociedade, de todo desnecessário, completamente inútil, completamente abjeto, mas cheio de um infinito amor-próprio, e ainda por cima rigorosamente desprovido de qualquer coisa que pudesse ao menos em alguma medida justificar esse seu amor-próprio doentio e exaltado. Previno de antemão: Fomá Fomitch é a personificação do mais ilimitado amor-próprio, mas ao mesmo tempo de um amor-próprio específico, justamente aquele que surge em meio à mais completa insignificância, e, como frequentemente acontece em tais casos, de um amor-próprio ofendido, reprimido pelos árduos fracassos do passado, há muito tempo supurado, e do qual, desde então, jorram o ódio e o veneno a cada encontro com alguém e a cada êxito alheio. Nem é preciso dizer que tudo isso vinha acompanhado da mais hedionda suscetibilidade, da mais louca desconfiança. Talvez perguntem: de onde vem tamanho amor-próprio? Como ele surge em meio a tamanha insignificância, em pessoas tão miseráveis que, até mesmo em consequência de sua posição social, seriam obrigadas a saber o seu lugar? Como responder a essa pergunta? Quem sabe: talvez haja exceções, às quais pertença o nosso herói. Ele era de fato uma exceção à regra, o que se explicará posteriormente. Permitam-me porém perguntar: estarão vocês certos de que aqueles que já se resignaram completamente e que consideram uma honra e uma alegria para si serem seus bufões, agregados e parasitas; estarão vocês certos de que eles já abdicaram completamente de qualquer amor-próprio? E a inveja, os mexericos, as calúnias, as delações, os cochichos enigmáticos nos fundos de sua casa, em algum lugar bem próximo de você, em sua própria mesa...? Quem sabe: talvez em alguns desses nômades humilhados pelo destino, seus bufões e profetas alienados, o amor-próprio não apenas não passe com a humilhação, mas até se inflame ainda mais, justamente por conta dessa humilhação, por sua condição de profetas, de bufões e de parasitas, e por sua submissão e pela falta de personalidade eternamente impingidas. Quem sabe? Talvez esse amor-próprio, que cresce de maneira revoltante, seja apenas um sentimento falso e originariamente deturpado de dignidade própria, ofendida, talvez pela primeira vez ainda na infância, pela opressão, pela pobreza, pela sujeira, e talvez humilhada já na pessoa dos pais do futuro nômade, diante de seus próprios olhos? Mas eu disse que Fomá Fomitch era ainda assim uma exceção à regra geral. E é verdade. Ele havia sido em algum momento um literato, mas caíra em desgosto e nunca fora reconhecido; e a literatura, porém, não é capaz de arruinar somente Fomá Fomitch; isso quando não reconhecida, evidentemente. Não sei, mas é de se supor que, mesmo antes da literatura, Fomá Fomitch já obtivera pouco êxito; talvez também em outras carreiras ele tenha recebido, no lugar de um salário, nada mais que bofetões ou algo ainda pior. Isso porém é algo que desconheço; mas posteriormente eu me informei e tive a certeza de que Fomá de fato elaborara em certo momento em Moscou um pequeno romance, um tanto semelhante àqueles que por lá se escrevinhavam às dúzias anualmente, na década de trinta, como por exemplo *A libertação de Moscou, O senhor das tempestades, Os filhos do amor ou dos russos no ano de 1104*,[7] e tantos outros romances que serviam, em sua época, de excelente refeição para a espirituosidade do barão Brambeus.[8] É claro que isso foi há muito tempo; mas a picada da serpente literária é por vezes profunda e incurável, especialmente para pessoas insignificantes e meio tolas. Fomá Fomitch caiu em desgosto já no seu primeiro passo na literatura, e então aderiu de imediato e definiti-

---

[7] Títulos emblemáticos de romances de aventura com temática pseudo-histórica, muito comuns nas décadas de 1830-40. (N. do T.)

[8] Pseudônimo de Óssip Ivánovitch Senkovski (1800-1858), escritor e redator da revista *Biblioteca para Leitura* [*Bibliotiéka dliá Tchtiénia*], cujos artigos críticos destinavam-se a ridicularizar obras literárias de pouco valor artístico. (N. do T.)

vamente à imensa falange de amargurados da qual saem depois todos os profetas alienados, todos os errantes e peregrinos. Foi nessa época, creio eu, que começou a desenvolver-se nele essa monstruosa jactância, essa sede de elogios e distinções, de adoração e admiração. Mesmo sendo o bufão, ele conseguira reunir um grupo de idiotas que o veneravam. De alguma maneira, em algum lugar, apenas ter a prioridade, fazer suas profecias e suas estripulias e gabar-se: tal era sua principal aspiração! Se não o elogiavam, ele começava a elogiar a si mesmo. Ouvi pessoalmente as palavras de Fomá na casa do titio, em Stepántchikovo, quando ele já havia se tornado pleno senhor e profeta do lugar. "Meu lugar não é com vocês — dizia ele às vezes com um misterioso ar de importância —, meu lugar não é aqui! Vou observar, arrumar a vida de todos vocês, mostrar, ensinar e então adeus: vou para Moscou, publicar uma revista! Trinta mil pessoas irão se reunir mensalmente para ver minhas palestras. Meu nome finalmente será ouvido, e então azar de meus inimigos!" Mas o gênio, ao mesmo tempo em que ainda apenas almejava a glória, exigia recompensas imediatas. É em geral muito agradável receber o pagamento de maneira antecipada, e nesse caso especialmente. Sei que ele garantiu ao titio, com toda a seriedade, que ele, Fomá, tinha pela frente uma grandíssima proeza, proeza essa para a qual viera ao mundo e cuja realização era encorajada por um certo homem alado que lhe aparecia à noite, ou algo desse tipo. A proeza era a seguinte: escrever uma obra profundíssima, do tipo confessional, que causaria um terremoto universal e que ecoaria pela Rússia inteira. E quando já tivesse ecoado pela Rússia inteira, ele, Fomá, desprezando a glória, iria para um monastério e oraria dia e noite nas cavernas de Kíev pela felicidade da pátria. Tudo isso, é evidente, acabara por seduzir o titio.

Agora imaginem o que poderia se tornar esse Fomá, que por toda a vida fora oprimido e amedrontado, talvez até de fato agredido; Fomá, no íntimo voluptuoso e cheio de amor-próprio; Fomá, o literato amargurado; Fomá, que se tornara o bufão em troca do pão de cada dia; Fomá, no fundo um déspota, a despeito de toda a sua insignificância e impotência pretéritas; Fomá, um fanfarrão que se tornava um insolente ao obter qualquer sucesso; esse Fomá, que de repente alcançara a honra e a glória, passara a ser acalentado e incensado graças a uma protetora idiota e a um protetor deslumbrado e que concordava com tudo, em cuja casa ele finalmente fora parar depois de longas peregrinações? Sobre o caráter do titio sou, é claro, obrigado a explicar mais detalhadamente: sem isso seria incompreensível o êxito de Fomá Fomitch. Mas por enquanto direi que combinava perfeitamente com Fomá o ditado que dizia: "você dá a mão e logo se quer o braço". E como ele compensou seu passado! Uma alma vil, ao se livrar do jugo, quer ela mesma oprimir. Fomá fora oprimido, e imediatamente ele próprio sentiu a necessidade de oprimir; tripudiaram sobre ele — e ele mesmo começou a tripudiar sobre os outros. Fora um bufão e imediatamente sentiu a necessidade de ter seus próprios bufões. Ele se vangloriava ao ponto do absurdo, tripudiava ao extremo, exigia mundos e fundos, tiranizava acima de qualquer medida, e as coisas chegaram a tal ponto que as pessoas que ainda não haviam testemunhado todos esses caprichos, mas apenas ouvido as histórias, consideravam tudo isso um prodígio, uma coisa de louco, faziam o sinal da cruz e cuspiam.

    Eu falava sobre o titio. Sem uma explicação deste notável caráter (repito), é claro que seria incompreensível uma soberania tão descarada de Fomá Fomitch numa casa alheia; seria incompreensível essa metamorfose de bufão em grande homem. E, além de tudo, o titio era extremamente bondoso: um homem delicado e refinado — a despeito da aparência um pouco rústica —, de uma enorme nobreza e de uma coragem indubitável. Digo com segurança "coragem": ele não hesitaria diante de suas obrigações, diante de seu dever, e, quando necessário, não temia quaisquer obstáculos. Sua alma era pura como a de uma criança. Era de fato uma criança de quarenta anos, expansiva ao extremo, sempre alegre, que presumia que todas as pessoas eram anjos, que culpava a si mesmo pelas falhas alheias e que exagerava ao extremo as qualidades positivas dos outros, chegando até mesmo a vê-las onde de forma alguma poderiam existir. Era uma dessas pessoas muitíssimo nobres e de coração puro, que chegam até a envergonhar-se de presumir que há maldade em uma outra pessoa, que se apressam em recobrir o próximo de todas as virtudes, que se alegram com o sucesso alheio, que de certa forma vivem permanentemente num mundo ideal e que, ao deparar-se com o fracasso, culpam acima de tudo a si mesmos. Sacrificar-se pelos interesses dos outros é sua vocação. Alguns poderiam chamá-lo de pusilânime, de sem caráter e de fraco. Realmente ele era fraco e até brando demais de caráter, mas não por falta de dureza, e sim por receio de ofender, de agir de maneira cruel, por excessivo respeito ao próximo e às pessoas em geral. Ademais, sem caráter e pusilânime ele era unicamente quando se tratava de suas próprias vantagens, as quais negligenciava da maneira mais extrema, o que o expusera à zombaria ao longo de toda a sua vida, não raro até mesmo por parte daqueles pelos quais ele sacrificara essas vantagens. Nunca, aliás, acreditou que tivesse inimigos; ele porém os tinha, mas de certa forma não os percebia. Morria de medo de barulho e gritos em sua casa, e imediatamente cedia a todos e se submetia a tudo. Ele cedia devido a sua bondade um tanto tímida, a uma delicadeza um tanto pudica, "só quero" — dizia ele atropeladamente, afastando de si todas as acusações de condescendência e fraqueza que lhe faziam — "só quero... que todos fiquem satisfeitos e felizes!". Nem é preciso dizer que ele estaria disposto a submeter-se a qualquer influência benéfica. E, além disso, um canalha esperto qualquer poderia dominá-lo completamente, e até arrastá-lo para negócios sujos; desde, é claro, que conseguisse dar a esse negócio sujo a aparência de algo nobre. O titio depositava com extrema facilidade sua confiança nos outros e, quanto a isso, nem de longe com razão. E quando, depois de muito sofrimento, ele resolvia finalmente acreditar que a pessoa que o enganara era desonesta, culpava acima de tudo a si mesmo, e com frequência apenas a si mesmo. Imaginem agora uma idiota, subitamente levada à condição de soberana na tranquila casa do titio, caprichosa, fora de seu juízo perfeito, inseparável de um outro idiota — seu ídolo —, que até então temera apenas o seu general, mas que agora não temia mais nada e que sentia a necessidade de compensar todo o seu passado; uma idiota que o titio considerava sua obrigação venerar apenas por ser sua mãe. Logo de cara, demonstraram ao titio que ele era rude, impaciente, ignorante e, principalmente, um egoísta de marca maior. O mais notável é que a idiota da velhinha acreditava mesmo naquilo que ela pregava. E penso que Fomá Fomitch também, pelo menos em parte. Também convenceram o titio de que Fomá fora enviado pelo próprio Deus para a salvação de sua alma e para a domesticação de suas paixões desenfreadas; de que ele era orgulhoso; de que se vangloriava de sua riqueza, sendo capaz de esfregar na cara de Fomá Fomitch o fato de que o sustentava. O pobre titio muito rapidamente passou a crer que sua degradação era profunda, e se dispôs a arrancar seus cabelos, a pedir perdão...

— Eu é que sou o culpado, meu querido — costumava dizer a algum de seus interlocutores. — Sou o culpado de tudo! É preciso ser delicado em dobro com a pessoa a quem se faz um favor... Quer dizer... O que estou dizendo! Como assim, "favor"?!... Menti novamente! Não faço favor algum; pelo contrário, é ele que me faz um favor vivendo em minha casa, não eu a ele! E eu ainda esfreguei na cara dele que o sustentava!... Quer dizer, de modo algum esfreguei, mas pelo visto devo ter deixado escapar alguma coisa; sempre deixo escapar alguma coisa... Mas, enfim, o homem sofreu, realizou proezas; por dez anos, a despeito de toda e qualquer ofensa, cuidou do amigo doente: tudo isso exige um prêmio! E enfim, a ciência... É um escritor! Um homem educadíssimo! Uma pessoa mais do que nobre, em suma...

A imagem de Fomá, culto e infeliz, servindo de bufão a um senhor caprichoso e cruel, inundou de compaixão e de indignação o nobre coração do titio. Todas as extravagâncias de Fomá, todos os seus vis desatinos, o titio imediatamente atribuía a seus sofrimentos pretéritos, a sua humilhação, a sua exasperação... Ele imediatamente decidiu, em sua terna e nobre alma, que não se pode exigir de um sofredor o mesmo que se exige de uma pessoa comum; que não apenas era necessário perdoá-lo, mas, além disso, que era preciso curar com doçura as suas feridas, restabelecê-lo, reconciliá-lo com a humanidade. Ao estipular para si esse objetivo, ele se entusiasmou ao extremo e perdeu completamente a capacidade de perceber que seu novo amigo era um pulha voluptuoso e caprichoso, um egoísta, um preguiçoso, um mandrião, e nada mais. Na erudição e na genialidade de Fomá ele acreditava sem reservas. Até esqueci de dizer que o titio venerava as palavras "ciência" e "literatura" da maneira mais ingênua e desinteressada possível, embora ele mesmo nunca tivesse estudado em lugar algum.

Essa era uma de suas principais e mais inocentes esquisitices.

— Está escrevendo uma obra! — dizia ele por vezes, caminhando nas pontas dos pés, mesmo estando a dois quartos de distância do escritório de Fomá Fomitch. — Não sei exatamente o que é — acrescentava com um ar orgulhoso e enigmático —, mas na certa, meu querido, é uma maçaroca... quer dizer, uma maçaroca no bom sentido. Isso para quem entende, mas para nós dois, meu querido, é um negócio tão embolado, que... Parece que é sobre umas tais forças produtivas que ele está escrevendo; foi o próprio que me disse. Na certa é alguma coisa de política. Sim, seu nome será ouvido! E então você e eu ficaremos famosos graças a ele. Foi o próprio que me disse isso, meu querido...

Estou absolutamente seguro de que o titio, por ordem de Fomá, foi forçado a aparar suas belas suíças, de um tom loiro escuro. O outro achava que de suíças o titio ficava parecido com um francês, e que por isso tinha pouco amor à pátria. Pouco a pouco, Fomá começou a se intrometer na administração da propriedade e a dar sábios conselhos. Esses sábios conselhos eram horríveis. Os camponeses logo entenderam o que se passava e quem era o verdadeiro senhor, mas coçavam com força a cabeça em descrença. Eu mesmo posteriormente ouvi uma conversa de Fomá Fomitch com os camponeses: confesso que essa conversa ouvi às escondidas. Fomá já antes declarara que adorava conversar com o sagaz mujique russo. Eis que certa feita ele foi até os celeiros; depois de falar com os mujiques sobre questões da propriedade, embora ele mesmo não soubesse distinguir a aveia do trigo, de palestrar com gosto sobre as sagradas obrigações do camponês para com seu senhor, referindo-se de passagem à eletricidade e à divisão do trabalho, das quais, é evidente, não entendia uma vírgula, de explicar a seus ouvintes a forma pela qual a Terra gira em torno do Sol, por fim, com o coração profundamente comovido com sua própria eloquência, ele se pôs a falar sobre ministros. Compreendi tudo. Púchkin mesmo já contava sobre um papaizinho que teria convencido seu filhinho de quatro anos de que ele, seu papaizinho, era "tão *colajoso*, que o papai é amado até pelo tsar"... E precisava esse papaizinho de um ouvinte de quatro anos? Os camponeses sempre ouviam Fomá Fomitch da maneira mais servil.

— Mas, então, *bátiuchka*,⁹ era grande o ordenado que recebia do tsar? — perguntou de repente um senhorzinho grisalho, vulgarmente chamado de Arkhip, o Curto, em meio à multidão de mujiques e com a nítida intenção de cativar; mas Fomá Fomitch considerou a pergunta demasiado familiar, e ele não podia suportar familiaridades.

— E o que você tem com isso, seu parvalhão? — respondeu ele, olhando com desprezo para o pobre mujiquezinho. — E por que você vem com essa sua fuça para perto de mim, hein? Quer que eu cuspa nela ou o quê?

Fomá Fomitch sempre conversava naquele tom com o "sagaz mujique russo".

— Você é um pai para nós... — acudiu outro mujique. — E nós somos gente ignorante. Talvez seja um major, ou um coronel, ou até Vossa Graça... Não sabemos por que título devemos chamá-lo.

— Parvalhão! — repetiu Fomá Fomitch, porém mais suavemente. — Há ordenados e ordenados, seu cabeça-de-vento! Se alguns têm patente de general e nem recebem; quer dizer que é por nada: não traz benefício algum ao tsar. Já eu recebia vinte mil quando servia no gabinete do ministro, e sequer ficava com eles, porque servia pela honra, o que eu tinha me era o bastante. Eu doava o meu ordenado para o ensino público e para as vítimas do incêndio de Kazan.

— Puxa vida! Então foi você quem reconstruiu Kazan, *bátiuchka*? — continuou o mujique, impressionado.

Os mujiques ficaram inteiramente maravilhados com Fomá Fomitch.

— Pois é, tenho lá meu quinhão — respondeu Fomá, como que a contragosto, como que desgostoso consigo mesmo por ter honrado tal pessoa com aquela conversa.

---

⁹ Literalmente "paizinho", forma respeitosa de tratamento. (N. do T.)

Já com o titio, as conversas eram de outro tipo.

— Antes quem era o senhor? — dizia por exemplo Fomá, refestelando-se, após um lauto almoço, em sua confortável poltrona, tendo um criado atrás de si, de pé, que devia espantar as moscas com um ramo fresco de tília. — Com que se assemelhava antes de minha chegada? E então fiz nascer em você uma chama desse fogo celestial que agora queima em sua alma. Fiz ou não nascer em você uma chama desse fogo celestial? Responda: fiz ou não nascer uma chama em você?

Fomá Fomitch, a bem da verdade, sequer sabia a troco de que fazia aquela pergunta. Mas o silêncio e o embaraço do titio imediatamente o incitavam. Ele, antes paciente e retraído, agora inflamava-se como pólvora à menor objeção. O silêncio do titio parecia-lhe ofensivo, e agora ele já exigia uma resposta.

— Mas responda: essa chama queima em você ou não?

O titio vacilava, encolhia-se, não sabia que ação tomar.

— Se o senhor me permite observar, estou esperando — pontuava Fomá, com uma voz ofendida.

— *Mais répondez donc*,[10] Iegôruchka![11] — acudia a generala, encolhendo os ombros.

— Estou perguntando: essa chama queima em você ou não? — repetia Fomá com tom de superioridade, pegando um docinho da *bonbonnière* que sempre ficava diante dele na mesa. Eram ordens da generala.

— Juro que não sei, Fomá — respondia finalmente o titio, com desespero no olhar. — Deve haver alguma coisa desse tipo... Juro, é melhor você não perguntar mais, ou vou acabar dizendo uma mentira...

[10] Em francês, no original: "vamos, responda". (N. do T.)

[11] Diminutivo carinhoso de Iegor. (N. do T.)

— Muito bem! Então o senhor me considera tão insignificante que sequer mereço uma resposta; era isso que queria dizer? Pois que seja assim; que eu seja um nada, então.

— Mas não, Fomá, que Deus abençoe! Quando foi que eu quis dizer isso?

— Não, foi exatamente isso o que o senhor quis dizer.

— Mas juro que não foi!

— Pois bem! Eu é que sou o mentiroso! Porque, a julgar pela sua acusação, sou eu que procuro de propósito um pretexto para brigar. Pois que mais essa afronta se junte a todas as outras: suportarei tudo...

— *Mais, mon fils...*[12] — gritava a generala, amedrontada.

— Fomá Fomitch! Mãezinha! — exclamava o titio em desespero. — Juro que não sou culpado! Devo ter deixado escapar sem querer!... Não olhe para mim, Fomá: sou um estúpido, sinto que sou um estúpido; eu mesmo percebo que há algo errado comigo... Eu sei, Fomá, sei de tudo! Não diga mais nada! — prosseguia ele, acenando de maneira resignada. — Vivi quarenta anos e, até o momento, até o preciso momento em que o conheci, sempre pensei que eu fosse uma pessoa... enfim, direita. Não tinha reparado até então que pecava mais que um bode, que era um egoísta de primeira, e fazia tamanhas maldades que é de admirar que ainda não tenha sido tragado pela terra!

— Sim, o senhor é mesmo um egoísta! — notava Fomá Fomitch, satisfeito.

— Pois agora eu sei bem que sou um egoísta! Mas basta! Vou me corrigir, serei uma boa pessoa!

— Deus queira! — concluía Fomá Fomitch, dando um suspiro piedoso e levantando-se da poltrona, a fim de reco-

---

[12] Em francês, no original: "mas, meu filho". (N. do T.)

lher-se para seu descanso vespertino. Fomá Fomitch sempre cochilava depois do almoço.

Como conclusão deste capítulo, permitam-me falar propriamente de minhas relações pessoais com o titio, e explicar de que maneira fui posto de repente cara a cara com Fomá Fomitch e como, de modo súbito e inesperado, fui cair no turbilhão dos mais importantes acontecimentos de todos que jamais se deram na abençoada aldeia de Stepántchikovo. Desta forma, pretendo concluir minha introdução e passar diretamente para o relato.

Em minha infância, quando me tornei órfão e fiquei sozinho no mundo, o titio ocupou para mim o lugar de pai, educou-me às suas custas e, resumindo, fez por mim o que nem sempre faria um pai de sangue. Desde o primeiro dia em que me acolheu, afeiçoei-me a ele de todo o coração. Eu tinha na época uns dez anos, e me lembro de que fizemos amizade muito rapidamente e compreendemos com perfeição um ao outro. Juntos, brincávamos de pião e até roubamos a touca de uma senhora velha e muito má, que era parente nossa. Atei a touca imediatamente à cauda de uma pipa e empinei-a sob as nuvens. Muitos anos depois, encontrei-me rapidamente com o titio, já em Petersburgo, onde eu então concluía os estudos às suas custas. Naquela ocasião, apeguei-me a ele com todo o calor da juventude: havia em seu caráter algo nobre, dócil, sincero, alegre e ingênuo além da conta, algo que me deixava assombrado e que atraía qualquer um. Tendo saído da universidade, morei por um tempo em Petersburgo, enquanto não tinha nenhuma ocupação, e, como costuma acontecer com tais rapazotes, estava convencido de que muitíssimo em breve realizaria uma quantidade excepcional de coisas notáveis e até grandiosas. Eu não queria deixar Petersburgo. Correspondia-me com o titio muito raramente, e apenas quando precisava de dinheiro, que ele nunca me negava. Enquanto isso, ouvi de um criado do titio, que viera tratar de certos assuntos em Petersburgo, que lá em Stepántchikovo coisas surpreendentes vinham acontecendo. Esses primeiros rumores deixaram-me interessado e surpreso. Passei a escrever para o titio mais assiduamente. Ele sempre me respondia de uma maneira sombria e estranha, e em todas as cartas tentava falar apenas de ciências, demonstrando uma extraordinária esperança em mim em termos de erudição, e manifestando orgulho por meus futuros êxitos. Subitamente, depois de um silêncio bastante longo, recebi dele uma carta surpreendente, que não se parecia em absoluto com todas as anteriores. Ela estava repleta de alusões tão estranhas, de tamanha profusão de contradições, que eu inicialmente não entendi quase nada. Era nítido apenas que seu autor estava numa inquietação descomunal. Somente uma coisa era clara nessa carta: o titio pedia encarecidamente, com toda a seriedade, quase suplicando, que eu me casasse o mais depressa possível com sua antiga pupila, filha de um paupérrimo funcionário de província, de sobrenome Iejevíkina, que recebera uma excelente educação em uma instituição de ensino em Moscou, às custas do titio, e que se tornara agora a preceptora de seus filhos. Escrevia que ela era infeliz, que eu poderia dar a ela a felicidade, que eu até mesmo faria um ato generoso, apelava para a nobreza de meu coração e prometia dar o dote por ela. A respeito do dote, aliás, ele falava de uma maneira um tanto enigmática e amedrontada, e concluía a carta implorando que eu mantivesse tudo aquilo em absoluto sigilo. Aquela carta me deixou tão assombrado que acabei até ficando tonto. E em qual jovem que, assim como eu, acabara de sair das fraldas, tal proposta não surtiria esse efeito, ainda que por seu lado romanesco? Além disso, eu ouvira que essa jovem preceptora era das mais bonitas. Eu, porém, não sabia pelo que me decidir, embora tivesse escrito imediatamente ao titio dizendo que partiria o quanto antes para Stepántchikovo. O titio me enviou, juntamente com a carta, até o dinheiro para a viagem. A despeito disso, em dúvidas e quase alarmado, demorei-me em Petersburgo por três semanas. De maneira repentina, encontrei por acaso um antigo colega de serviço do titio, que, ao retornar do Cáucaso para Petersburgo, passara em seu caminho por Stepántchikovo. Era um homem já idoso, sensato, um solteirão inveterado. Com indignação, contou-me de Fomá Fomitch e, no mesmo instante, comunicou-me um detalhe a respeito do qual eu até então não fazia a menor ideia; a saber, que Fomá Fomitch e a generala tencionavam e tramavam casar o titio com uma dama estranhíssima, um tanto passada e quase de todo alienada, com uma biografia bastante singular e um dote de quase meio milhão; que a generala já convencera essa dama de que eram aparentadas, e que, por conseguinte, conseguira atraí-la para morar em sua casa; que o titio, é claro, estava em desespero, mas que, aparentemente, acabaria mesmo se casando com o dote de meio milhão; finalmente, que ambas aquelas cabeças inteligentes, a generala e Fomá Fomitch, haviam promovido uma terrível perseguição à pobre e indefesa preceptora dos filhos do titio, e tentado com todas as forças enxotá-la da casa, provavelmente temendo que o coronel pudesse se apaixonar por ela, ou talvez que já tivesse se apaixonado por ela. Essas últimas palavras me assombraram. Porém, quando indaguei se de fato o titio não estava apaixonado, meu narrador não pôde ou não quis me dar uma resposta precisa, e contava tudo, aliás, de maneira taciturna, a contragosto e nitidamente esquivando-se de explicações mais detalhadas. Aquilo me deixou pensativo: a notícia contradizia de forma tão estranha a carta do titio e a sua proposta!... Mas não havia tempo a perder. Decidi partir para Stepántchikovo, desejando não apenas persuadir e confortar o titio, mas até salvá-lo, na medida do possível: expulsar, portanto, Fomá, desfazer o detestável casamento com a dama passada e, finalmente — já que, de acordo com minha absoluta convicção, o amor do titio era apenas uma invenção cavilosa de Fomá Fomitch —, dar felicidade àquela moça infeliz, porém claramente interessante, pedindo-lhe a mão em casamento etc. etc. Pouco a pouco, fui ficando tão inspirado e empolgado que, por conta da juventude e de não ter o que fazer, passei das dúvidas para o extremo oposto: comecei a queimar de desejo de realizar o quanto antes diversas maravilhas e proezas. Cheguei até a pensar que estava mesmo demonstrando uma generosidade extraordinária ao me sacrificar nobremente para fazer feliz um ser inocente e encantador: resumindo, lembro-me de estar muito contente comigo mesmo ao longo de todo o caminho. Era julho; o sol brilhava forte; ao meu redor, descortinava-se uma vastidão sem fim de campos de um trigo viçoso... E eu ficara tanto tempo enfurnado em Petersburgo que tinha a impressão de que apenas então olhava com a devida atenção para o mundo de Deus!

II
O SENHOR BAKHTCHÊIEV

Eu já me aproximava do fim da minha viagem. Ao passar pela pequena cidadezinha de B., da qual restavam apenas dez verstas até Stepántchikovo, fui forçado a parar numa ferraria, próxima ao posto de guarda na saída do vilarejo, por conta de um aro danificado na roda dianteira de meu *tarantás*.[13] Fixá-lo de qualquer jeito, para dez verstas, era algo que podia ser feito em um tempo bastante curto, e por isso decidi não ir a lugar algum e esperar na ferraria enquanto os ferreiros faziam seu trabalho. Tendo saído do *tarantás*, vi um senhor gordo que, assim como eu, tivera que parar para o reparo de seu carro. Ele já passara uma hora ali, de pé, num calor insuportável; gritava, praguejava e, de uma maneira rabugenta e impaciente, apressava os trabalhadores que rodeavam apressados sua bela carruagem. Desde o primeiro olhar, aquele senhor me pareceu um tremendo resmungão. Ele tinha uns quarenta e cinco anos, estatura mediana, era muito gordo e bexiguento. A gordura, o pomo de adão e as bochechas rechonchudas e descaídas evidenciavam uma ditosa vida de senhor de terras. Havia algo feminino em sua figura que imediatamente saltava à vista. Usava roupas folgadas, confortáveis, asseadas, mas inteiramente fora de moda.

Não entendo por que ele se irritou também comigo, ain-

---

[13] Carro baixo de quatro rodas. (N. do T.)

da mais pelo fato de que me via pela primeira vez na vida e ainda não havíamos trocado uma palavra sequer. Percebi isso logo que saí do *tarantás*, devido a sua expressão extraordinariamente irritada. Eu, porém, queria muito travar conhecimento com ele. Pela conversa de seus criados, descobri que ele voltava de Stepántchikovo, da casa de meu tio, e por isso era o caso de fazer muitas perguntas. Ergui de leve o quepe e tentei, com toda a simpatia possível, observar o quão desagradáveis eram às vezes esses atrasos em viagens; mas o gorducho lançou-me, como que a contragosto, um olhar descontente e rabugento da cabeça aos pés, resmungou algo consigo mesmo e deu-me as costas num movimento pesado. Aquela parte de sua figura era algo deveras curioso de se observar, mas é claro que dela seria impossível esperar uma conversa agradável.

— Grichka! Nada de resmungos! Meto-lhe o chicote!... — gritou ele de repente para seu camareiro, como se não tivesse ouvido em absoluto o que eu dissera sobre os atrasos em viagens.

O tal "Grichka" era um criado grisalho e idoso, que trajava uma sobrecasaca de abas compridas e usava imensas suíças grisalhas. A julgar por certos indícios, ele também estava muito irritado, e resmungava consigo mesmo de modo soturno. Entre o fidalgo e o criado rapidamente começou um bate-boca.

— "Meto o chicote"... Berre mais um pouco! — resmungou Grichka como que consigo mesmo, mas numa voz tão alta, que todos ouviram, e virou-se com indignação para arrumar algo na carruagem.

— O quê? O que você disse? "Berre mais um pouco"?... Deu para dizer grosserias! — gritou o gorducho, todo enrubescido.

— Mas para que ficar assim tão aborrecido? Não se pode dizer nada!

— Para que ficar aborrecido? Ouviram? Fica resmungando comigo, e eu não posso ficar aborrecido!

— E pelo que é que eu vou resmungar?

— Pelo que vai resmungar... E por acaso não é o que você está fazendo? Eu sei pelo que você vai resmungar: porque eu quis ir embora na hora do almoço, é por isso.

— E que tenho eu com isso?! Por mim podia até ficar sem almoçar. Não era com o senhor que eu estava resmungando; estava falando era com os ferreiros.

— Com os ferreiros... E por que resmungar com os ferreiros?

— Mas não era com eles, era com o carro.

— E por que resmungar com o carro?

— Porque quebrou! Que não quebre daqui para a frente, que fique inteiro.

— Com o carro... Não, era comigo que você estava resmungando, não com o carro. Ele é o culpado, mas é ele que xinga!

— Mas por que é que o senhor continua teimando nisso? Deixe para lá, por favor!

— E por que você ficou carrancudo o caminho inteiro, sem trocar uma palavra comigo, hein? No mais das vezes, fala o tempo todo!

— Uma mosca entrou na minha boca, foi por isso que eu fiquei quieto e carrancudo. E daí, quer que eu fique contando historinhas para o senhor? Se gosta tanto de contos de fada, leve a Malânia com o senhor, a contadora de histórias.

O gorducho até abriu a boca para objetar, mas nitidamente não achou o que dizer e calou-se. O criado, satisfeito com sua dialética e com a influência que tinha sobre seu amo, manifestada na presença de tantas testemunhas, voltou-se para os trabalhadores com redobrado ar de importância e começou a mostrar-lhes alguma coisa.

Minhas tentativas de travar conhecimento seguiam inúteis, especialmente por conta de meu embaraço; mas fui ajudado por uma situação imprevista. Um semblante modorrento, emporcalhado e despenteado subitamente assomou da janela de uma carruagem coberta, da qual só sobrara a carroceria, e que desde tempos imemoriais jazia na ferraria sem as rodas, aguardando diariamente, porém em vão, o seu conserto. O aparecimento desse semblante provocou um riso geral entre os trabalhadores. Acontecia que o homem que assomava da carroceria estava bem preso lá e agora não conseguia sair. Tendo dormido bêbado na carruagem, pedia em vão que o libertassem; finalmente, pôs-se a pedir a alguém que lhe trouxesse suas ferramentas. Tudo isso divertiu os presentes de maneira extraordinária.

Há certas pessoas que sentem um contentamento e uma alegria particulares com coisas bastante estranhas. As caretas de um mujique bêbado, um homem que tropeça e cai na rua, uma confusão entre duas camponesas e outras coisas do tipo produzem às vezes, em alguns, um entusiasmo bonachão, não se sabe por quê. O gorducho dono de terras pertencia justamente a esse tipo de pessoa. Pouco a pouco, seu semblante, antes ameaçador e sombrio, começou a tornar-se satisfeito e afável, e finalmente iluminou-se de todo.

— Mas é o Vassíliev? — perguntou ele com interesse. — Como é que ele foi parar lá?

— Vassíliev, senhor Stepan Aleksêitch,[14] é o Vassíliev! — gritaram de todos os lados.

— Está na farra, meu senhor — acrescentou um dos trabalhadores, homem idoso, alto e macilento, com uma expressão facial de uma severidade pedante e uma pretensão de superioridade em relação aos demais. — Está na farra,

---

[14] Diminutivo do patronímico Aleksêievitch. (N. do T.)

meu senhor, já faz três dias que fugiu de seu amo, veio se enfurnar aqui e fica aí importunando! Agora está pedindo o formão. Mas para que você precisa do formão agora, seu cabeça-de-vento? Quer pôr no prego a única ferramenta que sobrou!

— É, Arkhípuchka! Dinheiro é que nem pombo: vem voando e vai voando! Me deixem sair, em nome do Criador — suplicou Vassíliev numa voz fina e trêmula, pondo a cabeça para fora da carruagem.

— Pois fique onde está, sua besta, deu é sorte de ir parar aí! — respondeu severamente Arkhip. — Bebeu tanto de anteontem para cá que está até desfigurado; hoje, antes do sol nascer, arrastamos você do meio da rua para cá; pode dar graças a Deus por estar aí escondido. E dissemos ao Matvîêi Ilitch: "Ficou doente, parece que está com umas pontadas".

Ouviu-se o riso pela segunda vez.

— E onde é que está o formão?

— Está com o Zui! Mas como insiste! Bêbado é assim mesmo, senhor Stepan Aleksêitch.

— He-he-he! Ah, seu trapaceiro! Então é assim que você trabalha na cidade: empenhando as ferramentas! — disse com voz rouca o gorducho, sufocando de tanto rir, absolutamente satisfeito e atingindo de repente uma excelente disposição de espírito. — E é um marceneiro como nem em Moscou se encontra! Pelo menos é assim que ele sempre se apresenta, o canalha — acrescentou, voltando-se para mim de maneira totalmente inesperada. — Deixe-o sair, Arkhip: talvez precise mesmo de alguma coisa.

O fidalgo foi obedecido. O prego que haviam usado para trancar a portinhola da carruagem, a fim de se divertirem às custas de Vassíliev quando este acordasse, foi retirado, e Vassíliev veio ao mundo de Deus todo sujo, amassado e esfarrapado. O sol o fazia piscar com força, e ele espirrava e cambaleava; depois, protegendo os olhos com a mão, olhou ao redor.

— Quanta gente, quanta gente! — falou, balançando a cabeça. — E todo mundo pelo visto está só... brio — esticou ele num tom meditativo e triste, como que recriminando a si mesmo. — Pois bom dia, meus amigos, e que tenham depois uma boa tarde.

Novamente um riso generalizado.

— Um bom dia! Pois veja só quanto do dia já se passou, seu inconsequente!

— Olhe que a mentira tem perna curta, e a verdade anda a cavalo!

— Já eu digo que o que vem a cavalo é o castigo!

— He-he-he! Vejam só que língua tem! — exclamou o gorducho, mais uma vez chacoalhando de tanto rir e novamente olhando para mim de modo afável. — Não tem vergonha, Vassíliev?

— É a infelicidade, senhor Stepan Aleksêitch, é a infelicidade — respondeu com seriedade Vassíliev, gesticulando e visivelmente satisfeito com a oportunidade de mais uma vez mencionar sua infelicidade.

— Mas que infelicidade é essa, seu tolo?

— É tamanha que igual nunca se viu: vamos ser transferidos para o nome de Fomá Fomitch.

— Quem? Quando? — gritou o gorducho, estremecendo por inteiro.

Eu também dei um passo adiante: de maneira completamente inesperada, a questão também concernia a mim.

— Todos nós de Kapitónovka. Nosso amo, o coronel (que Deus lhe dê saúde!) quer doar nossa Kapitónovka inteira, propriedade hereditária sua, para Fomá Fomitch; vai entregar a ele setenta almas ao todo. "É para você, Fomá!", disse ele. "Agora, por exemplo, você não tem nada; não é um grande proprietário; não recebe mais do que dois salmões do

lago Ládoga como *obrok*;¹⁵ seu falecido pai só lhe deixou almas recenseadas.¹⁶ Porque seu pai — continuou Vassíliev com uma satisfação quase perversa, apimentando seu relato em tudo que se referia a Fomá Fomitch —, porque seu pai foi um homem de alta estirpe, não se sabe de onde veio, não se sabe quem era; assim como você, morava de favor na casa de senhores nobres, vivia das sobras da cozinha. Mas agora que eu irei transferir Kapitónovka para o seu nome, você também será um proprietário de terras, um homem de alta estirpe, terá seus próprios servos, poderá viver no mole, como um fidalgo..."

Mas Stepan Aleksêievitch já não escutava. O efeito que o relato meio ébrio de Vassíliev produzira nele era extraordinário. O gorducho ficou tão irritado que estava até vermelho; seu pomo de adão tremia, seus olhinhos pequenos estavam injetados. Pensei que ele teria um ataque a qualquer momento.

— Era o que faltava! — falou, arquejando. — Esse patife desse Fomá, um agregado, vai virar proprietário de terras! Arre! Mas vão todos para o inferno! Vocês aí, terminem isso depressa! Vamos para casa!

— Permita-me perguntar — disse eu irresoluto, dando um passo adiante —, o senhor acaba de mencionar Fomá Fomitch; creio que o sobrenome dele, salvo engano de minha parte, é Opískin. Pois veja o senhor, eu gostaria de... bem, resumindo, tenho motivos particulares para me interessar por esse senhor e, de minha parte, gostaria muito de saber em que medida se pode acreditar nas palavras desse bom homem, que diz que seu amo, Iegor Ilitch Rostániev, quer presentear

---

¹⁵ Tributo pago pelos camponeses ao dono das terras. (N. do T.)

¹⁶ Expressão que designava os servos já mortos, mas que seguiam registrados em nome de seu amo até a realização do censo populacional seguinte. (N. do T.)

Fomá Fomitch com uma de suas vilas. Isso é algo de imenso interesse para mim, e eu...

— Mas permita-me também perguntar-lhe — interrompeu o senhor gorducho. — Da parte de quem se interessa por esse senhor, como você afirma? Porque para mim trata-se de um patife maldito: eis como se deve chamá-lo, não de senhor! Não é senhor nenhum, é um tinhoso! Um desavergonhado, não um senhor!

Expliquei-lhe que, quanto a Fomá, era-me ainda desconhecido, mas que ocorria de Iegor Ilitch Rostániev ser meu tio, e que eu era Serguei Aleksándrovitch de Tal.

— Então é você o erudito? Meu caro, lá mal podem esperar pela sua chegada! — exclamou o gorducho com um contentamento genuíno. — Eu mesmo estou vindo de lá agora, de Stepántchikovo; saí de lá no meio do almoço, levantei na hora do pudim: não pude dividir a mesma mesa com Fomá! Briguei com todos lá por causa desse maldito Fomka... Veja só que belo encontro! Mas me perdoe, *bátiuchka*. Sou Stepan Aleksêitch Bakhtchêiev e me lembro do senhor deste tamanhinho... Mas quem diria?... Permita-me...

E o gorducho pôs-se a beijar-me.

Depois de alguns minutos de uma certa emoção, passei rapidamente às perguntas: a ocasião era excelente.

— Mas quem é esse Fomá? — perguntei. — Como foi que ele conquistou a casa? Como é que não o expulsam da propriedade às bordoadas? Confesso que...

— Expulsá-lo?! Mas ficou tonto ou o quê? Se o próprio Iegor Ilitch pisa em ovos na frente dele! Se Fomá chegou uma vez a ordenar que fosse quarta-feira em vez de quinta-feira, de maneira que todos lá, do primeiro ao último, consideraram a quinta-feira como quarta-feira. "Não quero que seja quinta-feira, quero que seja quarta-feira!" E assim eles tiveram duas quartas-feiras numa mesma semana. Acha que eu estou aumentando? Não aumentei nem um pouquinho!

É que tudo simplesmente parece coisa do Capitão Cook,[17] *bátiuchka*!

— Eu ouvi isso, mas confesso que...

— Que confessar, que nada! Mas como insiste nisso o homem! Mas confessar o quê? Não, é melhor o senhor perguntar para mim. Porque se eu for contar tudo, não vai acreditar e vai ficar se perguntando de que bandas venho. A mãezinha de Iegor Ilitch, do coronel, pode até ser uma senhora muito digna e ainda por cima uma generala, mas creio que ela ficou completamente gagá: mal respira na presença daquele Fomka amaldiçoado. Ela é que é a causa de tudo: foi ela que o levou para aquela casa. E ele encheu a cabeça dela com tanta leitura, que ela se tornou uma mulher de mente fraca, embora chame a si mesma de Sua Excelência: inventou de casar com o general Krakhótkin aos cinquenta anos! Nem quero falar da irmãzinha de Iegor Ilitch, Praskóvia Ilínitchna, que já tem quarenta anos e ficou para titia. É *ai* para cá, *ui* para lá, cacareja que nem uma galinha. Já estou cansado, ao diabo com ela! Talvez a única coisa de bom nela seja o fato de que é do sexo feminino: e vou eu lá respeitá-la por nada de nada, apenas por ser do sexo feminino?! Arre! Mas é até indecente falar: ela é sua tia. Só Aleksandra Iegórovna, a filha do coronel, embora ainda seja uma criança pequena — não tem nem dezesseis anos —, é mais inteligente que todos eles, creio eu: não respeita Fomá; dá até gosto de ver. Uma mocinha encantadora, não há o que dizer! E vai respeitar quem? Se ele, o tal Fomka, na época do falecido general Krakhótkin vivia como bufão! Se ele, para a diversão do general, repre-

---

[17] O navegador britânico James Cook (1728-1779), descobridor da Nova Zelândia e de diversas ilhas do Pacífico, tornou-se popular na Rússia devido à publicação, entre o fim do século XVIII e o início do XIX, de uma série de livros sobre sua vida. (N. do T.)

sentava diversos animais! E no fim das contas, foi como dizem: o Vânia era o palhaço, acabou virando o ricaço. E agora o coronel, o seu titio, trata o bufão aposentado como se fosse seu próprio pai, colocou-o num pedestal, aquele canalha, ficou a seus pés, dele, um agregado! Arre!

— Mas pobreza não é vileza... e... confesso ao senhor que... Permita-me perguntar. Como ele é, bonito, inteligente?

— Fomá? É bonito como uma pintura! — respondeu Bakhtchêiev com um tremor incomum e raivoso na voz. (Minhas perguntas por algum motivo o irritavam, e também a mim ele começou a enxergar com desconfiança.) — Bonito como uma pintura! Ouviram essa, minha gente?! Encontrou um bonitão! É mais parecido com um animal, *bátiuchka*, se quer mesmo saber. E se ainda tivesse presença de espírito, se pelo menos esse tratante fosse dotado de alguma presença de espírito; bem, eu até poderia talvez concordar, muito a contragosto, pela presença de espírito, mas ali não tem presença de espírito alguma! Deve ter dado alguma coisa para todos eles beberem, esse cientista! Arre! Cansei de falar. O negócio é cuspir e ficar quieto. O senhor me deixou transtornado com essa conversa, *bátiuchka*! Vocês aí! Terminaram ou não?

— Tem que trocar a ferradura do murzelo — proferiu Grigóri em tom sombrio.

— Murzelo. Vou mostrar o murzelo para você!... Pois é, meu senhor, posso contar-lhe coisas que vão deixá-lo de boca aberta; e depois o senhor vai ficar de boca aberta até a segunda vinda de Cristo. Eu mesmo o respeitava antes. O que o senhor acha? Eu me arrependo, digo francamente que me arrependo: fui um tolo! Até eu fui engabelado por ele. Esse sabichão! Acha que sabe tudo de tudo, que dominou todas as ciências! Ele me deu uma gotinha: é que eu, *bátiuchka*, sou um homem doente, um homem obeso e enfermiço. O senhor talvez não acredite, mas eu sou doente. Pois é, e a tal gotinha dele quase me virou do avesso. O senhor fica aí só quieto; pois vá lá e observe por si mesmo. Porque lá ele vai fazer o coronel chorar lágrimas de sangue; e quando ele o fizer chorar lágrimas de sangue, já será tarde. E ao redor toda a vizinhança cortou relações com eles por causa desse amaldiçoado Fomka. Porque ele afronta a quem quer que vá lá. Mas não sou só eu: ele não leva em consideração nem patente importante! Passa sermão em qualquer um; deu para falar de moral, o tratante. "Sou um sábio", ele diz, "sou mais inteligente que todos, não ouçam ninguém além de mim". Fala que é erudito. E daí que é erudito?! Quer dizer que se é erudito pode atormentar à vontade os que não são?... E quando começa a martelar com esse linguajar erudito fica só nesse *tá-tá-tá! tá-tá-tá!*; é tamanho tagarela que, se lhe cortarem a língua e jogarem num monte de estrume, até lá ela vai ficar tagarelando, só tagarelando, até um corvo devorá-la às bicadas. É todo cheio de presunção, todo embezerrado! E agora enfia a cabeça em todo lugar, mesmo onde ela não cabe. E tem mais! Inventou de ensinar francês para a criadagem! Se não quiser, não acredite! "É útil para eles", disse, "para esses brutos, para os criados"! Arre! É um sem-vergonha, um amaldiçoado, e nada mais! E eu lhe pergunto: para que um servo precisa saber francês? Para que a nossa gente precisa saber francês, para quê? Para ficar de galanteios com as senhoritas durante a mazurca? Para ficar de gracinha com mulheres casadas? É uma depravação, e nada mais! Pois eu acho que basta beber uma garrafa de vodca para sair falando em qualquer língua. É esse tanto que eu respeito o francês! Na certa o senhor também fala francês: "*tá-tá-tá! tá-tá-tá!* Vai a gata atrás do gato!" — acrescentou Bakhtchêiev, olhando para mim com uma indignação desdenhosa. — O senhor, *bátiuchka*, é um homem erudito, não é? É metido com ciências?

— Sim, interesso-me, em parte...

— E então, também dominou todas as ciências?
— Pois é, quer dizer, não... Confesso que estou mais interessado em observar. Passei o tempo todo em Petersburgo, e agora vim correndo visitar o titio...
— E quem o arrastou até seu tio? Deveria ter ficado lá, na sua casa, se tinha onde ficar! Não, *bátiuchka*, devo lhe dizer que aqui não vai achar nada de ciência, e titio nenhum vai ajudar; vai é cair numa armadilha! Eu até emagreci na casa deles, em um só dia. O senhor acredita que eu emagreci na casa deles? Não, estou vendo que o senhor não acredita. Pois que seja, Deus o abençoe, não acredite.
— Não, perdão, acredito, e muito; é que ainda não compreendi tudo — respondi, ficando cada vez mais perdido.
— Uma hora acredito em você, outra hora não acredito! Sempre pulando de lá para cá, vocês eruditos. Para se mostrar, seriam capazes de dar piruetas numa perna só! Não gosto dessas pessoas metidas com ciência, *bátiuchka*; estou por aqui com elas! Tive que me dar com esses seus de Petersburgo, é uma gente indecente! São todos uns *fraco-maçons*; querem espalhar a incredulidade; têm medo de beber uma tacinha de vodca, parece até que ela morde, arre! O senhor me irritou, *bátiuchka*, nem quero mais contar nada para você! Não é minha obrigação mesmo ficar contando historinhas para você, e cansei de ficar falando. Não se pode brigar com todo mundo, e ainda por cima é pecado... Mas saiba apenas que esse seu erudito quase levou à loucura Vidopliássov, o lacaio do seu tio! Vidopliássov perdeu o juízo por causa de Fomá Fomitch...
— Pois eu pegava esse Vidopliássov — intrometeu-se Grigóri, que até então observava a conversa, de forma cerimoniosa e com um ar severo —, pois eu pegava esse Vidopliássov e metia-lhe a chibata. Ele que apareça na minha frente, que eu arranco dele na marra essas manias de alemão! Daria tantas nele que lá pelas duzentas ia perder a conta.

— Silêncio! — gritou o fidalgo. — Fique com a boca fechada, não estão falando com você!

— Vidopliássov — disse eu, completamente perdido e já sem saber o que falar. — Vidopliássov... Mas que sobrenome mais estranho.

— E por que estranho? O senhor também com essa! Ah, o senhor, o erudito, o erudito!

Perdi a paciência.

— Perdão — disse eu —, mas por que está irritado comigo? De que sou culpado? Confesso que estou há meia hora ouvindo o senhor, sem sequer entender o que se passa...

— Mas por que motivo está ofendido, *bátiuchka*? — respondeu o gorducho. — Não tem por que o senhor se ofender! Estou falando pelo seu bem. E não me julgue por ser um chorão e por ter acabado de gritar com um dos meus homens. Ele pode até ser um perfeito biltre, o meu Grichka, mas é por isso mesmo que eu o amo, esse canalha. Foi esse meu coração sensível que me arruinou, falo sinceramente; e o único culpado de tudo isso é o Fomka! Ele vai me arruinar, juro que vai me arruinar! E agora estou há duas horas aqui, tostando no sol, graças a ele. Queria ter passado na casa do arcipreste enquanto esses idiotas ficam enrolando com esse conserto. É um bom homem, o arcipreste local. Mas o tal Fomka me deixou tão transtornado, que eu já nem quero ver o arcipreste! Mas ao diabo com todos eles! Aqui não tem sequer um botequim decente. São todos uns canalhas, é o que digo, do primeiro ao último! E se pelo menos ele tivesse alguma patente extraordinária — continuou Bakhtchêiev, retornando novamente a Fomá Fomitch, o qual, pelo visto, ele não conseguia largar —, aí pelo menos pela patente seria perdoável; mas não tem uma patentezinha sequer; sei muito bem que não tem. Diz que sofreu em algum lugar em nome da verdade, parece que no início dos anos quarenta, e agora por isso temos que cair aos seus pés! Ele nem liga: se qualquer coisinha não sai do jeito dele, sai pulando, gritando com uma voz esganiçada. "Querem me ofender", diz ele, "querem tripudiar de minha pobreza, não nutrem respeito algum por mim!". Não ouse sentar sem Fomá à mesa. Mas ele mesmo não vem: "Querem me ofender", diz ele, "sou um pobre peregrino, como até pão preto". Mas basta os outros sentarem, que ele aparece; começa de novo a mesma ladainha: "Por que se sentaram à mesa sem mim? Quer dizer que nem me levam em consideração". Resumindo, um insolente! Fiquei em silêncio por muito tempo, *bátiuchka*. Ele pensou que eu também iria ficar dançando sobre as patinhas traseiras que nem um cachorrinho na frente dele: "Venha cá, amiguinho, dê uma mordidinha!". Não, meu querido, você está indo buscar a farinha e eu já estou voltando com o bolo! E eu servi no mesmo regimento que Iegor Ilitch. Eu me reformei como cadete, e no ano passado ele veio para sua propriedade, reformado como coronel. Falei para ele: "Ei, você vai se arruinar, não tolere esse Fomá! Ainda vai chorar por isso!". "Não", disse ele, "é um homem dos mais maravilhosos (isso do tal Fomka!), é meu amigo; está me ensinando a boa conduta". Bem, pensei, não se pode ir contra a boa conduta! E, se ele já deu para ensinar boa conduta, é porque chegou o fim. Quer saber qual foi a história que ele inventou hoje? Amanhã é dia do profeta Elias (o senhor Bakhtchêiev fez o sinal da cruz): é o santo de Iliucha, o filhinho do seu tio. Pensei em passar o dia com eles, almoçar lá, até encomendei um brinquedo da capital: é um alemão com uma mola, que beija a mãozinha de sua noiva, enquanto essa limpa uma lágrima com o lenço. Uma coisa magnífica! (Agora já nem vou mais dar o presente, *morgen früh*![18] Está largado lá na carruagem, quebrou-se o nariz do

---

[18] Em alemão, no original: "amanhã cedo". Aqui a expressão é usada fora de seu sentido literal, com tom irônico. (N. do T.)

alemão; estou levando de volta). O próprio Iegor Ilitch não seria contra divertir-se e fazer uma celebração, mas o Fomka torceu o nariz: "Por que", disse, "começaram a dar atenção ao Iliucha? Então não prestam mais atenção em mim!". Como? Mas que pilantra! Ficar com inveja de um menino de oito anos no dia do seu santo![19] "Não, também é o dia do meu santo!" Mas é o dia do profeta Elias, não de São Tomé![20] "Não", disse, "eu também celebro hoje o dia do meu santo!" Fiquei olhando, mas me contive. O que o senhor pensaria? Porque agora eles pisam em ovos, ficam cochichando: o que fazer? Considerar ou não, no dia do profeta Elias, que Fomá também pode comemorar o seu santo, cumprimentá-lo ou não? Se não o cumprimentassem, poderia ficar ofendido, mas se o cumprimentassem talvez entendesse como zombaria. Arre, mas que diabo! Sentamo-nos para almoçar... Mas você está ouvindo ou não, *bátiuchka*?

— Perdão, estou ouvindo; estou ouvindo até com uma satisfação especial; pelo senhor fiquei agora sabendo... e... confesso...

— Ora, com satisfação especial! Conheço essa sua satisfação... Não é para me abespinhar que o senhor está falando isso, é?

— Perdão, como abespinhar? Pelo contrário. O senhor aliás se expressa de uma maneira tão... original, que até gostaria de anotar as suas palavras.

— Como assim, anotar, *bátiuchka*? — perguntou o senhor Bakhtchêiev com certo espanto e olhando para mim com ar desconfiado.

— Mas talvez eu não anote... Falei por falar.

---

[19] No original *imeníni*, palavra derivada de *ímia* ["nome"]. Trata-se de uma celebração, comum ainda hoje em todo o mundo ortodoxo, que ocorre no dia do santo cujo nome se recebe no batismo. (N. do T.)

[20] Fomá é o equivalente russo ao nome Tomé. (N. do T.)

— O senhor na certa quer me seduzir de algum jeito, não é?

— Mas, como assim, seduzir? — perguntei surpreso.

— Pois sim. Você está tentando me seduzir, aí eu lhe conto tudo, como um tolo, e depois você pega e me descreve em alguma obra sua.

Imediatamente me apressei a garantir ao senhor Bakhtchêiev que eu não era desses, mas ele olhava para mim de maneira cada vez mais desconfiada.

— Sei que não é desses! Mas quem é que o conhece?! Talvez seja até pior. O Fomá lá também ameaçou me descrever e mandar para a imprensa.

— Permita-me perguntar — interrompi, desejando, em parte, mudar o rumo da conversa. — Diga-me: é verdade que o meu tio quer se casar?

— E o que tem, se quiser? Não teria problema algum. Pois que se case, se tem tanta vontade; não é isso que é ruim, é outra coisa... — acrescentou meditativo o senhor Bakhtchêiev. — Hm! Sobre isso, *bátiuchka*, não posso lhe dar uma resposta mais clara. É tamanho o mulherio que se acumulou por lá, são como moscas em cima do mel; não dá para atinar qual delas quer se casar. Mas em nome da amizade eu lhe digo, *bátiuchka*: não gosto daquele mulherio! Só têm a fama de serem humanas, mas na verdade é uma vergonha só, e ainda prejudicam a salvação da alma. Mas de que seu tio está apaixonado como um gato siberiano, disso eu posso lhe assegurar. Ficarei calado a esse respeito, *bátiuchka*: o senhor mesmo verá; a única coisa ruim é que a questão se arrasta. Se é para se casar, pois que se case; mas ele tem medo de contar ao Fomka, e também tem medo de contar para sua velha mãezinha: ela na certa vai esgoelar pela aldeia inteira, vai começar a espernear. Está do lado do Fomka; diz que Fomá Fomitch ficará triste se uma noiva entrar na casa, porque então ele não sobreviveria duas horas ali. A noiva haveria de colocá-lo no olho da rua com as próprias mãos e ainda, se não fosse uma tonta, daria, de uma maneira ou de outra, tamanha lição nesse moleirão, que ele não teria lugar algum para ir em todo o distrito! E por isso agora ele está aprontando alguma junto com a mãezinha, estão armando uma daquelas para seu tio... E por que você me interrompeu, *bátiuchka*? Queria lhe contar o assunto mais importante, e você me interrompeu! Sou mais velho que você; não se deve interromper um velho...

Pedi perdão.

— Mas não fique pedindo perdão! Queria pedir ao senhor, *bátiuchka*, homem erudito que é, que julgasse o quanto ele me ofendeu hoje. Pois julgue, se o senhor é um bom homem. Nós nos sentamos para almoçar; pois eu lhe digo que ele quase me devorou no almoço! Vi logo no início: ficou sentado, furioso, parecia que tremia até a alma. Adoraria me afogar numa poça d'água, aquela víbora! É um homem de tamanho amor-próprio que já nem cabe em si mesmo! Depois inventou de me atormentar, inventou também de me ensinar a boa conduta. "Por que você é tão gordo?", disse ele. E o homem insistiu: "mas por que não é magro, e sim gordo?". Mas me diga, *bátiuchka*, que pergunta é essa? Mas onde é que está a graça disso? Respondi a ele com prudência: "Foi assim que Deus me fez, Fomá Fomitch: um é gordo, outro é magro; mas um mortal não pode se rebelar contra a providência divina". É sensato isso, o que o senhor acha? "Não", disse ele, "você tem quinhentas almas, vive do bom e do melhor, mas não traz nada de útil à pátria; é preciso servir, mas você fica o tempo todo em casa, tocando seu acordeão". E é verdade, quando bate a tristeza, adoro tocar acordeão. De novo respondi com prudência: "Mas onde é que eu vou servir, Fomá Fomitch? Em que uniforme toda essa minha gordura vai caber? Visto o uniforme, me aperto nele; de repente dou um espirro, todos os botões saem voando, e ainda por cima, quem sabe, na frente da mais alta chefia; pois Deus que me proteja, que pasquinada não iriam considerar então?". Pois me diga, *bátiuchka*, o que havia de engraçado no que eu disse? Não, ficam gargalhando às minhas custas, começam com risinho para cá, risinho para lá... Quer dizer, ele é um impudico completo, é o que eu digo, e ainda por cima inventou de me insultar em dialeto francês: "*cochon*",[21] foi o que ele disse. Mas *cochon* até eu entendo o que significa. "Ah, seu cientista maldito", pensei; acha que eu sou imbecil?". Aguentei, aguentei, mas não aguentei mais; me levantei da mesa na frente de toda a boa gente e soltei: "Pequei diante de você, Fomá Fomitch, meu benfeitor; pensei que você era um homem bem educado, mas você, meu querido, não passa de um porco, como todos nós". Falei e me levantei da mesa, bem na hora do pudim; estavam servindo o pudim na hora. "Ao diabo com esse seu pudim!..."

— Peço perdão — disse eu, após ouvir todo o relato do senhor Bakhtchêiev. — É claro que estou disposto a concordar com o senhor em tudo. A verdade é que ainda não sei nada ao certo... Mas, veja o senhor, a esse respeito já formei agora algumas opiniões.

— E que opiniões, *bátiuchka*, você formou? — perguntou incrédulo o senhor Bakhtchêiev.

— Veja — comecei um pouco atrapalhado —, talvez sejam sem propósito agora, mas creio estar disposto a manifestá-las. Eis o que penso: talvez nós dois estejamos equivocados a respeito de Fomá Fomitch; talvez todas essas esquisitices escondam uma natureza especial, até mesmo talentosa; quem sabe? Talvez seja uma natureza amargurada, arruinada por seus sofrimentos, vingativa, por assim dizer, em relação a toda a humanidade. Ouvi falar que antigamente ele era um

---

[21] Em francês, no original: "porco". (N. do T.)

tipo de bufão: talvez isso o tenha humilhado, ofendido, abatido... Compreende? Um homem nobre... de consciência... e sobra-lhe o papel de bufão!... Então, ele se torna desconfiado de toda a humanidade e... e talvez, se conseguirmos reconciliá-lo com a humanidade... Quero dizer, com as pessoas, talvez dele surja uma natureza especial... Talvez até muito notável e... e... e será que não há algo nesse homem? Não haverá um motivo pelo qual todos o adoram?

Resumindo, eu mesmo senti que metera os pés pelas mãos terrivelmente. Seria de se perdoar por minha juventude. Mas o senhor Bakhtchêiev não me perdoou. Olhou-me nos olhos de maneira séria e severa, e, finalmente, corou de súbito como um peru.

— Seria o Fomka esse homem especial? — perguntou ele, com voz entrecortada.

— Escute: eu mesmo não acredito em quase nada do que acabei de dizer. Disse apenas à guisa de suposição...

— Mas permita-me, *bátiuchka*, a ousadia de indagar: o senhor estudou filosofia ou não?

— Em qual sentido? — perguntei, perplexo.

— Não, nada de sentido; o senhor, *bátiuchka*, me responda diretamente, sem qualquer sentido: estudou filosofia ou não?

— Confesso que pretendi estudar, mas...

— Pois é isso! — exclamou o senhor Bakhtchêiev, dando plena vazão a sua indignação. — Antes mesmo de o senhor abrir a boca, *bátiuchka*, eu já adivinhei que tinha estudado filosofia! Não vai me embromar! *Morgen früh*! Sinto o cheiro de um filósofo a três verstas de distância! Vá dar um beijo no seu Fomá Fomitch! Aí está seu homem especial! Arre! Para o inferno com tudo isso! E eu achando que o senhor era um homem leal, mas não passa de... Vamos! — gritou ele ao cocheiro, trepando na boleia de seu carro, já consertado. — Para casa!

Consegui afinal acalmá-lo com alguma dificuldade; acabou amainando-se aos poucos; mas ainda demorou para aplacar por completo sua fúria e voltar a ser amável. Enquanto isso, ele já trepava em sua carruagem, com a ajuda de Grigóri e Arkhip, o mesmo que passara o sermão em Vassíliev.

— Permita-me perguntar — disse eu, aproximando-me da carruagem. — O senhor pretende não voltar à casa do meu tio?

— À casa do seu tio? Pois cuspa em quem disse isso! Acha mesmo que sou um homem constante, que vou suportar? É esse o meu defeito, o fato de que eu sou um trapo, não um homem! Não vai passar uma semana e eu já hei de me arrastar até lá. E a troco de quê? Pois é: eu mesmo não sei a troco de quê, mas irei; vou novamente guerrear com Fomá. É esse o meu defeito, *bátiuchka*! Deus mandou esse Fomka como castigo pelos meus pecados. Meu caráter é como o de uma mulher, não tenho constância nenhuma! Sou um covarde de marca maior, *bátiuchka*...

No entanto, nós nos separamos amigavelmente; ele até me convidou para almoçar em sua casa.

— Venha, *bátiuchka*, venha, vamos almoçar. Estou com uma vodcazinha que mandei trazer de Kíev, e meu cozinheiro esteve em Paris. Vai servir um *finezerbe*[22] e vai preparar uma *kulebiaka*,[23] que você vai lamber os beiços e cair aos pés daquele canalha. É um homem instruído! Faz tanto tempo que eu não o açoito, que começou a abusar... Foi até bom me lembrar... Venha! Eu até o convidaria para vir hoje, mas estou meio abatido, desanimado, completamente sem força nas pernas. Sou um homem doente, um homem obeso e enfermi-

---

[22] Em francês russificado, no original: *"fines herbes"*, uma combinação de ervas aromáticas. (N. do T.)

[23] Espécie de pastel recheado com carne, peixe e repolho. (N. do T.)

ço. Talvez o senhor não acredite... Bem, adeus, *bátiuchka*! Está na hora do meu navio zarpar. Veja, seu *tarantás* também está pronto. E diga ao Fomka para não aparecer na minha frente, ou eu vou dar a ele uma recepção que ele...

Mas não pude ouvir as últimas palavras. A carruagem, puxada com ímpeto por quatro fortes cavalos, desapareceu numa nuvem de poeira. Meu *tarantás* também foi entregue; embarquei nele e rapidamente deixamos a cidadezinha para trás. "É claro que esse senhor está contando lorotas — pensei. — Está por demais irritado e não poderia ser imparcial. Mas também, tudo que ele disse a respeito do titio é bastante notável. Já são duas vozes concordando com o fato de que o titio ama essa moça... Hm! Haverei ou não de me casar?" Fiquei, então, profundamente imerso em pensamentos.

III
O TITIO

Confesso que cheguei a ficar com um pouco de medo. Meus sonhos romanescos me pareceram de repente absurdos ao extremo, até mesmo tolos, assim que cheguei a Stepántchikovo. Eram mais ou menos cinco horas da tarde. A estrada contornava o jardim da casa senhorial. Após longos anos distante dali, eu via novamente aquele imenso jardim em que passara alguns dos dias mais felizes de minha infância, e com o qual sonhara mais tarde muitas vezes, nos dormitórios das escolas que cuidavam de minha educação. Saltei do carro e atravessei o jardim em direção à casa senhorial. Queria muito chegar às escondidas, obter algumas informações, interrogar algumas pessoas e, acima de tudo, colocar a conversa em dia com o titio. E foi o que aconteceu. Atravessando uma alameda de tílias centenárias, adentrei o terraço, separado dos cômodos internos apenas por uma porta de vidro. Esse terraço era rodeado por canteiros de flores e cercado por caros vasos de plantas. Encontrei ali um dos moradores, o velho Gavrila, que tempos atrás fora meu tutor, e que agora era o camareiro de honra do titio. O velhinho estava de óculos e segurava nas mãos um caderninho, que lia com uma atenção descomunal. Nós havíamos nos encontrado dois anos antes em Petersburgo, aonde ele fora junto com o titio, e por isso reconheceu-me instantaneamente. Ele correu até mim com lágrimas de alegria e beijou-me as mãos, deixando os óculos caírem de seu rosto no chão. Tamanha afeição por parte do velhinho muito me comoveu. Porém, agitado pela recente conversa com o senhor Bakhtchêiev, prestei atenção principalmente naquele caderninho suspeito que estava nas mãos de Gavrila.

— O que é isso, Gavrila? Será que até para você estão ensinando francês? — perguntei ao velhinho.

— Estão ensinando, *bátiuchka*, e depois de velho, como se eu fosse um estorninho[24] — respondeu Gavrila com tristeza.

— É o próprio Fomá que ensina?

— É ele, *bátiuchka*. É um homem sabido, pelo visto.

— Nem me fale, é mesmo um sabichão! E ensina na base da conversa?

— Com o *cardeninho*, *bátiuchka*.

— E isso na sua mão, o que é? Ah! Palavras francesas escritas com letras russas, mas que jeito ele foi dar! Mas você não tem vergonha, Gavrila, de se entregar nas mãos de um paspalhão, de uma besta quadrada dessas? — exclamei, esquecendo por um momento todas as minhas conjecturas generosas a respeito de Fomá Fomitch, pelas quais ainda há pouco o senhor Bakhtchêiev me repreendera.

— E como, *bátiuchka* — respondeu o velhinho —, e como é que ele pode ser uma besta, se aqui ele manda e desmanda em todos os nossos senhores?

— Hm! Talvez você tenha razão, Gavrila — murmurei, pego de surpresa por aquela observação. — Mas me leve até o titio!

— Meu rapaz querido! Não posso aparecer na frente do seu tio, nem me atrevo. Até dele comecei a ter medo. Fico aqui sentado, comendo o pão que o diabo amassou, e, quando calha de ele passar, eu chego a pular esses canteiros.

— Mas do que é que você tem medo?

— Um tempo atrás eu não sabia a lição; Fomá Fomitch

---

[24] Pássaro conhecido pela complexidade de seu canto e pela capacidade de imitação de diversos sons, inclusive a voz humana. (N. do T.)

me mandou ficar de joelhos, mas eu não fiquei. Já estou velho, *bátiuchka* Serguei Aleksándritch, para ficarem aprontando dessas comigo! O patrão ficou danado porque eu não obedeci ao Fomá Fomitch. Disse para mim: "ele está preocupado com sua educação, seu velho caduco, quer ensinar a pronúncia para você". E agora eu fico por aí, decorando o vocábulo.[25] Prometi ao Fomá Fomitch que faria uma outra provinha no fim do dia.

Pareceu-me que ali havia algo obscuro. Algo naquela história toda de estudar francês, pensei eu, que o velhinho não podia me explicar.

— Uma pergunta, Gavrila: como ele é? Bem-apessoado, de alta estatura?

— Fomá Fomitch?! Não, *bátiuchka*, é um homenzinho muito do mirrado.

— Hm! Mas espere, Gavrila; tudo ainda há de ficar bem; prometo a você, com certeza há de ficar bem! Mas... onde é que está o titio?

— Está atrás da estrebaria, recebendo os mujiques. Os mais velhos de Kapitónovka vieram rogar. Ouviram que vão passar todos eles para o nome de Fomá Fomitch. Vieram suplicar.

— Mas por que atrás da estrebaria?

— Por cautela, *bátiuchka*...

E de fato encontrei o titio atrás da estrebaria. Lá estava ele, numa área descoberta, em frente a um grupo de camponeses que se prostravam à sua frente, pedindo algo com todo o afinco. O titio lhes explicava algo ardorosamente. Eu me aproximei e gritei seu nome. Ele se voltou para mim e nós corremos para nos abraçar.

---

[25] No início do século XIX, chamavam-se "vocábulos" as palavras de origem estrangeira que, organizadas em uma certa ordem e seguidas de tradução, serviam como método de memorização. (N. da E.)

Ele ficou alegre ao extremo com minha presença; sua alegria chegava ao ponto do êxtase. Ele me abraçava, apertava minhas mãos... Era como se lhe tivessem devolvido um filho seu, um filho que fora salvo de algum perigo mortal. Como se, com minha chegada, eu tivesse salvado até a ele mesmo de algum perigo mortal, e trazido comigo a solução para todas as suas desavenças, além de uma felicidade e uma alegria que durariam pelo resto da vida dele e de todos que amava. O titio não se permitiria ser feliz sozinho. Depois dos primeiros arroubos de êxtase, ele subitamente azafamou-se a tal ponto, que acabou perdendo o rumo e se atrapalhando por completo. Ele me encheu de interrogações, queria o quanto antes levar-me até sua família. Fizemos menção de partir, mas o titio voltou-se, desejando apresentar-me aos mujiques de Kapitónovka. Lembro-me de que depois ele se pôs a falar, não se sabe por quê, a respeito de um certo senhor Koróvkin, um homem singular que ele encontrara três dias antes em algum lugar da estrada real, e cuja visita ele agora aguardava com extrema impaciência. Depois, até o tal Koróvkin ele deixou de lado, e começou a falar de alguma outra coisa. Eu olhava para ele com enlevo. Ao responder suas interrogações apressadas, disse que não desejava entrar para o serviço público, mas sim continuar a dedicar-me às ciências. Assim que a conversa chegou às ciências, o titio de repente franziu o cenho e fez uma expressão extraordinariamente séria. Depois de saber que nos últimos tempos eu vinha me dedicando à mineralogia, ele ergueu a cabeça e olhou ao redor com orgulho, como se ele mesmo, sozinho e sem qualquer ajuda alheia, tivesse descoberto e escrito toda a mineralogia. Já disse antes que ele venerava a palavra "ciência" da maneira mais desinteressada possível; e ainda mais desinteressada pelo fato de que ele não entendia rigorosamente nada a respeito dela.

— É, meu querido, há pessoas no mundo que sabem de tudo um pouco! — disse-me ele certa vez, os olhos cintilando de êxtase. — Você fica sentado com eles, ouvindo tudo, mas sabe que não entende nada daquilo, e mesmo assim dá gosto. E por que razão? Porque são coisas úteis, coisas inteligentes, pensadas para a felicidade geral! Isso sim eu entendo. Hoje eu vou e pego um trem, mas amanhã talvez o meu Iliucha possa voar... E enfim, temos o comércio, a indústria; todos esses ramos, por assim dizer... O que eu estou dizendo é que, não importa o que falem, são coisas úteis... São úteis, não é verdade?

Mas voltemos ao nosso encontro.

— Espere, meu amigo, espere — começou ele, esfregando as mãos e falando atropeladamente. — Você vai ver que pessoa! Uma pessoa rara, devo dizer, uma pessoa erudita, uma pessoa da ciência; seu nome ressoará pelos séculos. Não são palavrinhas bonitas, "ressoará pelos séculos"? Foi o Fomá que me explicou... Espere, eu vou apresentá-lo.

— É de Fomá Fomitch que o senhor está falando, titio?

— Não, não, meu amigo! Estou falando de Koróvkin. Quer dizer, Fomá também, ele também... Mas agora era do Koróvkin que eu estava falando — acrescentou ele, enrubescendo não se sabe por quê, e como que ficando confuso assim que a conversa chegou a Fomá.

— E a que ciências ele se dedica, titio?

— Ciências, meu querido, ciências em geral! Não sei dizer exatamente que ciências, só sei que são ciências. E como fala das estradas de ferro! Sabe — acrescentou o titio, quase cochichando, piscando o olho direito com um ar significativo —, ele tem certas ideias meio ousadas! Eu reparei, especialmente quando ele começou a falar da felicidade conjugal... Pena que entendi pouca coisa (não tive tempo), senão contava tudo direitinho para você. E ainda por cima é um homem com um caráter dos mais nobres! Convidei-o para se hospedar em minha casa. Estou esperando sua chegada a qualquer momento.

Enquanto isso, os mujiques olhavam para mim de boca aberta e olhos esbugalhados, como se eu fosse algum monstro.

— Ouça, titio — interrompi —, pelo visto eu estou importunando os mujiques. Eles decerto querem solicitar alguma coisa. O que eles querem? Confesso que suspeito de certas coisas e ficaria muito contente em ouvi-los...

O titio de repente azafamou-se e apressou-se.

— Ah, sim! Até esqueci! Pois veja só... Que fazer com eles? Inventaram (e queria eu saber quem foi o primeiro deles que inventou isso), inventaram que vou transferi-los, Kapitónovka inteira — você se lembra de Kapitónovka? Antes íamos para lá, a falecida Kátia e eu, e passeávamos à noite —, Kapitónovka inteira, sessenta e oito almas ao todo, para Fomá Fomitch! "Não queremos nos separar do senhor e pronto!"

— Então é mentira, titio? Você não vai transferir Kapitónovka para ele? — exclamei, quase em êxtase.

— Nem pensar! Nunca me passou pela cabeça! E você ouviu isso de quem? Deixei escapar isso uma vez, e agora o que eu disse está rodando por aí. E o que eles têm contra Fomá? Mas espere, Serguei, vou apresentá-lo — acrescentou ele, olhando timidamente para mim e como que pressentindo que eu também seria um inimigo de Fomá Fomitch. — Meu amigo, é um homem e tanto...

— Não queremos ninguém além do senhor, não queremos! — berraram de repente os mujiques em coro. — O senhor é o nosso pai e nós somos seus filhos!

— Escute, titio — respondi. — Ainda não vi Fomá Fomitch, mas... veja... eu ouvi algumas coisas. Confesso a você que encontrei hoje o senhor Bakhtchêiev. Enfim, por ora já tenho algumas ideias a esse respeito. De qualquer maneira, titio, deixe os mujiques irem embora, para podermos conversar sozinhos, eu e você, sem testemunhas. Confesso que foi para isso que vim...

— Justamente, justamente — secundou o titio —, justamente! Vamos deixar os mujiques irem embora, e depois conversaremos, sabe, assim, amigavelmente, de uma maneira amistosa, vamos a fundo! Bem — continuou ele, falando atropeladamente, dirigindo-se aos mujiques —, vão agora, meus amigos. E doravante me procurem, me procurem sempre que precisarem; assim mesmo, direto comigo, venham a qualquer hora.

— O senhor é nosso *bátiuchka*! É o nosso pai, e nós somos seus filhos! Não se deixe levar por esse Fomá Fomitch! Nós imploramos, gente pobre que somos! — gritaram novamente os mujiques.

— Seus tolos! Eu não vou transferi-los, estou falando!

— Ele vai acabar nos matando de tanto estudar, *bátiuchka*! Os daqui já estão quase morrendo de estudar.

— Mas será que até a vocês ele está ensinando francês? — exclamei em sobressalto.

— Não, *bátiuchka*, Deus ainda nos poupou disso! — respondeu um dos mujiques, na certa um grande tagarela, um ruivo com uma imensa falha no cabelo da nuca e um cavanhaque comprido e ralinho que, de tanto se mexer enquanto ele falava, parecia ter vida própria. — Não, meu senhor, Deus ainda nos poupou disso.

— E o que é que ele ensina a vocês?

— Ele ensina, Vossa Graça, umas coisas que para nós são como comprar uma caixa de ouro para guardar moedas de cobre.

— Como assim moedas de cobre?

— Serioja![26] Você está equivocado; isso é uma calúnia! — exclamou o titio, ficando vermelho e terrivelmente constrangido. — São esses tolos que não entenderam o que ele

---

[26] Diminutivo carinhoso de Serguei. (N. do T.)

lhes disse! Ele apenas... Que história é essa de moeda de cobre?!... E você não tem nada que ficar falando disso, esgoelando por aí — continuou o titio, dirigindo-se ao mujique em tom de repriménda. — Desejaram o bem a você, seu tolo, mas você não entende e ainda fica gritando!
— Perdão, titio, mas francês?
— Ele fez isso pela pronúncia, Serioja, unicamente pela pronúncia — falou o titio numa voz um tanto suplicante.
— Ele mesmo disse que foi pela pronúncia... E ainda por cima houve uma história específica; você não a conhece, e por isso não pode julgar. Meu querido, é preciso antes ver a coisa a fundo, e só depois recriminar... Porque recriminar é fácil!
— Mas e vocês?! — gritei eu, encolerizado, dirigindo-me novamente aos mujiques. — Vocês deveriam falar diretamente com ele. Dizer a Fomá Fomitch que assim não dá, que é de outro jeito que vai ser! Vocês por acaso não têm língua?
— E onde já se viu o rato pendurar a sineta no gato, *bátiuchka*? "Eu estou ensinando", diz ele, "a vocês, mujiques abrutalhados, como ser limpos e asseados. Como é que vocês ficam com a camisa tão suja?". Pois quem dá o suor, fica mesmo com ela suja! Não dá para trocar todo dia. A limpeza não é a salvação de ninguém, e nem a imundície é a condenação.
— No outro dia, ele veio até os celeiros — disse outro mujique, alto e magricelo, a roupa toda cheia de remendos, calçando *lápti*[27] dos mais rotos; era pelo visto um daqueles que estão eternamente insatisfeitos com alguma coisa e que têm sempre algo virulento e venenoso para dizer. Até então, ele estava escondido atrás dos outros mujiques, escutando num silêncio sombrio, sem tirar do rosto, em momento al-

---

[27] Tradicional calçado feito com casca de tília. (N. do T.)

gum, um certo sorrisinho ambíguo e de uma amargura maliciosa. — Veio até os celeiros e disse: "Vocês sabem a quantas verstas de distância está o Sol?". E quem sabe isso? Ciência não é coisa nossa, é coisa de fidalgo. "Não", disse ele, "você é um tolo, um parvalhão, não sabe o que é bom para você; já eu", disse, "sou *astrólomo*! Conheço todos os *planedas* de Deus".

— Mas, então, ele disse a quantas verstas de distância está o Sol? — interveio o titio, animando-se de repente e dando piscadelas para mim, contente, como que dizendo: "Veja só o que vem por aí".

— Disse, parece que é um tanto — respondeu o mujique a contragosto, não esperando aquela pergunta.

— E então, quantas ele disse, quantas exatamente?

— Mas Vossa Graça é que sabe, nós somos gente ignorante.

— Mas eu sei, querido. E você, está lembrado?

— Não sei quantos centos ou milhares, foi o que ele disse. É um tanto, ele disse. Tantas que não daria para levar nem com três carroças.

— Pois lembre, meu querido! Na certa você pensou que era coisa de uma versta, que dava para alcançar com a mão, não é? Não, querido, a Terra, está vendo, é como uma esfera redonda, entendeu?... — continuou o titio, traçando com as mãos no ar a imagem de uma esfera.

O mujique sorriu amargamente.

— Pois é, uma esfera! Ela se mantém no ar por conta própria e gira ao redor do Sol. E o Sol fica parado no lugar; você apenas tem a impressão de que ele é que anda. Pois veja só que coisa! E quem descobriu tudo isso foi o Capitão Cook, o navegador... Sabe Deus quem é que descobriu — acrescentou ele quase cochichando, dirigindo-se a mim. — Eu mesmo não sei de nada, meu querido... E você, sabe a distância até o Sol?

— Sei, titio — respondi, observando com surpresa toda aquela cena. — E eis o que eu penso: a falta de instrução é o mesmo que a falta de higiene; mas por outro lado... ensinar astronomia para os camponeses...

— Justamente, justamente, justamente falta de higiene! — secundou o titio, extasiado com a minha expressão, que lhe parecera oportuna ao extremo. — Um nobre pensamento! Justamente falta de higiene! Eu sempre disse isso... Quer dizer, nunca disse, mas sempre senti. Escutem — gritou ele aos mujiques. — A falta de instrução é o mesmo que a falta de higiene, o mesmo que sujeira! É por isso que Fomá queria ensinar a vocês. Ele queria ensinar o bem a vocês, e isso não é nada mau. Isso, meus queridos, é o mesmo que o serviço público, vale tanto quanto um título de nobreza. E tal coisa é a ciência! Mas muito bem, muito bem, meus amigos! Vão com Deus, que estou feliz, feliz... Fiquem tranquilos que eu não vou deixá-los.

— Proteja-nos, nosso pai!

— Mostre-nos a luz, *bátiuchka*!

E os mujiques puseram-se de joelhos.

— Ora, ora, que besteira é essa?! Vocês devem suplicar a Deus e ao tsar, não a mim... Mas vão, comportem-se bem e façam por merecer o carinho... E tudo mais... Sabe — disse ele, subitamente dirigindo-se a mim assim que os mujiques partiram e como que radiante de alegria —, o mujique adora uma palavra afável, e um presentinho não faz mal a ninguém. Que tal eu dar um presente para eles, hein? O que você acha? Pela sua chegada... Dou um presente ou não?

— Mas você é um Frol Sílin,[28] titio, um benfeitor, pelo que eu vejo.

---

[28] Referência ao protagonista do conto "Frol Sílin, o benfeitor", de Nikolai Mikháilovitch Karamzin (1766-1826). Num ano de fome, Frol Sílin distribui seus bens aos pobres. (N. do T.)

— Não tem como, meu querido, não tem como: isso não é nada. Fazia tempo que eu queria dar um presente a eles — acrescentou ele, como que se desculpando. E por que você acha graça de eu ensinar ciência para os mujiques? Não, querido, isso tudo é alegria por ver você, Serioja. Queria pura e simplesmente que eles também, os mujiques, soubessem qual a distância até o Sol, deixá-los de boca aberta. Como é divertido, meu querido, vê-los de boca aberta... Fico de certa maneira feliz por eles. Mas saiba de uma coisa, meu amigo: não diga lá na sala de visitas que eu vim aqui conversar com os mujiques. Foi de propósito que eu os recebi atrás da estrebaria, para que ninguém visse. Meu querido, isso seria impossível de se fazer lá: é uma questão delicada; eles mesmos é que vieram, de mansinho. E foi mais por eles que eu fiz isso...

— Pois veja só, titio, eu cheguei! — comecei, mudando de assunto e desejando chegar o mais depressa possível à questão principal. — Confesso a você que sua carta me deixou tão surpreso, que eu...

— Meu amigo, nem uma palavra sobre isso! — interrompeu o titio, como que assustado e até mesmo abaixando a voz. — Depois, depois tudo isso se explicará. Talvez eu seja culpado perante você, talvez até muito culpado, mas...

— Culpado perante mim, titio?

— Depois, depois, meu amigo, depois! Tudo se explicará. Mas que rapagão você virou! Meu querido! E como esperei por você! Queria desabafar, por assim dizer... Você é um erudito, é a única pessoa que eu tenho... Você e Koróvkin. Mas preciso dizer-lhe que todos aqui estão irritados com você. Observe bem, tome cuidado e não vacile!

— Comigo? — perguntei, olhando com espanto para o titio, sem entender como eu podia irritar pessoas que me eram então completas desconhecidas. — Comigo?

— Com você, querido. O que fazer? Fomá Fomitch, um pouquinho... e também a mãe, por conta dele. No geral, seja

cuidadoso, respeitoso, não contrarie. Mas principalmente seja respeitoso...

— Isso diante de Fomá Fomitch, titio?

— O que fazer, meu amigo?! Eu não o defendo. De fato, talvez ele seja um homem com muitos defeitos, talvez agora mesmo, nesse exato momento... Ah, meu querido Serioja, como tudo isso me perturba! E como tudo poderia ficar bem, como todos nós poderíamos estar satisfeitos e felizes!... Mas, por outro lado, quem não tem defeitos? Nós também não somos de ouro, somos?

— Mas perdão, titio! Leve em consideração o que ele faz...

— Ah, meu querido! São apenas pequenas desavenças, nada mais! Por exemplo, vou contar a você: ele agora está irritado comigo, e por que motivo, o que você acha?... Mas, pensando bem, talvez eu seja mesmo culpado. É melhor eu contar depois...

— Mas, sabe, titio, a esse respeito formei uma opinião particular — interrompi, apressando-me a expressar minha opinião. Na verdade, nós dois parecíamos muito apressados. — Em primeiro lugar, ele era um bufão: isso o amargurou, o abateu, ofendeu seu ideal; e então surgiu uma pessoa de uma índole enraivecida, doentia, vingativa, por assim dizer, para com toda a humanidade... Mas se pudermos reconciliá-lo com as pessoas, se pudermos devolvê-lo a si mesmo...

— Justamente, justamente! — exclamou o titio em êxtase. — Justamente isso! Um nobre pensamento! Seria até vergonhoso e vil se nós o julgássemos! Justamente!... Ah, meu amigo, você me entende; você me trouxe tanto deleite! Queria tanto que ficasse tudo bem por lá! Sabe, tenho até medo de aparecer lá agora. Agora que você chegou, seguramente vai sobrar para mim!

— Titio, se é assim... — comecei, perturbado por tal confissão.

— De jeito nenhum! Por nada neste mundo! — gritou ele, pegando-me pela mão. — Você é meu convidado, e é isso que eu quero!

Tudo aquilo deixou-me extremamente surpreso.

— Titio, diga-me de uma vez — insisti —, para que o senhor me chamou? O que espera de mim e, principalmente, de que maneira é culpado perante mim?

— Meu amigo, não me pergunte isso! Depois, depois! Tudo isso se explicará depois! Talvez eu seja culpado de muita coisa, mas eu queria agir como um homem honrado e... e... e você há de se casar com ela! Há de se casar, se em você houver uma gota que seja de dignidade! — acrescentou ele, corando por completo por alguma sensação repentina e apertando minha mão com força e entusiasmo. — Mas basta, nenhuma palavra mais! Você logo descobrirá tudo por conta própria. Dependerá de você... O mais importante agora é que você consiga agradar por lá, que cause uma boa impressão. O mais importante é não ficar envergonhado.

— Mas ouça, titio, quem são as pessoas que estão morando em sua casa? Confesso que frequentei tão pouco a sociedade que...

— O quê? Ficou com um pouco de medo? — interrompeu o titio com um sorriso. — Ah, não é nada! São todos de casa, ânimo! O mais importante é ter ânimo, não temer! Eu é que de certa forma temo por você. Quem são os que estão morando comigo, você pergunta? Pois é, quem são eles... Em primeiro lugar, a mamãe — começou ele às pressas. — Você se lembra da mamãe ou não se lembra? Uma velhinha das mais bondosas e nobres; sem pretensões, pode-se dizer; é uma mulher um tanto à moda antiga, mas isso é até melhor. Sabe, às vezes tem cada capricho, fala cada coisa; agora está irritada comigo, mas eu é que sou o culpado... Sei que sou o culpado! Bem, mas enfim, ela é aquilo que se pode chamar de *grande dame*, a generala... Seu marido foi um homem magnífico; em primeiro lugar, era general, um homem muitíssimo culto, que não deixou bens, mas que, em compensação, era coberto de cicatrizes; resumindo, fez por merecer o respeito de todos! Depois, temos a dama Perepelítsina. Bem, ela... não sei... nos últimos tempos parece um pouco... tem um caráter que... De qualquer maneira, não dá para ficar condenando os outros... Que Deus a abençoe... Mas não pense que é uma agregada qualquer. Ela é filha de um tenente-coronel, meu querido. É a confidente da mamãe, meu amigo! Depois, querido, a minha irmãzinha Praskóvia Ilínitchna. Bem, dela não há muito que falar: é simples, boa; um pouco atarefada demais, mas, em compensação, que coração! Olhe acima de tudo para o coração! Ela é uma moça já mais velha, mas fique sabendo que esse esquisitão do Bakhtchêiev pelo visto está fazendo a corte, quer lhe pedir a mão. Mas você fique quieto, hein?! É segredo! Bem, quem mais temos? Das crianças nem falo: você mesmo vai ver. Amanhã é o dia do santo de Iliuchka...[29] Ah, sim! Já ia me esquecendo: está hospedado conosco, já fez um mês, sabe, Ivan Ivánitch Mizíntchikov, que é seu primo de segundo grau, parece; sim, justamente de segundo grau! Há pouco tempo, pediu baixa dos hussardos, era tenente; é um homem ainda jovem. Uma alma das mais nobres! Mas, sabe, arruinou-se a tal ponto, que eu nem sei como foi que conseguiu se arruinar assim. Por outro lado, ele já não tinha quase nada; mas, de qualquer maneira, arruinou-se, contraiu dívidas... Agora está hospedado comigo. Até então, eu nem o conhecia; veio por conta própria, apresentou-se. É gentil, bondoso, respeitoso. Alguém aqui por acaso já ouviu alguma palavra vinda dele? Fica sempre calado. Fomá, por zombaria, passou a chamá-lo de "o desconhecido taciturno". Mas tudo bem: ele nem se irrita. Fomá fica satis-

---

[29] Diminutivo carinhoso de Iliá. (N. do T.)

feito; diz que Ivan é limitado. Mas Ivan não o contraria em nada e faz coro para tudo. Hm! É tão acanhado... Bem, que Deus o abençoe! Você mesmo verá. Temos os hóspedes da cidade: Pável Semiônitch Obnóskin e sua mãe; é um homem jovem, mas de grande inteligência; há algo nele de maduro, sabe, de inabalável... É que não sei me expressar bem; e ainda por cima é de uma moralidade incrível; que moral rígida tem! Bem, e finalmente, está hospedada conosco, veja você, uma certa Tatiana Ivánovna, que talvez seja nossa parente distante. Você não a conhece. É uma dama já não muito jovem, é preciso confessar, mas... é uma dama com alguns atributos; é rica, meu querido, tanto que poderia comprar até duas Stepántchikovo; recebeu faz pouco tempo esse dinheiro, mas até então comia o pão que o diabo amassou. Meu querido Serioja, já fique prevenido, por favor: ela é um tanto enfermiça... Sabe, há algo de fantasmagórico em seu caráter. Mas você é uma pessoa nobre, vai entender que ela passou por muita desgraça, sabe? É preciso ser cuidadoso em dobro com uma pessoa que passou por tanta desgraça! Mas você nem pense em alguma coisa. É claro que ela tem suas fraquezas: às vezes fica toda apressada, sai falando, mas não falando as palavras que deveria, não que ela minta, não pense isso... Sai tudo desse jeito, meu querido, pelo coração puro e nobre que ela tem, por assim dizer. Quer dizer, se ela chega a mentir sobre alguma coisa, é, por assim dizer, unicamente devido a sua excessiva nobreza de espírito, entende?

Pareceu-me que o titio ficara terrivelmente desconcertado.

— Escute, titio — disse eu —, eu o amo tanto... Permita-me fazer uma pergunta franca: o senhor vai se casar com alguém daqui ou não?

— Mas de quem você ouviu isso? — respondeu ele, corando como uma criança. — Pois veja, meu amigo, eu hei de lhe contar tudo: em primeiro lugar, não vou me casar. A mamãe, em parte minha irmãzinha e, principalmente, Fomá Fomitch, que é adorado pela mamãe — e com razão, com razão: ele fez muito por ela —, todos eles querem que eu me case com essa tal Tatiana Ivánovna, por ser algo sensato, quer dizer, faria bem a toda a família. É claro que desejam o meu bem, eu compreendo isso; mas eu não me casarei por nada: já prometi a mim mesmo. Apesar disso, por algum motivo não pude dar uma resposta: não disse nem que sim, nem que não. Isso sempre acontece comigo, meu querido. Eles pensavam que eu iria concordar, e querem porque querem que amanhã, para a festa da família, eu me declare... E é por isso que para amanhã tenho tantas preocupações que nem sei por onde começar! E ainda por cima Fomá Fomitch, não se sabe por quê, ficou irritado comigo; a mamãe também. Confesso a você, meu querido, que estava apenas esperando por você e por Koróvkin... Queria desabafar, por assim dizer...

— E em que vai ajudar esse Koróvkin, titio?

— Vai ajudar, meu amigo, vai ajudar. Meu querido, ele é um homem e tanto; resumindo: um homem de ciência! Eu posso contar com ele, é como uma rocha: é um homem vencedor! E como fala da felicidade conjugal! E confesso que contei com você também; pensei que você poderia pôr um pouco de razão neles. Julgue por si mesmo: suponhamos que eu seja culpado, realmente culpado — entendo tudo isso; não sou insensível. Mas, de qualquer maneira, podem me perdoar de vez em quando! Se fosse assim, como viveríamos bem!... Ah, meu querido, como cresceu a minha Sáchurka,[30] já dá até para casar! E o meu Iliúchka, então! Amanhã é o dia do seu santo. Temo um pouco pela Sáchurka, na verdade!...

— Titio! Onde está minha mala? Vou me trocar e num instante me apresento, e lá...

---

[30] Diminutivo carinhoso de Aleksandra. (N. do T.)

— No mezanino, meu amigo, no mezanino. Eu de antemão dei ordens para que o levassem ao mezanino assim que você chegasse, para que ninguém o visse. Justamente, justamente, vá se trocar! Muito bem, excelente, excelente! E, enquanto isso, eu vou pouco a pouco preparando os outros. Bem, seja o que Deus quiser! Sabe, meu querido, é preciso ser astucioso. Bancar o Talleyrand,[31] mesmo que a contragosto. Mas não há de ser nada! Agora estão bebendo chá. Aqui se bebe chá cedo. Fomá Fomïtch adora beber chá assim que acorda; assim até é melhor, sabe... Bem, eu vou andando, venha logo depois de mim, não me deixe sozinho: é que eu fico sem jeito quando sozinho, meu querido... Ah! Espere! Tenho mais uma coisa para lhe pedir: não grite comigo lá como gritou comigo agora há pouco aqui, sim? Se depois você quiser fazer alguma observação, faça aqui, quando estivermos a sós; mas, até então, contenha-se, espere! Vê, é que eu já aprontei muitas por lá. Eles estão irritados...

— Escute, titio, de tudo que vi e ouvi, me parece que o senhor...

— O que, sou um molenga? Pode falar! — cortou ele de maneira completamente inesperada. — O que fazer, meu querido?! Eu mesmo sei disso. Mas, então, você vem? Venha o mais rápido que puder, por favor!

Depois de subir, abri apressadamente a mala, tendo em mente a ordem do titio de descer o mais rápido que pudesse. Ao me vestir, percebi que ainda não descobrira quase nada do que queria descobrir, embora tivesse conversado com o titio por uma hora. Aquilo me deixou pasmo. Apenas uma coisa me era mais ou menos clara: o titio queria, de maneira cada vez mais insistente, que eu me casasse; por conseguinte, todos aqueles boatos contraditórios — a saber, que o pró-

---

[31] Charles Maurice de Talleyrand-Périgord (1754-1838), diplomata francês. (N. do T.)

prio titio estava apaixonado justamente por aquela pessoa — eram descabidos. Lembro-me de que eu estava numa grande inquietação. Entre outras coisas, veio-me à cabeça o pensamento de que eu, com minha chegada e com meu silêncio frente ao titio, quase fizera uma promessa, dera minha palavra, amarrara a mim mesmo para sempre num compromisso. "Como é fácil — pensei —, como é fácil dizer uma palavra que depois vai amarrar suas mãos e seus pés para sempre. E até agora eu sequer vi a noiva!" E além disso, de onde vinha tamanha hostilidade contra mim por parte de toda a família? Por que exatamente todos eles haveriam de encarar de maneira hostil a minha chegada, como garantia o titio? E que estranho papel era aquele que o próprio titio desempenhava ali, em sua própria casa? De onde provinha todo aquele seu mistério? Por que todos aqueles sobressaltos e tormentos? Confesso que tudo aquilo me pareceu, de repente, totalmente absurdo; já meus sonhos romanescos e heroicos, dissiparam-se por completo ao primeiro choque com a realidade. Apenas então, após a conversa com o titio, revelou-se a mim de repente todo o despropósito, toda a excentricidade de sua proposta, e entendi que semelhante proposta, feita ainda por cima em tais circunstâncias, somente o titio seria capaz de fazer. Entendi também que eu mesmo, ao voar para lá em desabalada carreira ao primeiro pedido, extasiado por aquela proposta, tornara-me muito parecido com um tolo. Vesti-me às pressas, imerso em minhas dúvidas e inquietações, de maneira que inicialmente sequer notei o criado que me servia.

— O senhor pretende vestir a gravata azul-adelaide ou esta quadriculada? — perguntou de repente o criado, dirigindo-se a mim com uma cortesia incomum e adocicada.

Olhei para ele e vi que, afinal, também o outro era digno de curiosidade. Tratava-se de um homem jovem, vestido belamente para um lacaio, tão bem quanto qualquer sujeito elegante de província. Seu fraque marrom, suas calças bran-

cas, seu colete cor de palha, suas botinas de verniz e sua gravatinha rosada haviam sido nitidamente combinados com um objetivo. Tudo atestava de imediato o gosto delicado de um jovem janota. A correntinha do relógio ficava à mostra, certamente com o mesmo objetivo. Era um sujeitinho pálido, quase esverdeado; tinha um nariz grande, adunco, fino, de uma brancura incomum, como que feito de porcelana. O sorriso em seus finos lábios exprimia uma certa tristeza; uma tristeza delicada, porém. Seus olhos, grandes, esbugalhados e como que vítreos, tinham uma expressão extraordinariamente estúpida, que porém irradiavam delicadeza. Suas orelhinhas finas e macias estavam protegidas, por delicadeza, com um pedaço de algodão. Seus cabelos longos, ralos e de um loiro desbotado eram crespos, com caracóis, e untados com uma pomada. Suas mãozinhas eram brancas, limpinhas, quiçá embebidas em água de rosas; até as pontas de seus dedos eram de janota, com compridíssimas unhas rosadas. Tudo revelava um mimalho, um elegante e um folgado. Ele ceceava e, bem de acordo com a moda, não articulava a letra *r*; levantava e abaixava os olhos, suspirava e agia de modo excessivamente carinhoso. Recendia a perfume. Era de baixa estatura, flácido e débil, e, ao caminhar, dobrava os joelhos de um modo peculiar, possivelmente enxergando nisso a mais alta delicadeza; em suma, ele estava por inteiro embebido em delicadeza, em sutileza e num sentimento de extraordinário amor-próprio. Esse último pormenor, não sei por quê, irrefletidamente desagradou-me.

— Quer dizer que essa gravata é azul-adelaide? — perguntei, olhando com severidade para o jovem lacaio.

— Azul-adelaide, senhor — respondeu ele com impassível delicadeza.

— E azul-agrafiena, não existe?

— Não, senhor. E nem poderia haver.

— E por que não?

— Agrafiena é um nome indecente, senhor.
— Como indecente? Por quê?
— É notório o motivo, senhor. Adelaide pelo menos é um nome estrangeiro, requintado; já Agrafiena pode ser o nome de uma camponesa qualquer.
— Mas você perdeu o juízo ou o quê?
— De maneira alguma, senhor, estou em meu juízo perfeito. É claro que, se o senhor quiser, pode me chamar de toda sorte de nomes; mas muitos generais, e até certos condes da capital, costumam ficar muito satisfeitos com minha conversa.
— E seu nome, qual é?
— Vidopliássov.
— Ah! Então você é Vidopliássov?
— Precisamente, senhor.
— Então espere, meu amigo, que também vou me apresentar a você.

"Mas há algo de Bedlam[32] por aqui", pensei comigo mesmo ao descer.

---

[32] Nome pelo qual ficou conhecido o famoso hospital do convento de St. Mary of Bethlehem, considerado a primeira e mais antiga instituição de tratamento psiquiátrico do mundo. (N. do T.)

IV
NA HORA DO CHÁ

A sala de chá era o mesmo cômodo que dava para o terraço, onde eu pouco antes encontrara Gavrila. Os presságios misteriosos do titio acerca da recepção que me aguardava haviam me inquietado muito. A juventude é às vezes desmesuradamente cheia de amor-próprio, e o amor-próprio da juventude é quase sempre covarde. Por isso foi-me extremamente desagradável quando, ao entrar pela porta e ver, à mesa do chá, toda a companhia, tropecei de repente no tapete, cambaleei e, tentando recuperar o equilíbrio, fui parar inesperadamente no meio da sala. Sentindo-me confuso como se tivesse de uma só vez arruinado a carreira, a honra e o nome, fiquei parado sem me mover, corado como um pimentão e olhando de modo aparvalhado para os presentes. Cito esse acontecimento, em si absolutamente insignificante, apenas porque ele exerceu uma extraordinária influência em minha disposição de espírito ao longo de quase todo aquele dia e, por conseguinte, nas minhas relações com alguns dos personagens de meu relato. Até esbocei uma reverência, mas não consegui fazê-la, fiquei ainda mais vermelho, lancei-me na direção do titio e peguei sua mão.

— Olá, titio — falei eu, arquejando, desejando dizer algo totalmente diferente, muito mais espirituoso, mas dizendo, de maneira de todo inesperada, apenas "olá".

— Olá, olá, meu querido — respondeu o titio, sofrendo por mim —, nós já nos cumprimentamos. Mas não fique

constrangido, por favor — acrescentou ele num sussurro.
— Isso acontece com todos, querido, e como acontece! Dá até vontade de sumir na hora!... Bem, agora, mãezinha, permita-me apresentá-lo: este é o nosso jovem; está um pouco constrangido, mas a senhora certamente irá gostar dele. É meu sobrinho, Serguei Aleksándrovitch — acrescentou, dirigindo-se a todos ao mesmo tempo.

Mas antes de continuar com o relato, permita-me, amável leitor, apresentar, uma por uma, as pessoas em cuja companhia eu me encontrava. Chega a ser imprescindível para a sequência do relato.

A companhia era composta de diversas damas e apenas dois homens, sem contar a mim e ao titio. Fomá Fomitch — que eu tanto desejava ver e que, como eu já então sentia, era o senhor absoluto de toda a casa — não estava lá: sua ausência era gritante e como que levava consigo toda a luz do cômodo. Todos pareciam sombrios e preocupados. Era impossível não notar tal coisa já no primeiro olhar: por mais confuso e aflito que eu mesmo estivesse naquele momento, eu via que o titio, por exemplo, que estava quase tão aflito quanto eu, fazia todos os esforços para esconder sua preocupação sob uma aparente desenvoltura. Algo como uma pesada pedra parecia apertar-lhe o peito. Um dos dois homens que estavam no cômodo era um rapaz ainda muito jovem, de uns vinte e cinco anos, o tal Obnóskin que havia pouco o titio citara, louvando sua inteligência e sua moral. Esse senhor desagradou-me profundamente: tudo nele refletia uma ostentação de mau gosto; seu traje, apesar da ostentação, era um tanto surrado e pobre; seu rosto também parecia, de certa forma, surrado. Seus finos bigodes de barata, de um loiro desbotado, e sua malograda barbicha desgrenhada eram nitidamente destinados a anunciar um homem independente, talvez até um livre-pensador. Piscava os olhos ininterruptamente, sorria com um sarcasmo endurecido, não parava de encarar os outros, sentado em sua cadeira, e a todo instante olhava para mim através de seu lornhão; mas, quando eu me voltava para ele, baixava lentamente seu vidrinho e como que se acovardava. O outro senhor, também um homem ainda jovem, de uns vinte e oito anos, era meu primo de segundo grau, Mizíntchikov. Ele era de fato incrivelmente taciturno. Durante o chá, não disse uma palavra sequer em momento algum e não riu quando todos riram; mas não percebi em absoluto o tal "acanhamento" que o titio via nele; ao contrário, seus olhos castanho-claros expressavam firmeza e uma certa retidão de caráter. Mizíntchikov era bronzeado, de cabelos negros e bastante bonito; vestia-se de modo muito decente — às custas do titio, como vim a saber mais tarde. Dentre as senhoras, notei primeiramente a dama Perepelítsina, por seu rosto incomumente maldoso e exangue. Estava sentada junto à generala — da qual falarei em especial posteriormente —, mas não ao lado, e sim um pouco atrás, por deferência; a todo instante inclinava-se e cochichava algo ao ouvido de sua protetora. Duas ou três agregadas idosas, completamente mudas, sentavam-se perto da janela e aguardavam respeitosamente o chá, arregalando os olhos na direção da mãezinha generala. Interessou-me também uma senhora gorda, bastante disforme, de uns cinquenta anos, vestida de modo muito deselegante e com cores vivas, maquiada e quase sem dentes, no lugar dos quais assomavam uns pedacinhos enegrecidos e quebrados; tal coisa, porém, não a impedia de chiar, piscando com força os olhos, janotando e lançando olhares. Estava ornada com pequenas correntinhas, e apontava sem cessar para mim o seu lornhão, assim como *monsieur* Obnóskin. Tratava-se de sua mãezinha. Minha tia, a submissa Praskóvia Ilínitchna, servia o chá. Ela nitidamente queria me abraçar depois de uma longa separação e, é claro, cair em prantos ali mesmo, mas não ousou. Tudo ali parecia estar sob algum tipo de proibição. Ao lado dela, estava sentada uma belíssima menina de quinze anos, cujos olhos negros olhavam fixamente para mim com uma curiosidade infantil: era minha prima Sacha. Finalmente, e talvez acima de tudo, saltava aos olhos uma senhora estranhíssima, vestida de uma maneira pomposa, mas extraordinariamente pueril, embora não fosse nem de longe jovem; tinha pelo menos trinta e cinco anos. Seu rosto era muito magro, pálido e mirrado, mas extremamente animado. Um vivo rubor surgia a todo instante em suas pálidas bochechas, quase todas as vezes em que ela se movia, a cada agitação. E ela se agitava continuamente, revirava-se na cadeira, e era como que incapaz de permanecer sentada e sossegada por um minuto. Ela me examinava com ávida curiosidade, inclinando-se ininterruptamente para cochichar algo ao ouvido de Sáchenka ou de outra vizinha, e começava de imediato a rir da maneira mais ingênua, alegre e infantil. Mas todas as suas excentricidades, para minha surpresa, pareciam não chamar a atenção de ninguém, como se todos tivessem combinado de antemão ignorá-las. Adivinhei que aquela era Tatiana Ivánovna, a mesma que, de acordo com a expressão que o titio usara, tinha algo de fantasmagórico, que queriam casar forçosamente com ele, e que quase todos na casa adulavam por sua riqueza. Gostei, porém, de seus olhos, azuis e dóceis; e, embora algumas rugas já fossem visíveis ao redor daqueles olhos, sua expressão era tão ingênua, tão alegre e bondosa, que era particularmente agradável deparar-se com eles. De Tatiana Ivánovna, uma das verdadeiras "heroínas" de meu relato, falarei depois mais detalhadamente: tinha uma biografia digna de nota. Uns cinco minutos após minha chegada na sala de chá, entrou correndo, vindo do jardim, um menino muito bonitinho, meu primo Iliucha, que no dia seguinte celebraria o dia do seu santo, e cujos bolsos agora estavam repletos de ossinhos; levava na mão um pião. Atrás dele, entrou uma moça jovem e esbelta, um pouco pálida e um tanto cansada, mas muito bonita. Ela lançou ao redor um olhar perscrutador, desconfiado e até tímido, fitou-me fixamente e sentou-se ao lado de Tatiana Ivánovna. Lembro-me de que meu coração disparou involuntariamente: adivinhei que se tratava da tal preceptora... Lembro-me também de que o titio, assim que ela surgiu, lançou-me um rápido olhar e enrubesceu por completo; depois inclinou-se, segurou as mãos de Iliucha e trouxe-o para me beijar. Percebi ainda que madame Obnóskina olhou primeiro fixamente para o titio, depois apontou, com um sorriso sarcástico, o seu lornhão para a preceptora. O titio ficou muito desorientado e, sem saber o que fazer, até chamou Sáchenka para apresentá-la a mim, mas ela apenas soergueu-se e, em silêncio, com um ar de importância e seriedade, fez uma reverência. Aquilo muito me agradou, no entanto, pois combinava com ela. Naquele mesmo instante, minha bondosa titia Praskóvia Ilínitchna não aguentou, parou de servir o chá e lançou-se para beijar-me; mas sequer tivera tempo de trocar duas palavras com ela, quando se ouviu a voz estridente da dama Perepelítsina, guinchando: "pelo visto, Praskóvia Ilínitchna, você se esqueceu da mãezinha (a generala), a sua mãezinha exige o chá, minha senhora, mas você não está servindo, enquanto ela, minha senhora, está esperando"; e com isso Praskóvia Ilínitchna, deixando-me de lado, foi correndo cumprir suas obrigações.

 A generala, a personagem mais importante de todo esse círculo, e diante da qual todos andavam na linha, era uma velhinha descarnada e má, que trajava luto; era má mais pela velhice e pela perda de suas (quiçá já antes parcas) faculdades mentais; antes, afinal, já era um tanto insensata. A adoção do título de generala somente fez com que ficasse ainda mais estúpida e arrogante. Quando se enfurecia, a casa inteira tornava-se um inferno. Ela possuía duas maneiras de se enfurecer. A primeira maneira era silenciosa, ocasião em que a velhinha passava dias inteiros sem descerrar seus lábios e calava obstinadamente, empurrando ou até mesmo jogando ao chão tudo que lhe pusessem pela frente. A outra maneira era seu extremo oposto: a eloquente. Começava em geral com a vovó — afinal ela era minha avó — mergulhando numa tristeza incomum; parecia esperar a destruição do mundo e de toda a sua propriedade, pressentia para si a miséria e todo tipo de desgosto, ficava empolgada com seus próprios pressentimentos, começava a contar nos dedos suas futuras desgraças e até mesmo atingia, por conta disso, um certo êxtase, um certo entusiasmo. Evidentemente, depois se revelava que havia muito ela previra tudo de antemão, e que só calara porque era forçada a calar-se "naquela casa". "Se pelo menos fossem respeitosos com ela, se pelo menos tivessem desejado obedecê-la de antemão" etc. etc.; todo um bando de agregadas imediatamente fazia coro a tudo isso, e depois também a dama Perepelítsina; finalmente, Fomá Fomitch firmava tudo solenemente. Já no momento em que eu me apresentava, ela estava terrivelmente encolerizada e, pelo visto, de acordo com o primeiro tipo, o silencioso, o mais assustador. Todos olhavam para ela com temor. Apenas Tatiana Ivánovna, a quem se perdoava rigorosamente tudo, estava numa magnífica disposição de espírito. Deliberadamente e até com certa solenidade, o titio conduziu-me até a vovó; esta, porém, fez uma careta azeda, e com raiva empurrou sua xícara para longe.

— Este é o tal *vol-ti-geur*?[33] — falou ela entre os dentes, dirigindo-se com uma voz meio cantada a Perepelítsina.

Aquela pergunta tola tirou-me definitivamente do sério. Não entendo por que motivo ela me chamou de *voltigeur*. Mas tais perguntas para ela não eram nada. Perepelítsina inclinou-se e cochichou-lhe algo ao ouvido; mas a velhinha

---

[33] Em francês, no original: "volteador, equilibrista". (N. do T.)

agitou a mão com raiva. Fiquei parado de boca aberta, olhando com ar de interrogação para o titio. Todos se entreolharam, e Obnóskin até arreganhou os dentes, o que me desagradou terrivelmente.

— Ela às vezes fala demais, meu querido — cochichou-me o titio, também bastante perdido. — Mas isso não é nada, ela é assim mesmo; é que tem um bom coração. E o mais importante é olhar para o coração.

— Sim, o coração! O coração! — ouviu-se subitamente a estrepitosa voz de Tatiana Ivánovna, que não tirara os olhos de mim em momento algum, e que por algum motivo não conseguia ficar sentada e sossegada no lugar: decerto a palavra "coração", dita num cochicho, chegara a seus ouvidos.

Mas ela não completou sua fala, embora nitidamente quisesse manifestar algo. Se ficara constrangida ou alguma outra coisa, o fato é que ela apenas calou-se de repente, enrubesceu terrivelmente, reclinou-se com rapidez na direção da preceptora, cochichou-lhe algo ao ouvido e, de repente, cobrindo a boca com um lenço e recostando-se no espaldar de sua poltrona, deu uma gargalhada histérica. Lancei a todos um olhar de extrema perplexidade; mas, para minha surpresa, todos estavam sérios e observavam como se nada de excepcional tivesse acontecido. Eu, é claro, então compreendi quem era Tatiana Ivánovna. Finalmente serviram-me o chá, e pude me recompor. Não sei por quê, mas senti de repente que era necessário iniciar uma conversa afável com as senhoras.

— O senhor disse a verdade, titio — comecei —, ao advertir-me há pouco que é fácil ficar constrangido. Confesso, com toda a franqueza; e por que esconder? — continuei eu, dirigindo-me com um sorriso bajulador a madame Obnóskina. — Confesso que até o presente momento quase não estive em companhia feminina e, agora que me ocorreu de entrar de maneira tão desagradável, pareceu-me que minha pose no meio da sala era um tanto ridícula e lembrava bastante a de um molenga, não é verdade? Vocês leram *O molenga*?[34] — concluí eu, cada vez mais perdido, corando por minha sinceridade bajuladora e olhando ameaçadoramente para *monsieur* Obnóskin, que arreganhava os dentes e continuava a me examinar da cabeça aos pés.

— Justamente, justamente, justamente! — exclamou de repente o titio com uma animação extraordinária, alegrando-se genuinamente pelo fato de que a conversa, de uma forma ou de outra, engrenara, e que eu conseguira me emendar. — Isso que você disse, meu querido, que é fácil ficar constrangido, não é nada. Pois fique constrangido, ninguém viu! Na minha estreia em sociedade eu até contei uma mentira, meu querido; acredita? Não, Anfissa Petrovna, juro por Deus, é uma história interessante de se ouvir, eu garanto. Tinha acabado de entrar para os cadetes. Cheguei em Moscou e me dirigi para a casa de uma importante e nobre senhora com uma carta de recomendação; era uma mulher das mais arrogantes, mas na realidade, verdade seja dita, muito bondosa, não importa o que dissessem dela. Cheguei, fui recebido. A sala de visitas estava cheia de gente, na maioria figurões. Saudei a todos e me sentei. Logo de saída, ela me disse: "E então, *bátiuchka*, tem por acaso uma vilazinha?". Eu não tinha sequer uma galinha, o que poderia responder? Fiquei constrangido a valer. Todos ficaram olhando para mim (era um cadetezinho!). Pois bem, por que não dizer que não tinha nada? Seria até muito nobre, porque teria dito a verdade. Mas não resisti! "Tenho", disse, "tenho cento e dezessete almas". E por que eu fui meter ali essas dezessete? Porque se é para mentir, que seja com números redondos, não é mesmo? De-

---

[34] Romance de Aleksei Feofiláktovitch Píssemski (1821-1881) publicado em 1850, e cujo protagonista guarda diversas semelhanças com Serguei Aleksándrovitch. (N. do T.)

pois de alguns minutos, por conta da minha carta de recomendação, revelou-se que eu era pobre como um rato de igreja, e ainda por cima que tinha mentido! Bem, o que eu podia fazer? Escapuli na maior pressa e nunca mais pus o pé lá de novo. Na época, eu realmente não tinha nada. Foi só depois que eu recebi trezentas almas do titio Afanassi Matviêitch, e ainda antes disso as duzentas almas de Kapitónovka da vovó Akulina Panfílovna, somando quinhentas, quando muito. Nada mal! Mas, desde então, jurei nunca mais mentir, e não menti.

— Pois eu, no seu lugar, não juraria isso. Sabe Deus o que pode acontecer — comentou Obnóskin com um sorriso zombeteiro.

— Pois é, verdade, verdade! Sabe Deus o que pode acontecer — secundou o titio com um tom ingênuo.

Obnóskin gargalhou ruidosamente, recostando-se no espaldar da poltrona; sua mãezinha sorriu; a dama Perepelítsina também deu um risinho, de um modo especialmente abjeto; Tatiana Ivánovna também gargalhou, sem saber de quê, e chegou a bater palmas. Resumindo, percebi claramente que, em sua própria casa, o titio não tinha rigorosamente consideração alguma. Os olhinhos de Sáchenka faiscavam de raiva, fixos em Obnóskin. A preceptora enrubesceu e baixou os olhos. O titio ficou surpreso.

— O que foi? O que aconteceu? — repetiu ele, olhando perplexo para nós.

Durante todo aquele tempo, meu primo Mizíntchikov permaneceu sentado a uma certa distância, em silêncio, sem sequer sorrir quando todos riam. Tomava seu chá compenetradamente, olhava para todo o grupo com um ar filosófico e, por vezes, como que num acesso de insuportável tédio, punha-se a assobiar com ímpeto, provavelmente um velho hábito seu, mas parando logo depois. Obnóskin, que provocara o titio e agora tramava algo contra mim, parecia incapaz sequer de olhar para Mizíntchikov; logo percebi isso. Também percebi que meu taciturno primo olhava com frequência para mim, com visível curiosidade, como que desejando definir com precisão que tipo de pessoa eu era.

— Tenho certeza — trinou de repente madame Obnóskina —, tenho certeza absoluta, *monsieur* Serge — é isso mesmo, não? —, de que o senhor, lá na sua Petersburgo, não era um grande admirador das mulheres. Sei que lá surgiram muitos, muitos jovens que evitam por completo a companhia feminina. Mas a meu ver são apenas livres-pensadores. Não poderia enxergar isso de outra maneira, que não como um imperdoável livre-pensamento. E confesso ao senhor que isso muito me espanta, me espanta, meu jovem, simplesmente me espanta!...

— Não frequentei em absoluto a sociedade — respondi com uma animação incomum. — Mas isso... Pelo menos creio que isso não é um problema... Morava, quer dizer, na verdade alugava um apartamento... Mas isso não é um problema, garanto à senhora. Ainda hei de me apresentar; mas por enquanto fiquei o tempo todo em casa...

— Ele se dedica às ciências — comentou o titio, tomando coragem.

— Ah, titio, o senhor sempre falando de ciências!... Imaginem — continuei com um desembaraço incomum, dando um sorriso amável e dirigindo-me novamente a Obnóskina — que o meu querido titio é a tal ponto dado às ciências, que desenterrou em algum lugar da estrada real um tal filósofo miraculoso e prático, o senhor Koróvkin; e a primeira coisa que me disse, depois de tantos anos de separação, foi que ele, com certa impaciência febril, pode-se dizer, está à espera desse milagreiro fenomenal... Por amor à ciência, é evidente...

E dei uma risadinha, na esperança de provocar o riso geral, que soasse como um elogio ao meu senso de humor.

— Quem? De quem ele está falando? — disse abruptamente a generala, dirigindo-se a Perepelítsina.

— Iegor Ilitch fica convidando um monte de gente, minha senhora, eruditos; fica andando pela estrada real, recolhendo todos, minha senhora — piou a dama com deleite.

O titio ficou completamente desnorteado.

— Ah, sim! Até esqueci! — exclamou ele, lançando-me um olhar que exprimia uma reprimenda. — Estou à espera de Koróvkin. É um homem de ciência, cujo nome ressoará pelos séculos...

Ele interrompeu sua fala e calou-se. A generala agitou a mão e, dessa vez, obteve êxito, já que esbarrou numa xícara, que saiu voando da mesa e quebrou-se. Começou uma agitação generalizada.

— Ela sempre faz isso quando está irritada, pega alguma coisa e atira no chão — sussurrou para mim o titio, constrangido. — Mas isso só quando está irritada... Nem olhe, meu querido, nem repare, olhe para o outro lado... Por que é que você começou a falar do Koróvkin?...

Mas eu, de qualquer maneira, já olhava para o outro lado: naquele momento meus olhos encontraram-se com os da preceptora, e pareceu-me que neles havia uma recriminação dirigida a mim, e até mesmo um certo desdém; um rubor de indignação ardia claramente em suas pálidas bochechas. Compreendi seu olhar e adivinhei que, com meu desejo pusilânime e abjeto de fazer o titio parecer ridículo, a fim de tirar pelo menos um pouco do ridículo de mim mesmo, eu não poderia ganhar a simpatia daquela dama. Mal posso expressar como fiquei envergonhado!

— Mas queria falar mais um pouco de Petersburgo com o senhor — meteu-se novamente Anfissa Petrovna, quando a agitação produzida pela xícara quebrada amainou-se. — É com tamanho de-lei-te, pode-se dizer, que me lembro de nossa vida nessa fascinante capital... Frequentávamos, na época, a casa do general Pólovtsin, éramos muitos próximos, lembra-se, Paul?... Ah, que criatura fascinante era a generala, fas-ci-nan-te! É assim, sabe, essa aristocracia, esse *beau monde*!...[35] Mas me diga, o senhor certamente os conheceu... Confesso que o esperava com impaciência: tinha esperança de saber muitas, muitas coisas a respeito de nossos amigos de Petersburgo...

— Lamento muito por não poder fazê-lo... Perdão... Já disse que frequentei muito pouco a sociedade, e não conheço em absoluto o general Pólovtsin; sequer ouvi falar — respondi com impaciência, substituindo bruscamente minha afabilidade por um estado de espírito extremamente desgostoso e irritado.

— Ele se dedicou à mineralogia! — completou com orgulho o incorrigível titio. — A mineralogia é aquela que examina diversas pedrinhas, não é, meu querido?

— Sim, titio, as pedras...

— Hm... Existem muitas ciências, uma mais útil que a outra! E para falar a verdade, meu querido, eu nem sabia o que era a mineralogia! Eu fico só ouvindo quando falam, mas para mim é tudo grego. Em outras coisas até que sou assim, assim, mas, em se tratando de ciências, sou um tolo, reconheço abertamente!

— Reconhece abertamente? — secundou Obnóskin, dando um risinho.

— Papai! — gritou Sacha, lançando um olhar de reprimenda para o pai.

— O que foi, minha flor? Ah, meu Deus, mas eu a interrompi, Anfissa Petrovna — apercebeu-se o titio, sem entender a exclamação de Sáchenka. — Perdão, em nome de Cristo!

— Oh, mas não se preocupe! — respondeu Anfissa Pe-

---

[35] Em francês, no original: "alta sociedade". (N. do T.)

trovna com um sorrisinho azedo. — Na verdade, já disse tudo a seu sobrinho e concluo, *monsieur* Serge — é assim, estou certa? —, apenas com o seguinte: o senhor definitivamente precisa emendar-se. Acredito que as ciências, as artes... a escultura, por exemplo... enfim, em suma, todas essas ideias elevadas possuem, por assim dizer, seu lado en-can-ta-dor, mas elas não podem substituir as damas!... As mulheres, as mulheres, meu jovem, são a sua formação, e por isso sem elas é impossível viver, impossível, meu jovem, im-pos-sível!

— Impossível, impossível! — ouviu-se novamente a voz um tanto cortante de Tatiana Ivánovna. — Ouça — começou ela, apressada como uma criança e, é evidente, corando por completo —, ouça, quero perguntar ao senhor...

— O que deseja? — respondi, olhando atentamente para ela.

— Queria perguntar ao senhor: pretende passar muito tempo por aqui ou não?

— Juro que não sei, minha senhora; assim que meus assuntos...

— Assuntos! Que assuntos pode ter?... Ah, seu louco!...

E Tatiana Ivánovna, corando a não mais poder e cobrindo-se com o leque, inclinou-se em direção à preceptora e pôs-se imediatamente a cochichar algo. Depois, começou de repente a rir e a bater palmas.

— Espere! Espere! — exclamou ela, afastando-se de sua *confidente*[36] e de novo dirigindo-se a mim apressadamente, como que temendo que eu saísse. — Escute, o senhor sabe o que vou lhe dizer? O senhor é incrivelmente, incrivelmente parecido com um jovem, com um jovem fas-ci-nan-te!... Sáchenka, Nástienka,[37] estão lembradas? Ele é incrivelmente

---

[36] Em francês russificado, no original. (N. do T.)

[37] Diminutivo carinhoso de Anastassia ou, no caso, de Nastássia. (N. do T.)

parecido com aquele louco, está lembrada, Sáchenka?! Nós passeávamos e nos encontramos com ele... Montado a cavalo, de colete branco... Até apontou seu lornhão para mim, o descarado! Estão lembradas, eu ainda me cobri com o véu, mas não me contive, pus o corpo para fora da carruagem e gritei para ele: "descarado", e depois joguei no caminho o meu ramo de flores... Está lembrada, Nástienka?

E a moça, meio louca de amores, escondeu o rosto com as mãos, toda agitada; depois, saltou de repente de seu lugar, pairou em direção à janela, arrancou uma rosa do vaso, jogou-a no chão, perto de mim, e saiu correndo da sala. E deu no pé! Aquilo produziu certa perplexidade, embora a generala, como que pela primeira vez, estivesse absolutamente tranquila. Anfissa Petrovna, por exemplo, não estava surpresa, mas como que subitamente preocupada, olhando com tristeza para o filho; as donzelas enrubesceram, enquanto Paul Obnóskin, com certa decepção, então incompreensível para mim, levantou-se da cadeira e aproximou-se da janela. O titio começou a me fazer sinais, mas naquele momento uma nova personagem entrou na sala, atraindo para si a atenção geral.

— Ah! Aí está Ievgraf Lariônitch! Foi só falar no diabo! — gritou o titio com uma alegria genuína. — Está vindo da cidade, meu querido?

"Mas que excêntricos! Parece que se juntaram todos aqui de propósito!", pensei comigo mesmo, ainda sem compreender bem tudo o que acontecera diante de meus olhos e sem suspeitar de que, aparentemente, eu mesmo apenas aumentara aquela coleção de excêntricos ao aparecer no meio deles.

V
IEJEVÍKIN

Entrou na sala, ou, melhor dizendo, esgueirou-se para dentro dela (embora as portas fossem bem amplas) uma figurinha que, já ao passar pela porta, curvava-se, fazia reverências e mostrava seus dentes num sorriso, olhando para todos os presentes com extrema curiosidade. Era um velhinho pequeno, bexiguento, com olhinhos rápidos e furtivos, quase completamente careca, e com um sorrisinho vago e discreto em seus lábios bastante carnudos. Usava uma casaca muito surrada e, pelo visto, feita para uma medida alheia. Um botão pendia por um fiozinho; dois ou três já haviam caído. As botas esburacadas e o quepe ensebado harmonizavam-se com sua roupa miserável. Levava nas mãos um lenço xadrez de algodão, todo assoado, com o qual ele enxugava o suor da testa e das têmporas. Percebi que a preceptora enrubescera um pouco e olhara rapidamente para mim. Pareceu-me até que nesse olhar havia algo orgulhoso e provocante.

— Vim direto da cidade, meu benfeitor! Direto de lá, meu pai! Vou contar tudo, mas primeiro permita-me apenas fazer as honras — falou o velhinho, que entrou e encaminhou-se diretamente para a generala, mas parou no meio do caminho e dirigiu-se de novo ao titio:

— O senhor já conhece meu principal traço, meu benfeitor: sou um canalha, um verdadeiro canalha! Porque, assim que entro, logo procuro a principal personalidade da casa, dirijo meus pés primeiro a ela para, desta maneira, obter sua graça e proteção logo no primeiro passo. Um canalha, *bátiuchka*, um canalha, meu benfeitor! Permita-me, minha querida, minha senhora, Vossa Excelência, beijar a borda do seu vestidinho, do contrário meus lábios vão manchar sua mãozinha preciosa, generala.

Para minha surpresa, a generala deu-lhe a mão de modo bastante benevolente.

— E a você, nossa grande beldade, minha reverência — continuou ele, dirigindo-se à dama Perepelítsina. — O que fazer, minha senhora, minha patroa? Sou um canalha! Já em 1841 ficou provado que era um canalha, quando me expulsaram do serviço, exatamente na época em que Valentin Ignátitch Tikhontsov virou Sua Excelência; ganhou a patente de assessor; ele vira assessor,[38] eu viro canalha. Já nasci sincero desse jeito, confesso tudo. O que fazer?! Tentei viver honestamente, tentei, agora é preciso tentar outra coisa. Aleksandra Iegórovna, nossa maçãzinha sumarenta — continuou ele, contornando a mesa e indo em direção a Sáchenka —, permita-me beijar a borda do seu vestidinho; a senhorita tem cheiro de maçã e todo tipo de delicadeza. Ao homenageado de hoje, os nossos respeitos; trouxe um arco e flecha para você, *bátiuchka*, que passei a manhã inteira fazendo; meus filhinhos me ajudaram; depois podemos brincar. E, quando você crescer mais um pouco, vai virar oficial, cortar a cabeça dos turcos. Tatiana Ivánovna... Ah, mas ela não está aqui, minha benfeitora! Ou eu também beijaria a borda do vestidinho dela. Praskóvia Ilínitchna, nossa querida, não consigo chegar até você, do contrário beijaria não só sua mãozinha, mas até seu pezinho, é o que digo! Anfissa Petrovna, ofereço-lhe todo o meu respeito. Ainda hoje rezava a Deus de joelhos

---

[38] No sistema russo de patentes, vigente por aproximadamente dois séculos, o cargo de assessor colegiado ocupava o oitavo grau. Existiam ao todo catorze graus. (N. do T.)

por você, minha benfeitora, com lágrimas nos olhos, e também rezava a Deus por seu filhinho, para que lhe conceda muitos cargos e talentos: especialmente talentos! Aliás, também a você, Ivan Ivánovitch Mizíntchikov, meus mais profundos respeitos. Que o Senhor possa enviar-lhe tudo aquilo que desejar. Porque nem se pode atinar para aquilo que o senhor deseja: é tão caladinho... Olá, Nástia;[39] toda a minha miudagem a saúda; lembro-me de você todos os dias. E agora a minha reverência ao dono da casa. Vim da cidade, sua senhoria, direto da cidade. E esse deve ser seu sobrinho, que foi educado numa faculdade de ciências. Meus mais profundos respeitos, senhor; dê-me sua mão, por favor.

Ouviu-se um riso. Podia-se entender que o velhinho fazia o papel de uma espécie de bufão voluntário. Sua chegada havia alegrado toda a companhia. Muitos sequer entendiam seu sarcasmo, mesmo ele tendo passado por quase todos. Apenas a preceptora, que, para minha surpresa, ele chamara apenas de Nástia, estava enrubescida e de cenho franzido. Eu retirei a mão de forma brusca: pelo visto era exatamente aquilo que o velhinho esperava.

— Mas eu só pedi para apertá-la, *bátiuchka*, se o senhor permitir, não para beijá-la. O senhor pensou que era para beijar? Não, meu pai, por enquanto só quero apertá-la. O senhor, meu benfeitor, na certa está achando que sou um bufão para os fidalgos, não é? — falou ele, olhando para mim com ar de zombaria.

— N... não, perdão, eu...

— Pois é, *bátiuchka*! Se eu sou um bufão, qualquer um aqui também é! E o senhor me respeite: não sou esse canalha que o senhor está pensando. Mas talvez eu seja mesmo um bufão. Sou um escravo, minha esposa é uma escrava, e vive-

---

[39] Diminutivo carinhoso de Anastassia ou, no caso, Nastássia. (N. do T.)

mos adulando, adulando! Mas é assim mesmo: de qualquer maneira dá para se ganhar alguma coisa com isso, ainda que só o leitinho das crianças. Açúcar, coloque sempre um pouco de açúcar em tudo, é mais saudável. É em segredo que eu digo tudo isso, *bátiuchka*; talvez você precise disso. O destino foi cruel comigo, meu benfeitor, e por isso virei um bufão.

— Hi-hi-hi! Ah, que traquinas é esse velhinho! Sempre fazendo rir! — piou Anfissa Petrovna.

— Minha querida, minha benfeitora, é que sendo um tolo é mais fácil viver nesse mundo! Se eu soubesse, teria me registrado entre os tolos quando era bem mais jovem, e talvez agora fosse inteligente. Mas como quis ser inteligente cedo, acabei virando um velho tolo.

— Diga-me, por favor — intrometeu-se Obnóskin (que certamente não gostara da observação a respeito dos talentos), refestelando-se na poltrona de maneira especialmente desembaraçada e observando o velho através de seu vidrinho como se o outro fosse algum inseto —, diga-me, por favor... Eu sempre esqueço seu sobrenome... Como é mesmo que o senhor se chama?...

— Ah, *bátiuchka*! Meu sobrenome creio ser Iejevíkin, mas o que há de útil em sabê-lo? Já faz nove anos que não tenho um lugar para mim, então vivo por minha conta, pelas leis da natureza. E os meus filhos, os meus filhos são como a família Kholmski![40] É como diz o ditado: os ricos têm bezerros, os pobre têm filhos...

— Pois é... Bezerros... Mas vamos deixar isso de lado. Escute, eu há tempos queria perguntar ao senhor: por que é que, ao entrar, sempre olha para trás? É muito engraçado.

— Por que olho para trás? É que sempre penso, *bátiu-*

---

[40] Referência ao romance *A família Kholmski*, de Dmitri Nikítitch Biéguitchev (1786-1855), publicado entre 1832 e 1844. A história descreve a vida de quatro irmãs dessa família. (N. do T.)

chka, que alguém quer me dar uma palmada pelas costas, como se eu fosse uma mosca, é por isso que olho. Virei um monômano, *bátiuchka*.

Novamente riram. A preceptora ergueu-se de leve de seu lugar, fez menção de sair, mas de novo deixou-se cair na poltrona. Havia um quê de sofrimento e de dor em seu rosto, a despeito do rubor que inundava suas bochechas.

— Sabe quem é esse, meu querido? — sussurrou-me o titio. — É o pai *dela*!

Arregalei os olhos para o titio. O sobrenome Iejevíkin me havia fugido completamente da cabeça. Ficara bancando o herói, sonhando o caminho inteiro com minha suposta prometida, elaborando planos magnânimos para ela, e esquecera completamente seu sobrenome ou, melhor dizendo, não prestara atenção alguma naquilo desde o início.

— Como assim, o pai? — respondi, também sussurrando. — Mas eu pensei que ela era órfã.

— É o pai, meu querido, é o pai. E saiba que é um homem dos mais honestos, dos mais nobres, sequer bebe, mas faz papel de bufão desse jeito. É de uma pobreza terrível, meu querido, tem oito filhos! Vivem do salário da Nástienka. Foi expulso do serviço graças a essa linguinha. Vem toda semana para cá. É tão orgulhoso: não aceita nada, de jeito nenhum. Tentei dar, muitas vezes tentei dar: não aceita! É um homem amargurado.

— Mas, então, meu querido Ievgraf Lariônitch, o que traz de novo? — perguntou o titio, e bateu com força no ombro do outro, percebendo que o desconfiado velhinho já ouvia nossa conversa.

— O que trago de novo? Valentin Ignátitch apresentou ontem testemunho a respeito do caso Tríchin. Descobriram uma diferença de peso nos sacos de farinha. É o mesmo Tríchin, minha senhora, que fica olhando para você como se estivesse soprando a brasa do samovar. Será que a senhora se lembra? O que Valentin Ignátitch escreveu sobre Tríchin é o seguinte: "Se o mencionado Tríchin", diz ele, "não conseguiu sequer preservar a honra de sua própria sobrinha — ela fugiu com um oficial no ano passado —, como é que poderia preservar as coisas do Estado?". Foi isso que ele colocou no papel, juro por Deus que não estou mentindo.

— Ora! Mas que histórias você conta! — gritou Anfissa Petrovna.

— Justamente, justamente, justamente! Você nos enrolou, meu querido Ievgraf — secundou o titio. — Olha que você ainda morre pela boca! É um homem sincero, nobre, de boa conduta; isso eu posso atestar. Mas que língua venenosa tem! E fico muito surpreso por você não se dar com eles! Pelo visto, são gente boa, gente simples...

— Meu pai e benfeitor! É dos homens simples que eu tenho medo! — exclamou o velhinho com especial animação.

Gostei da resposta. Aproximei-me rapidamente de Iejevíkin e apertei com força sua mão. A bem da verdade, queria pelo menos, de alguma forma, protestar contra a opinião geral, mostrando abertamente ao velhinho minha compaixão. Mas, por outro lado, quem sabe?! Talvez eu quisesse melhorar a opinião que Nastássia Ievgráfovna tinha de mim. Porém, de meu movimento não veio rigorosamente nada de útil.

— Permita-me perguntar ao senhor — disse eu, corando e de um jeito apressado, como me era de costume. — Já ouviu falar dos jesuítas?

— Não, meu pai, não ouvi; talvez alguma coisa... Onde eu poderia ter ouvido?! Mas por quê?

— Bem... É que eu queria contar... Aliás, me lembre quando for oportuno. Por ora, pode ter certeza de que eu o compreendo e... de que o estimo...

E, completamente confuso, apertei novamente a mão dele.

— Sem falta, *bátiuchka*, lembrarei, sem falta lembrarei!

Anotarei com letras douradas. Permita-me, darei um nó no lenço para não esquecer.

E ele realmente deu um nó, encontrando uma pontinha seca em seu lenço sujo cor de tabaco.

— Ievgraf Lariônitch, pegue chá — disse Praskóvia Ilínitchna.

— É para já, minha belíssima dama, é para já; quer dizer, minha princesa, não minha dama! Isso é em troca do chazinho. Encontrei Stepan Aleksêitch Bakhtchêiev no caminho, minha senhora. Todo contente, pois veja só! Fiquei pensando se ele não estaria querendo se casar. Adular, adular! — falou ele quase cochichando ao passar por mim com o chá nas mãos, piscando para mim e cerrando os olhos. — E como não estou vendo o principal benfeitor, Fomá Fomitch? Será que não vem para o chá?

O titio sobressaltou-se, como se algo o tivesse picado, e olhou timidamente para a generala.

— Juro que eu não sei — respondeu ele em tom indeciso, com um estranho embaraço. — Foi chamado, mas ele... Juro que não sei, talvez não esteja bem disposto. Já mandei Vidopliássov e... Ou será melhor eu mesmo ir?

— Acabo de passar pelo quarto dele — falou Iejevíkin com ar enigmático.

— Mas será possível? — gritou o titio, assustado. — Mas, como?

— Passei lá antes de qualquer coisa, fui apresentar meus respeitos. Disse que ia beber chá na solidão, e depois acrescentou que fica satisfeito com uma casquinha seca de pão, pois sim.

Aquelas palavras, pelo visto, produziram no titio um verdadeiro terror.

— Mas você devia ter explicado para ele, Ievgraf Lariônitch, devia ter contado — falou finalmente o titio, olhando para o velhinho com um ar de tristeza e de recriminação.

— Mas eu disse, meu senhor, eu disse.
— E?
— Ficou um bom tempo sem me responder. Estava sentado, com algum problema matemático à frente dele, avaliando alguma coisa; claramente era um problema de quebrar a cabeça. Traçou na minha frente as calças de Pitágoras, vi com meus próprios olhos.[41] Repetiu três vezes; na quarta, apenas ergueu a cabeça e parece que me notou pela primeira vez. "Não vou", disse, "agora chegou o *erudito*, que lugar vai sobrar para mim ao lado de tamanha sumidade?" Foi assim que ele se expressou, "ao lado de uma sumidade".

E o velhinho olhou para mim de soslaio com ar de zombaria.

— Pois era o que eu esperava! — exclamou o titio, erguendo os braços. — Foi o que eu pensei! É de você que ele está falando, Serguei, disse que chegou o "erudito". Mas e agora, o que fazer?

— Confesso, titio — respondi, com ar de dignidade e encolhendo os ombros —, que tal recusa me parece tão ridícula, que nem vale a pena dar atenção. Juro que me espanta seu embaraço.

— Ora, meu querido, você não sabe de nada! — gritou ele, fazendo um gesto enérgico.

— Pois não há por que se afligir, meu senhor — intrometeu-se de repente a dama Perepelítsina. — Se o motivo de todo o mal é o senhor mesmo desde o início, Iegor Ilitch. Quem corta a cabeça não deve chorar pelos cabelos, meu senhor. Se tivesse ouvido sua mãe, agora não estaria chorando, meu senhor.

---

[41] Referência jocosa a uma das demonstrações gráficas do Teorema de Pitágoras. (N. do T.)

— Mas de que, Anna Nílovna, eu sou culpado? Não tem amor a Deus?! — falou o titio numa voz suplicante, como que implorando por uma explicação.

— Eu tenho amor a Deus, Iegor Ilitch; mas tudo isso aconteceu porque o senhor é um egoísta que não ama sua mãe, meu senhor — respondeu a dama Perepelítsina com ar de dignidade. — Por que o senhor de início não quis satisfazer a vontade dela? É sua mãe, meu senhor. Eu não estou mentindo para o senhor. Sou filha de um tenente-coronel, não uma qualquer, meu senhor.

Pareceu-me que a dama Perepelítsina se intrometera na conversa com o único objetivo de dizer a todos nós, e especialmente a mim, o recém-chegado, que ela era filha de um tenente-coronel, e não uma qualquer.

— Isso é porque ele ofende a mãe — falou finalmente, em tom ameaçador, a própria generala.

— Mamãe, tenha dó! Como que eu a ofendo?

— Por ser um terrível egoísta, Iegôruchka — continuou a generala, cada vez mais animada.

— Mamãe, mamãe! Como eu sou um terrível egoísta? — exclamou o titio quase em desespero. — Faz cinco dias, cinco dias que a senhora está irritada e não quer falar comigo! E por quê? Por quê? Que me julguem, que o mundo inteiro me julgue! Mas que ouçam minha justificativa, afinal. Fiquei calado por muito tempo, mamãe; a senhora não quis me ouvir: que todas as pessoas me ouçam agora. Anfissa Petrovna! Pável Semiônitch, meu nobre Pável Semiônitch! Serguei, meu amigo! Você é de fora, você é um espectador, por assim dizer, pode julgar de maneira imparcial...

— Acalme-se, Iegor Ilitch, acalme-se — gritou Anfissa Petrovna. — Não mate sua mãe!

— Não vou matar minha mãe, Anfissa Petrovna; mas aqui está meu peito, podem feri-lo! — continuou o titio, acalorado a não mais poder, o que por vezes acontece com pessoas sem firmeza de caráter quando alguém faz com que finalmente percam a paciência, embora toda essa agitação seja como fogo de palha. — Quero dizer, Anfissa Petrovna, que não ofenderei ninguém. Eu mesmo já começo dizendo que Fomá Fomitch é um homem dos mais nobres, dos mais honrados, e ainda por cima um homem com as mais elevadas qualidades, mas... mas ele foi injusto comigo neste caso.

— Hm! — rosnou Obnóskin, como que querendo provocar ainda mais o meu tio.

— Pável Semiônitch, meu nobre Pável Semiônitch! Será mesmo que o senhor de fato pensa que eu sou, por assim dizer, um poste insensível? Pois eu vejo, pois eu entendo, com o coração dorido, pode-se dizer, entendo que todos esses mal-entendidos provêm do amor excessivo que *ele* tem por mim. Seja como vocês quiserem, mas juro por Deus que ele foi injusto comigo neste caso. Contarei tudo. Agora quero contar esta história, Anfissa Petrovna, com toda a clareza e com todos os detalhes, para que vocês vejam como a coisa toda começou e se é justo que a mamãe fique irritada comigo por não ter agradado a Fomá Fomitch. Escute você também, Serioja — acrescentou ele, dirigindo-se a mim, o que fez ao longo de todo o relato, como se temesse os outros ouvintes e duvidasse de sua compaixão —, escute você também e decida se eu estou certo ou não. Pois veja, foi assim que começou esta história: uma semana atrás — sim, exatamente uma semana atrás, não mais que isso —, passou pela nossa cidade um antigo superior meu, o general Russapiétov, com sua esposa e sua cunhada. Pararam por um tempo. Fiquei estupefato. Apressei-me em aproveitar a situação, voei até ele, apresentei-me e o convidei para almoçar em minha casa. Prometeu ir, se pudesse. É um homem dos mais nobres, devo dizer; prima por suas virtudes, e ainda por cima é um magnata! Cumulou sua cunhada de favores; conseguiu casá-la, órfã, com um jovem admirável (que agora é advogado em

Malínovo; é ainda jovem, mas tem uma educação universal, pode-se dizer!). Resumindo, um general entre generais! Pois bem, é claro que aqui em casa começou um rebuliço, uma balbúrdia; cozinheiros, *fricassées*, mandei chamar músicos. Fiquei obviamente feliz como pinto no lixo! Mas Fomá Fomitch não gostou do fato de eu estar feliz como pinto no lixo! Estava sentado à mesa — lembro que serviam seu pudinzinho favorito, com creme —, o tempo todo em silêncio, mas de repente saltou: "Ofendem-me, ofendem!". "Mas como", disse eu, "como é que o ofendem, Fomá Fomitch?" "Agora", disse ele, "o senhor fica fazendo pouco de mim; agora só se importa com generais; agora os generais são mais caros ao senhor do que eu!" Bem, mas é claro que eu estou lhe relatando tudo isso em resumo; só a essência, por assim dizer; mas se você soubesse o que mais ele disse... Em suma, devastou-me o coração! O que você faria? É claro que eu desanimei; aquilo me baqueou, pode-se dizer; fiquei como cão sem dono. Chegou o dia solene. O general mandou dizer que não poderia: pediu perdão; enfim, não viria. Eu disse ao Fomá: "Viu, Fomá, acalme-se! Não vai vir!". Mas o que você acha? Não quis desculpar, e pronto! "Fui ofendido", disse, "e pronto!" Tentei dizer de tudo. "Não", ele disse, "vá procurar seus generais; os generais são mais caros ao senhor do que eu; o senhor rompeu os laços de amizade", disse. Meu amigo! Entendo bem por que ele se irritou comigo. Não sou um poste, não sou um asno, não sou nenhum vagabundo! Ele fez isso por amor excessivo a mim, por assim dizer, por ciúme — ele mesmo disse isso —, tem ciúme de mim por causa do general, teme perder as minhas graças, me põe à prova, quer saber o que eu sou capaz de sacrificar por ele. "Não", ele disse, "eu deveria ser o mesmo que um general para o senhor, eu deveria ser chamado de 'Vossa Excelência' pelo senhor! Só assim farei as pazes com o senhor, quando me der uma prova do seu respeito." "Mas como é que eu devo dar a você uma prova do meu respeito, Fomá Fomitch?" "Vai ter que me chamar", disse, "de 'Vossa Excelência' por um dia inteiro; só então vai me dar uma prova de seu respeito!" Fiquei de cara no chão! Você pode imaginar a minha surpresa! "Pois que sirva de lição", disse, "para que não fique maravilhado diante de generais!" Bem, aí eu não aguentei, admito! Admito francamente! "Fomá Fomitch", disse eu, "mas será que isso é possível? Eu posso me dignar a fazer isso? Será que eu posso, será que eu estou no direito de promover você a general? Pense, quem promove a general? Como é que eu vou chamá-lo de 'Vossa Excelência'? Isso seria, por assim dizer, um atentado contra a grandeza do destino! Pois um general serve como adorno da pátria: um general guerreou, derramou seu sangue no campo da honra! Como é que eu vou chamar você de 'Vossa Excelência'?" Mas não sossegava de jeito nenhum! "O que você quiser, Fomá", disse eu, "farei tudo por você. Você me mandou aparar as suíças, porque havia pouco patriotismo nelas: eu aparei. Torci o nariz, mas aparei. Mais que isso, farei tudo que você quiser, mas esqueça essa de título de general!" "Não", disse ele, "não farei as pazes enquanto não me chamar de 'Vossa Excelência'! Será útil para a sua moralidade: vai domar seu espírito!", disse. E, com isso, já faz agora uma semana, uma semana inteirinha que não quer falar comigo; fica irritado com todos que vêm aqui. Ouviu falar que você é um erudito, pôs a culpa em mim: porque eu fiquei todo empolgado, porque tinha começado a tagarelar! E por isso disse que não colocaria o pé na casa se você entrasse nela. "Isso significa", disse ele, "que eu já não sou um erudito para você." Imagine a desgraça que será quando ele descobrir a respeito de Koróvkin! Mas ora, julgue, de que é que eu sou culpado nisso tudo? Será que eu devia ter concordado em dizer "Vossa Excelência"? Será possível viver numa situação dessas? E a troco de que ele expulsou o pobre Bakhtchêiev da mesa hoje? É verdade, Bakhtchêiev não inventou a astronomia; mas, até aí, eu não inventei a astronomia, você não inventou a astronomia... Então, por quê? Por quê?

— É porque você é um invejoso, Iegôruchka — balbuciou novamente a generala.

— Mãezinha! — exclamou o titio em completo desespero. — Você vai me deixar louco!... Isso que a senhora está falando não são palavras suas, é a fala dos outros que a senhora fica repetindo, mãezinha! No fim das contas, eu sou mesmo um poste, um pedestal, um lampião, mas não seu filho!

— Eu ouvi, titio — interrompi, pasmo ao extremo com o relato —, eu ouvi de Bakhtchêiev — não sei, aliás, se com justiça ou não — que Fomá Fomitch ficou com inveja do dia do santo do Iliucha, e que agora afirma que amanhã também é o dia do santo dele. Confesso que esse traço característico me deixou tão surpreso que eu...

— Aniversário, meu querido, aniversário, não dia do santo, aniversário! — interrompeu-me o titio, falando de maneira atropelada. — Não foi assim que ele se expressou, mas ele está certo: amanhã é o aniversário dele. Mas antes de tudo, meu querido, é que...

— Não é o aniversário! — gritou Sáchenka.

— Como não é o aniversário? — gritou o titio, perplexo.

— Não é em absoluto o aniversário, papai! O senhor fala essa mentira simplesmente para enganar a si mesmo e agradar Fomá Fomitch! O aniversário dele foi em março; não se lembra de que fomos um pouco antes em peregrinação ao monastério, e ele não deixava ninguém em paz na carruagem: gritava o tempo todo, dizendo que o travesseiro o estava *esmagando*, e beliscava os outros; por maldade, beliscou duas vezes a titia! E depois, quando fomos celebrar o aniversário, ficou irritado porque não havia camélias em seu buquê. "Eu adoro camélias", disse ele, "porque tenho o gosto refinado da alta sociedade, mas vocês não se dignaram a colher algumas para mim na estufa." E ficou azedo e de mau humor o dia inteiro, não queria falar conosco...

Creio que, se uma bomba tivesse caído no meio da sala, não teria deixado todos tão pasmos e assustados quanto aquela rebelião aberta. E de quem? De uma menina a quem sequer permitiam falar alto na presença de sua avó. A generala, muda de perplexidade e de raiva, soergueu-se, endireitou-se, e olhou para sua neta insolente, sem crer em seus olhos. O titio ficou petrificado de terror.

— Mas que liberdade é essa?! Quer matar sua vovó, minha senhora?! — gritou Perepelítsina.

— Sacha, Sacha, recomponha-se! O que houve com você, Sacha? — gritava o titio, lançando-se ora a uma, ora a outra, ora à generala, ora a Sáchenka, para contê-la.

— Não quero me calar, papai! — gritou Sacha, levantando-se subitamente da mesa num salto, batendo o pé e com os olhinhos brilhando. — Não quero me calar! Nós todos já suportamos por muito tempo esse Fomá Fomitch, esse seu nojento, esse seu infame Fomá Fomitch! Porque Fomá Fomitch há de nos arruinar, porque volta e meia dizem-lhe que é inteligente, magnânimo, nobre, erudito, uma mistura de todas as virtudes, um *pot-pourri* delas, e Fomá Fomitch, como um tolo, acreditou em tudo! Serviram-lhe tantas guloseimas, que qualquer outro ficaria até com vergonha, mas Fomá Fomitch engoliu tudo o que lhe colocaram pela frente, e ainda pede mais. Mas vocês vão ver, ele há de nos devorar, a todos, e o culpado de tudo será o papai! Infame, infame Fomá Fomitch, digo abertamente, não temo ninguém! Ele é estúpido, cheio de caprichos, porcalhão, ingrato, tem coração duro, é um tirano, um mexeriqueiro, um mentiroso... Ah, eu com certeza, com certeza o expulsaria de casa imediatamente, mas o papai o adora, o papai está louco por ele!...

— Ah!... — gritou a generala e correu para o sofá, prostrada.

— Minha queridinha. Agáfia Timofiêievna, meu anjo! — gritou Anfissa Petrovna. — Pegue meu frasco! Água! Depressa, água!

— Água, água! — gritou o titio. — Mãezinha, mãezinha, acalme-se! Peço-lhe de joelhos que se acalme!...

— É colocá-la a pão e água, minha senhora, e não deixar sair de um quarto escuro... É uma assassina, minha senhora! — sibilou Perepelítsina para Sáchenka, tremendo de raiva.

— Eu fico a pão e água, não tenho medo de nada! — gritava Sacha, que por sua vez atingira um certo desprendimento da realidade. — Estou defendendo o papai porque ele mesmo não sabe se defender. Quem é ele, quem é o seu Fomá Fomitch diante do papai? Come o pão que o papai oferece e ainda humilha o papai, aquele ingrato! Pois eu o faria em pedaços, esse seu Fomá Fomitch! Eu o desafiaria a um duelo e o mataria ali mesmo com duas pistolas...

— Sacha! Sacha! — gritava em desespero o titio. — Mais uma palavra e eu morro, irremediavelmente!

— Papai! — exclamou Sacha, lançando-se de repente, com ímpeto, em direção ao pai, desfazendo-se em lágrimas e enlaçando-o com força em seus bracinhos. — Papai! Você é bondoso, belo, alegre, inteligente, precisa mesmo se arruinar dessa maneira? Precisa se submeter a esse homem nojento e ingrato, ser seu brinquedinho, expor-se ao riso? Papai, meu paizinho querido!...

Ela se pôs a soluçar, cobriu o rosto com as mãos e saiu correndo da sala.

Começou um terrível rebuliço. A generala jazia desmaiada. O titio estava de joelhos diante dela, beijando sua mão. A dama Perepelítsina serpenteava ao redor deles e nos lançava olhares perversos, mas triunfantes. Anfissa Petrovna ume-

decia com água as têmporas da generala e ocupava-se com seu frasco. Praskóvia Ilínitchna tremia e se desfazia em lágrimas; Iejevíkin procurava um cantinho onde pudesse enfurnar-se, e a preceptora permanecia parada, pálida, de todo desconcertada por conta do medo. Apenas Mizíntchikov continuava exatamente como antes. Ele se levantou, aproximou-se da janela e pôs-se a olhar fixamente por ela, sem prestar rigorosamente atenção alguma a toda aquela cena.

De repente, a generala levantou-se de leve do sofá, endireitou-se e me mediu com um olhar ameaçador.

— Fora! — gritou ela, batendo em mim com o pé.

Devo confessar que de maneira alguma esperava por aquilo.

— Fora! Fora da minha casa, fora! Por que é que ele veio? Que não fique nem sombra dele aqui!

— Mãezinha! Mãezinha, o que está dizendo? Mas esse é o Serioja — balbuciou o titio, o corpo inteiro tremendo de medo. — Ele veio nos visitar, mãezinha.

— Que Serioja? Que absurdo! Não quero ouvir nada, fora! Esse é Koróvkin. Tenho certeza de que é Koróvkin. Meus pressentimentos não me enganam. Ele veio para expulsar Fomá Fomitch; foi para isso que o chamaram. Meu coração pressente... Fora, seu patife!

— Titio, se é assim — disse eu, sufocando numa nobre indignação —, se é assim, eu prefiro... Perdoe-me — e fui pegar meu chapéu.

— Serguei, Serguei, o que está fazendo?... Mas e esta agora... Mãezinha! Mas é o Serioja!... Serguei, por favor! — gritou ele, vindo até mim apressadamente e tentando à força tirar-me o chapéu da mão. — Você é meu convidado, você vai ficar, é o que eu quero! Ela só faz isso — acrescentou ele num sussurro —, ela só faz isso quando se irrita... Dessa primeira vez apenas se esconda em algum lugar... fique por lá um tempo e tudo vai ficar bem. Ela vai perdoá-lo, garanto a você! Ela é uma boa pessoa, só fala demais... Você ouviu, ela o confundiu com Koróvkin, mas depois vai perdoá-lo, garanto a você... E você, o que quer? — gritou ele para Gavrila, que entrava na sala, tremendo de medo.

Gavrila não entrara sozinho; estava com ele um rapaz, um criado de uns dezesseis anos, muito bonito, que fora trazido para a casa por sua beleza, como eu soube depois. Seu nome era Falaliei. Estava vestido numa espécie de traje particular, com uma camisa vermelha de seda revestida na gola com um galão, um cinto dourado e agaloado, largas calças pretas de um tecido aveludado, e botas de couro de cabra com um cano vermelho revirado. Este traje era um capricho da própria generala. O menino chorava amargamente, e as lágrimas rolavam uma atrás da outra de seus grandes olhos azuis.

— E o que é isso, agora? — exclamou o titio. — O que aconteceu? Mas diga logo, seu danado!

— Fomá Fomitch nos mandou vir para cá; ele mesmo está vindo — respondeu o aflito Gavrila. — Eu vim fazer a provinha, e ele...

— E ele?

— Estava dançando, senhor — respondeu Gavrila com uma voz lamentosa.

— Dançando! — gritou o titio horrorizado.

— Dan-çando! — berrou Falaliei, soluçando.

— O *Kamárinski*?[42]

— O *Ka-má-rinski*!

— E Fomá o pegou no flagra?

— Pe-gou!

— É o fim! — gritou o titio. — Lá se vai minha cabeça! — e levou ambas as mãos à cabeça.

---

[42] Canção popular russa acompanhada de dança, cujo herói é o mujique que dá nome ao próximo capítulo. (N. do T.)

— Fomá Fomitch! — anunciou Vidopliássov ao entrar na sala.

A porta se abriu e Fomá Fomitch em pessoa surgiu diante de um desconcertado público.

VI
DO BOI BRANCO E DO MUJIQUE KAMÁRINSKI

Mas antes de ter a honra de apresentar pessoalmente ao leitor o recém-chegado Fomá Fomitch, considero absolutamente imprescindível dizer algumas palavras acerca de Falaliei e explicar o que havia de tão terrível no fato de que ele dançara o *Kamárinski* e de que Fomá Fomitch o surpreendera nesse animado passatempo. Falaliei era um menino da criadagem, órfão desde o berço e afilhado da falecida esposa de meu tio. O titio gostava muito dele. Apenas isso seria de todo suficiente para que Fomá Fomitch, tendo se mudado para Stepántchikovo e conquistado o titio, pegasse ódio de seu favorito, Falaliei. Mas a generala se afeiçoara especialmente pelo menino e, a despeito da fúria de Fomá Fomitch, ele permanecera na parte de cima da casa, junto a seus amos: a própria generala insistira nisso, e Fomá cedera, guardando a ofensa em seu coração — tudo ele considerava ofensa — e, a cada situação propícia, dando o troco por ela no titio, que de nada era culpado. Falaliei era incrivelmente bonito. Tinha o rosto de uma donzela, o rosto de uma bela moça do campo. A generala cuidava dele, mimava-o e dava a ele o valor de um brinquedo bonito e raro; não se podia dizer quem ela amava mais: seu pequeno cãozinho de pelo encaracolado, Ami, ou Falaliei. Já falamos de seu traje, que fora invenção dela. As senhoritas davam-lhe pomadas, e o cabeleireiro Kuzmá era obrigado a frisar seus cabelos em dias festivos. Aquele menino era uma criatura estranha. Não se poderia dizer que era um completo idiota ou um profeta alienado, mas ele era a tal ponto ingênuo, a tal ponto sincero e crédulo, que às vezes era de fato possível considerá-lo um bobinho. Se tinha um sonho, ia imediatamente contar a seus senhores. Ele se intrometia nas conversas de seus senhores, sem se preocupar com o fato de que os interrompia. Contava a eles coisas que de maneira alguma deveriam ser contadas aos senhores. Debulhava-se nas lágrimas mais sinceras quando sua patroa desmaiava ou quando seu amo era repreendido de maneira muito dura. Compadecia-se de toda e qualquer infelicidade. Às vezes se aproximava da generala, beijava sua mão e pedia que ela não se irritasse; e a generala o perdoava por essa ousadia. Era sensível ao extremo, bondoso e doce como um carneirinho, alegre como uma criança feliz. Davam-lhe guloseimas que sobravam da mesa.

Ficava sempre atrás da cadeira da generala e gostava muitíssimo de açúcar. Quando lhe davam um pedacinho, ele ali mesmo o roía com seus dentes fortes e brancos como leite, e uma satisfação indizível brilhava em seus alegres olhos azuis e em toda a sua carinha bonita.

Por muito tempo Fomá Fomitch sentiu raiva; mas, ao concluir finalmente que não venceria pela raiva, ele de repente decidiu ser um benfeitor para Falaliei. Depois de ralhar com o titio, dizendo que ele não se importava com a instrução da criadagem, ele decidiu o quanto antes ensinar ao menino a moralidade, as boas maneiras e a língua francesa. "Como", dizia ele defendendo sua ideia absurda (uma ideia que ocorrera não apenas a Fomá Fomitch, do que é testemunha o autor dessas linhas), "como é que ele fica o tempo todo na parte de cima, junto com sua senhora?! De repente ela, esquecendo que ele não entende francês, diz a ele, por exemplo, *donnê muá mon muchuar*;[43] ele tem que dar um jeito e pres-

---

[43] Em francês russificado, no original: "dê-me meu lenço". (N. do T.)

tar o serviço!" Mas no fim das contas não apenas fora impossível a Falaliei aprender o francês, como também o cozinheiro Andron, seu tio, que tentara, do modo mais desinteressado, ensiná-lo a ler e escrever em russo, há tempos já desistira daquilo e colocara a cartilha de volta na estante! Falaliei era a tal ponto obtuso em matéria de estudos, que não entendia rigorosamente nada. Mais que isso: daquilo surgira uma história. Os criados começaram a chamar Falaliei de "o francês", e o velho Gavrila, camareiro dedicado do titio, atreveu-se a contestar abertamente a utilidade do ensino do francês. Tal coisa chegou aos ouvidos de Fomá Fomitch, que, encolerizado, obrigou, como punição ao próprio opositor, Gavrila, a estudar francês. E foi assim que começou toda a história com a língua francesa que a tal ponto irritara o senhor Bakhtchêiev. Com relação às maneiras, fora ainda pior: Fomá não conseguira de modo algum instruir Falaliei, que, a despeito da proibição, vinha sempre pela manhã contar-lhe seus sonhos, o que Fomá Fomitch, por sua vez, considerava indecente e familiar no mais alto grau. Mas Falaliei seguia obstinadamente sendo Falaliei. É claro que por conta de tudo aquilo sobrava sempre para o titio.

— O senhor sabe, o senhor sabe o que ele fez hoje? — gritava então Fomá, escolhendo, para causar mais efeito, o momento em que todos estavam reunidos. — O senhor sabe, coronel, a que ponto chega sua complacência sistemática? Hoje ele devorou um pedaço de torta que o senhor lhe deu à mesa, e o senhor sabe o que ele disse depois disso? Venha cá, venha cá, sua criatura deplorável, venha cá, seu idiota, com essa sua fuça rosada!...

Falaliei aproximou-se, chorando, enxugando os olhos com ambas as mãos.

— O que você disse quando devorou sua torta? Repita na frente de todos.

Falaliei não respondeu e desfez-se em amargas lágrimas.

— Se é assim, eu falo por você. Você disse, batendo na sua pança estufada e indecente: "Estou empanturrado de torta como Martin de sabão!". Perdão, coronel, por acaso falam frases como essa na sociedade educada, ainda mais na alta sociedade? Disse isso ou não? Diga!

— Dis-se!... — confirmou Falaliei, soluçando.

— Pois agora me diga: por acaso o Martin come sabão? Onde exatamente você viu esse Martin que come sabão? Diga-me, dê-me uma noção desse fenomenal Martin!

Silêncio.

— Estou perguntando — insistiu Fomá — quem exatamente é esse Martin? Quero vê-lo, quero conhecê-lo. Quem é ele, afinal? Um registrador colegiado,[44] um astrônomo, um matuto, um poeta, um quarteleiro, um criado; deve ser alguém. Responda!

— É cri-a-do — respondeu finalmente Falaliei, continuando a chorar.

— De quem? De que senhor?

Mas Falaliei não soube dizer de que senhor. É claro que tudo terminou com Fomá saindo da sala em fúria, gritando que o haviam ofendido; a generala começava a ter seus ataques, enquanto o titio amaldiçoava a hora em que nascera, pedia perdão a todos e passava o restante do dia pisando em ovos em sua própria casa.

Para piorar, no dia seguinte ao da história de Martin e do sabão, aconteceu de Falaliei, ao trazer o chá de manhã para Fomá, tendo esquecido completamente tanto o tal Martin, como toda a desgraça do dia anterior, declarar-lhe que sonhara com um boi branco. Era só o que faltava! Uma indignação indizível acometeu Fomá Fomitch, que mandou imediatamente chamar o titio e começou a passar uma des-

---

[44] Cargo civil mais baixo da burocracia tsarista. (N. do T.)

compostura nele pela indecência do sonho que Falaliei tivera. Daquela vez, medidas severas foram tomadas: Falaliei foi punido; teve que ficar de joelhos num canto. Proibiram-no terminantemente de ter sonhos tão grosseiros, de mujique. "Fico irritado", disse Fomá, "pelo fato de que ele na verdade, além de tudo, sequer deveria pensar em ousar vir até mim com esses seus sonhos, ainda mais um com um boi branco; além disso, o senhor há de convir, coronel: o que é esse boi branco que não uma prova da grosseria, da ignorância, do caráter de mujique desse seu abrutalhado Falaliei? Os sonhos são tais como os pensamentos. Por acaso eu já não havia dito anteriormente que nada de bom viria dele, e que não convinha deixá-lo na parte de cima, junto com os senhores? Nunca, nunca que essa alma apalermada e vulgar vai se desenvolver em algo elevado, poético. Será que você não consegue — seguiu ele, dirigindo-se a Falaliei —, será que você não consegue sonhar com algo elegante, delicado, requintado, alguma cena da boa sociedade, senhores jogando cartas, por exemplo, ou damas passeando num belo jardim?" Falaliei prometeu sonhar sem falta, na noite seguinte, com senhores e damas passeando num belo jardim.

 Ao deitar-se para dormir, Falaliei, com lágrimas nos olhos, rezou a Deus para que aquilo acontecesse, e pensou por muito tempo em como faria para não sonhar com o maldito boi branco. Mas as esperanças humanas são ilusórias. Ao acordar na manhã seguinte, lembrou, aterrorizado, que novamente sonhara a noite inteira com o detestável boi branco e que nenhuma dama passeando no jardim aparecera em seu sonho. Daquela vez as consequências foram particularmente sérias. Fomá Fomitch declarou com firmeza que não acreditava na possibilidade de semelhante caso, na possibilidade de semelhante repetição de um sonho, e que Falaliei fora incitado de propósito por alguma pessoa da casa, talvez pelo próprio coronel, para abespinhar Fomá Fomitch. Foram muitos gritos, reprimendas e lágrimas. No fim da tarde, a generala adoeceu; a casa inteira ficou cabisbaixa. Restava a débil esperança de que na noite seguinte, a terceira, visse finalmente algo da alta sociedade. Qual não foi a indignação geral quando, por uma semana seguida, toda santa noite, Falaliei sonhou com o boi branco, e apenas com o boi branco! E nada de alta sociedade.

Mas o mais interessante era o fato de que Falaliei de maneira alguma pensara em mentir; simplesmente dizer que não sonhara com o boi branco, e sim com uma carruagem, por exemplo, repleta de damas e com Fomá Fomitch; ainda mais que mentir, em tal caso, nem seria pecado. Mas Falaliei era a tal ponto sincero, que não podia de forma alguma mentir, mesmo que quisesse. Ninguém sequer sugeriu isso a ele. Todos sabiam que ele acabaria se traindo no primeiro instante, e que Fomá Fomitch imediatamente o apanharia na mentira. O que fazer? A posição do titio tornava-se insustentável: Falaliei era definitivamente incorrigível. O pobre menino até começou a emagrecer de tristeza. A governanta Malánia garantia que haviam lhe colocado mau-olhado, e borrifou nele água com carvão. Nessa útil operação participou também a compassiva Praskóvia Ilínitchna. Mas nem isso ajudou. Nada ajudava!

— Mas que o diabo o carregue, esse amaldiçoado! — contou Falaliei. — Sonho com ele todas as noites! Toda vez fico rezando desde a noitinha: "Que eu não sonhe com o boi branco, que eu não sonhe com o boi branco!". Mas chega a hora e lá está ele na minha frente, o maldito, grande, com chifres, de lábio achatado, u-u-u!

O titio estava em desespero. Felizmente, porém, Fomá Fomitch como que de repente esqueceu o boi branco. É claro que ninguém acreditou que Fomá Fomitch pudesse esquecer algo tão importante. Todos presumiam, com medo, que ele separara o boi branco para revelá-lo na primeira situação oportuna. Posteriormente, revelou-se que Fomá Fomitch não estava então com a cabeça no boi branco: outros assuntos o ocupavam, outras preocupações, outros intentos amadureciam em sua cabeça útil e pensante. E por isso ele deixara Falaliei respirar sossegado. E juntamente com Falaliei todos descansaram. O rapaz ficou mais alegre, começou até a esquecer o que se passara; até o boi branco começou a aparecer em seu sonho mais e mais raramente, embora ainda se lembrasse de vez em quando de sua existência fantástica. Resumindo, tudo teria corrido bem se não existisse no mundo o *Kamárinski*.

É necessário observar que Falaliei dançava muito bem; era sua principal habilidade, até mesmo uma vocação; dançava com energia, com uma animação inesgotável; mas ele adorava principalmente a canção do mujique Kamárinski. Não que ele gostasse muito das atitudes levianas e, para todos os efeitos, inexplicáveis daquele estouvado mujique; não, ele gostava de dançar o *Kamárinski* unicamente porque ouvir o *Kamárinski* e não dançar aquela música era para ele rigorosamente impossível. Às vezes, à noitinha, dois ou três criados, os cocheiros, o jardineiro, que tocava violino, e até mesmo algumas esposas dos criados reuniam-se num círculo, em algum lugar das áreas mais afastadas da propriedade senhorial, longe de Fomá Fomitch; começavam a música e as danças, e ao final solenemente tinha vez o *Kamárinski*. A orquestra era composta de duas balalaicas, um violão, um violino e um pandeiro, que o boleeiro Mitiucha dominava à perfeição. Era uma beleza ver então o que acontecia com Falaliei: ele dançava até um estado de enlevo, até esgotar suas últimas forças, incentivado pelos gritos e pelo riso do público; ele dava gritinhos, berrava, gargalhava, batia palmas; ao dançar, parecia arrebatado por uma força estranha e incompreensível que não conseguia dominar, e se esforçava com obstinação para manter o ritmo cada vez mais e mais acelerado do animado tema musical, batendo com o salto no chão. Eram momentos de verdadeiro deleite para ele; e tudo correria bem e com alegria se os rumores a respeito do *Kamárinski* não tivessem finalmente alcançado Fomá Fomitch. Fomá Fomitch ficou mortificado e mandou imediatamente chamar o coronel.

— Eu queria saber apenas uma coisa do senhor, coronel — começou Fomá. — O senhor jurou arruinar completamente esse infeliz idiota ou não completamente? Se for o primeiro caso, eu me calo; mas se não deseja arruinar completamente, nesse caso eu...

— Mas o que foi? O que aconteceu? — exclamou o titio, assustado.

— Como assim, o que aconteceu? Por acaso o senhor sabe que ele dança o *Kamárinski*?

— Mas... mas e daí?

— Como, e daí? — chiou Fomá. — E é o senhor quem diz isso; o senhor, que é o amo dele, até mesmo em certo sentido o pai dele! O senhor além disso tem por acaso alguma ideia do que é o *Kamárinski*? O senhor sabia que essa música retrata um mujique detestável, tentando cometer o mais imoral dos atos, em estado de embriaguez? O senhor sabe o que esse servo depravado intentava? Ele violou os mais preciosos laços e, por assim dizer, pisou neles com suas botas de mujique, acostumadas a pisotear apenas o chão de um botequim! Mas o senhor entende que ofendeu meus nobres sentimentos com essa sua resposta? O senhor entende que me ofendeu pessoalmente com sua resposta? O senhor entende isso ou não?

— Mas Fomá... É apenas uma música, Fomá...

— Como, apenas uma música?! E o senhor nem se envergonha de confessar que conhece essa música, o senhor, membro da sociedade nobre, pai de filhos de boa conduta e ingênuos, e ainda por cima coronel? Apenas uma música! Pois eu tenho certeza de que essa música foi tirada de acontecimentos verdadeiros! Apenas uma música! Mas qual homem decente pode, sem queimar de vergonha, confessar que conhece essa música, que ouviu essa música uma vez que seja? Qual, qual?

— Mas você mesmo conhece, Fomá, se está perguntando... — respondeu o titio, constrangido e sem qualquer malícia.

— Como?! Eu conheço? Eu... eu... Está falando de mim!... Me ofendeu! — exclamou de repente Fomá, erguendo-se de súbito da cadeira e sufocando de raiva. Não esperava de modo algum uma resposta tão desconcertante.

Não começarei a descrever a fúria de Fomá Fomitch. O coronel foi expulso em desonra da presença daquele defensor da moralidade pela indecência e *impropriedade* de sua resposta. Desde então, Fomá jurou a si mesmo que flagraria os crimes de Falaliei, que dançava o *Kamárinski*. À noitinha, quando todos imaginavam que ele estava ocupado com alguma coisa, ele entrava de mansinho no jardim, propositalmente, contornava as hortas e se escondia em meio ao cânhamo, do qual se via de longe toda a área em que aconteciam as danças. Ele vigiava o pobre Falaliei como um caçador vigia um passarinho, imaginando com prazer a chamada que ele daria, em caso de sucesso, em todos da casa e no coronel em especial. Finalmente, seus esforços infatigáveis foram coroados: ele surpreendeu o *Kamárinski*! Era compreensível, depois disso, por que o titio arrancara seus cabelos quando vira Falaliei chorando e ouvira Vidopliássov anunciando Fomá Fomitch, que surgia diante de nós em pessoa de maneira tão inesperada e num momento tão agitado.

VII
FOMÁ FOMITCH

Eu observava aquele senhor com uma curiosidade tensa. Gavrila com justiça dissera que ele era um homem mirrado. Fomá era de baixa estatura, tinha cabelos de um loiro desbotado, já um tanto grisalhos, um nariz adunco e pequenas rugas em todo o rosto. Tinha uma grande verruga no queixo. Beirava os cinquenta anos. Entrou em silêncio, com passos cadenciados e os olhos baixos. Mas a mais descarada sobranceria se expressava em seu rosto e em toda a sua figurinha pedante. Para minha surpresa, estava usando um robe, de corte estrangeiro, é verdade, mas ainda assim um robe, e ainda por cima calçava chinelos. A golinha de sua camisa, que não estava atada por uma gravata, fora dobrada à *l'enfant*,[45] o que conferia a Fomá Fomitch um aspecto extraordinariamente estúpido. Ele se aproximou de uma poltrona desocupada, moveu-a para junto da mesa e sentou-se sem dizer uma palavra a ninguém. Todo o rebuliço desapareceu instantaneamente, toda aquela agitação que havia um minuto antes. Tudo ficou tão silencioso que era possível ouvir uma mosca voando. A generala estava mansa como um cordeirinho. Todo o servilismo daquela pobre idiota perante Fomá Fomitch agora viera à tona. Ela não se cansava de admirar

---

[45] Em francês, no original: "à moda infantil". (N. do T.)

aquele seu tesourinho, não tirava os olhinhos dele. A dama Perepelítsina, dando risadas, esfregava suas mãozinhas, enquanto a pobre Praskóvia Ilínitchna nitidamente tremia de medo. O titio rapidamente agitou-se.

— Chá, chá, irmãzinha! Um pouquinho mais doce, irmãzinha; Fomá Fomitch depois do sono gosta do chá um pouquinho mais doce. Mais doce para você, não é, Fomá?

— Não estou com cabeça para o seu chá agora! — falou Fomá lentamente e com ar de dignidade, fazendo um aceno e parecendo preocupado. — Para o senhor, tudo tem que ser doce!

Aquelas palavras e a entrada de Fomá, ridícula a não mais poder por seu pedante ar de importância, interessaram-me imensamente. Eu tinha a curiosidade de saber até que ponto chegariam finalmente a falta da decência e o descaramento daquele senhorzinho presunçoso.

— Fomá! — gritou o titio. — Quero apresentar a você: meu sobrinho, Serguei Aleksándritch! Acaba de chegar.

Fomá Fomitch mediu-o dos pés à cabeça.

— Fico surpreso com o fato de que o senhor sempre, como que de maneira sistemática, adora me interromper, coronel — falou ele depois de um silêncio significativo, sem prestar a menor atenção em mim. — Falam com o senhor de coisas importantes, e o senhor sabe Deus a respeito do que fica... *tergiversando*... O senhor viu Falaliei?

— Vi, Fomá...

— Ah, viu! Bem, então vou mostrar novamente, se o senhor já viu. Pode admirar a sua obra... no sentido moral. Venha cá, seu idiota! Venha cá com essa sua cara de holandês! Pois venha, venha! Não tenha medo!

Falaliei aproximou-se, soluçando, de boca aberta e engolindo as lágrimas. Fomá Fomitch olhou para ele com deleite.

— Foi com uma intenção que eu disse que ele tem cara

de holandês, Pável Semiônitch — observou ele, refestelando-se na poltrona e inclinando-se de leve para Obnóskin, que estava sentado ao seu lado —, e de maneira geral não acho necessário abrandar em situação alguma as expressões que uso, sabe? A verdade deve ser a verdade. E por mais que se esconda a sujeira, ela ainda assim continuará sendo sujeira. Para que se dar ao trabalho de abrandar? É enganar a si mesmo e as pessoas. Somente numa cabecinha tola e mundana poderia surgir a necessidade de tais pudores absurdos. Diga — tomarei o senhor como juiz —, o senhor vê beleza nesta cara? Tenho em mente algo elevado, belo, excelso, e não uma fuça vermelha qualquer.

Fomá Fomitch falava em voz baixa, de maneira ritmada e com certa indiferença imponente.

— Beleza nele? — respondeu Obnóskin com certo desdém insolente. — Parece-me simplesmente um bom pedaço de rosbife, nada mais...

— Hoje chego perto do espelho e me olho — continuou Fomá, suprimindo solenemente o pronome "eu". — Não me considero nem de longe um homem belo, mas cheguei, a contragosto, à conclusão de que há algo nesse olho cinza que me distingue de um Falaliei qualquer. É pensamento, é vida, é inteligência o que há neste olho! Não estou me gabando propriamente de mim mesmo. Estou falando de maneira geral, de nossa classe. Agora, o que o senhor acha: pode haver um pedacinho que seja, um fragmento que seja de alma nesse filé vivo? Não, na verdade, Pável Semiônitch, perceba que essas pessoas, que são de todo privadas do pensamento e de um ideal e que comem apenas carne de vaca, têm sempre um detestável frescor no rosto, um frescor grosseiro e estúpido! O senhor deseja saber o nível de sua mentalidade? Ei, você, seu artigo! Venha mais para perto, deixe-nos admirá-lo! Por que está de boca aberta? Quer engolir uma baleia ou o quê? Você é bonito? Responda: você é bonito?

— Bo-ni-to! — respondeu Falaliei, sufocando seus soluços.

Obnóskin caiu na risada. Senti que começava a tremer de raiva.

— O senhor ouviu? — continuou Fomá, dirigindo-se em triunfo a Obnóskin. — E ainda há de ouvir mais! Vim aplicar-lhe um exame. Veja o senhor, Pável Semiônitch, que há pessoas que acham desejável perverter e arruinar esse idiota lastimável. Pode ser que eu esteja julgando de maneira severa, que esteja equivocado; mas digo por amor à humanidade. Ele estava dançando agora mesmo a mais indecente das danças. E ninguém aqui parece ligar para isso. Pois agora ouçam por si mesmos. Responda: o que você estava fazendo agora? Mas responda, responda depressa: está ouvindo?

— Es-tava dan-çando... — disse Falaliei, intensificando os soluços.

— O que você estava dançando? Qual dança? Diga!

— O *Kamárinski*...

— O *Kamárinski*! E quem é esse Kamárinski? O que é o *Kamárinski*? Será que eu consigo entender alguma coisa dessa resposta? Pois bem, dê-me uma ideia: quem é esse seu Kamárinski?

— Um mu-jique...

— Um mujique! Apenas um mujique? Fico surpreso! Quer dizer, é um mujique notável! Quer dizer, é um mujique famoso, esse, se já estão compondo poemas e danças sobre ele, não? Mas responda!

Extenuar os nervos era uma necessidade de Fomá. Ele brincava com sua vítima assim como um gato brinca com um rato; mas Falaliei seguiu em silêncio, choramingando e sem entender a pergunta.

— Responda! — insistia Fomá. — Estou perguntando: que tipo de mujique é esse? Diga!... É um mujique senhorial, estatal, livre, adscrito, monasterial? Há muitos tipos de mujique...[46]

— Mo-nas-te-ri-al...

— Ah, monasterial! Está ouvindo, Pável Semiônitch? Um novo fato histórico: o mujique Kamárinski era monasterial. Hm!... Pois bem, e o que fez esse mujique monasterial? Que façanhas dele são assim cantadas e... dançadas?

A pergunta era capciosa e, como fora dirigida a Falaliei, também perigosa.

— Mas... o senhor... porém... — fez menção de observar Obnóskin, olhando para sua mãe, que começara a revirar-se de maneira particular no sofá. Mas o que se podia fazer? Os caprichos de Fomá Fomitch eram considerados lei.

— Perdão, titio, se o senhor não detiver esse tolo, ele vai... Está ouvindo a que ponto ele está chegando? Falaliei vai acabar soltando alguma coisa, garanto... — sussurrei para o titio, que estava desconcertado e não sabia que atitude tomar.

— Mas Fomá, você deveria... — começou ele. — Queria apresentar a você, Fomá, meu sobrinho, um jovem que estuda mineralogia...

— Eu peço ao senhor, coronel, que não me interrompa com sua mineralogia, da qual, pelo que sei, o senhor não sabe nada, e talvez os *outros* tampouco. Não sou criança. Ele vai me responder que esse mujique, em vez de labutar pelo bem de sua família, ficou bêbado, bebeu sua peliça no botequim e saiu correndo bêbado pela rua. Como se sabe, é nisso que consiste todo o conteúdo desse poema que glorifica a bebedeira. Não se preocupe, *agora* ele sabe o que responder. Pois responda: o que fez esse mujique? Já soprei para você, coloquei na sua boca. Quero ouvir de você: o que ele fez, pelo

---

[46] Fomá Fomitch alude às diversas categorias do campesinato russo existentes antes da abolição da servidão em 1861. (N. do T.)

que ganhou fama, o que lhe rendeu essa glória imortal, por que o cantam os trovadores? Hein?

O infeliz Falaliei olhava com tristeza e perplexidade ao redor, sem saber o que dizer e abrindo e fechando a boca como uma carpa arrancada da água e arrastada para a areia.

— Tenho vergonha de di-zer! — mugiu ele finalmente em completo desespero.

— Ah! Tem vergonha de dizer! — secundou Fomá, triunfante. — Era essa resposta que eu queria, coronel! Tem vergonha de dizer, mas não tem vergonha de fazer? Essa é a moral que o senhor semeou, que nasceu e que agora o senhor... está regando. Mas não há por que desperdiçar saliva! Agora vá para a cozinha, Falaliei. Não direi nada a você agora por respeito ao público; mas hoje mesmo, hoje mesmo você será castigado de maneira cruel e dolorosa. Mas se não for assim, se desta vez também o preferirem a mim, então fique você aqui e console seus amos com o *Kamárinski*, que eu hoje mesmo sairei desta casa! Basta! Já disse. Pode ir!

— Mas o senhor, creio eu, de modo severo... — balbuciou Obnóskin.

— Justamente, justamente, justamente! — fez menção de gritar o titio, mas desistiu e calou-se. Fomá lançou-lhe um lúgubre olhar de esguelha.

— Fico surpreso, Pável Semiônitch — seguiu ele. — O que farão depois disso todos esses literatos, poetas, cientistas e pensadores de hoje em dia? Como é que não prestam atenção ao tipo de música que o povo russo canta e ao tipo de música que o povo russo dança? O que fizeram até hoje todos esses Púchkin, Liérmontov, Borozdná?[47] Fico surpreso! O povo dança o *Kamárinski*, essa ode à bebedeira, e eles can-

---

[47] Ivan Petróvitch Borozdná (1803-1888), tradutor e poeta de menor expressão. (N. do T.)

tando os não-me-esqueças![48] Por que é que não escrevem canções mais instrutivas, para uso do povo, e não largam esses seus não-me-esqueças? É uma questão social! Eles que retratem um mujique, mas um mujique requintado, por assim dizer, um camponês dono de terras, e não um mujique. Que retratem esse sábio do campo em toda a sua simplicidade, talvez até de chinelos — até concordaria com isso —, mas pleno de virtudes, as quais — digo isso sem hesitar — até alguém célebre como um Alexandre Magno poderia invejar. Conheço a Rússia e a Rússia me conhece: é por isso que eu digo isso. Que retratem esse mujique, talvez sobrecarregado pelo peso da família e da velhice, talvez numa isbá sufocante, faminto, mas contente, que não se queixa, mas abençoa sua pobreza e que é indiferente ao ouro de um ricaço. Que o próprio ricaço, com a alma enternecida, traga a ele finalmente o ouro; que até mesmo ocorra nessa situação a união das virtudes do mujique com as virtudes de seu amo, que talvez ainda seja um magnata. O camponês dono de terras e o magnata, separados pelos degraus da sociedade, unem-se finalmente em virtudes: esse sim é um pensamento elevado! Mas o que vemos? De um lado, não-me-esqueças; do outro, um que sai do botequim correndo pela rua em frangalhos! Mas me digam, o que é que há de poético nisso? O que há de admirável? Onde está a inteligência? Onde está a graça? Onde está a moral? Não consigo compreender!

— Devo-lhe cem rublos por essas palavras, Fomá Fomitch! — falou Iejevíkin com ar encantado. — Nem com mil diabos que vai receber — sussurrou-me baixinho. — Adular, adular!

[48] Em 1852, foi publicada em São Petersburgo uma coletânea de poesia intitulada *Não-me-esqueças* [*Nezabúdotchka*]. Nela havia trabalhos dos mais variados poetas russos da época, de Púchkin ao supracitado Borozdná. (N. do T.)

— Pois é... O senhor imaginou tudo muito bem — balbuciou Obnóskin.

— Justamente, justamente, justamente! — gritou o titio, que ouvia tudo com a mais profunda atenção e olhando para mim triunfante. — Mas que tema se desenrolou! — sussurrou ele, esfregando as mãos. — Que conversa mais variada, que diabo! Fomá Fomitch, esse é o meu sobrinho — acrescentou ele, todo emocionado. — Ele também estudou literatura, queria apresentá-lo.

Assim como antes, Fomá Fomitch não prestou a menor atenção na apresentação do titio.

— Pelo amor de Deus, não me apresente mais! Estou pedindo a sério — sussurrei ao titio com ar decidido.

— Ivan Ivánitch! — começou de repente Fomá, dirigindo-se a Mizíntchikov e olhando fixamente para ele. — Do que acabamos de falar, qual é sua opinião?

— Eu? O senhor está perguntando para mim? — atendeu Mizíntchikov com ar surpreso, como se o tivessem acabado de acordar.

— Sim, o senhor. Pergunto ao senhor porque dou valor à opinião das pessoas verdadeiramente inteligentes, não a de certos sabichões problemáticos que só são inteligentes porque o *apresentam continuamente* como sabichões, como *eruditos*, e que por vezes são chamados unicamente para serem mostrados, como numa feira popular ou algo do tipo.

A pedra fora jogada diretamente no meu telhado. E, no entanto, não havia dúvidas de que Fomá Fomitch, não tendo prestado qualquer atenção em mim, começara toda aquela conversa sobre literatura unicamente por minha causa, para ofuscar, liquidar, esmagar logo no início o erudito de Petersburgo, o sabichão. Eu pelo menos não tinha dúvida disso.

— Se o senhor quer saber a minha opinião, eu... concordo com sua opinião — respondeu Mizíntchikov com indolência e a contragosto.

— O senhor concorda com tudo que eu digo! Estou ficando até enjoado — observou Fomá. — Digo ao senhor abertamente, Pável Semiônitch — continuou ele depois de um momento de silêncio, dirigindo-se novamente a Obnóskin —, se eu tenho algum respeito pelo imortal Karamzin, não é por sua *História*, não é pela *Marfa-possádnitsa*, nem por *A velha e a nova Rússia*, mas justamente por ter escrito "Frol Sílin": isso sim é um grande épico![49] É uma obra puramente popular, que sobreviverá por séculos e séculos! Um grandessíssimo épico!

— Justamente, justamente, justamente! Uma grandessíssima *época*! Frol Sílin, um benfeitor! Lembro-me de ter lido; e *ainda* resgatou duas moças, e depois olhou para o céu e chorou. Um detalhe muito elevado — fez coro o titio, radiante de alegria.

Pobre titio! De forma alguma podia se conter para não se intrometer numa conversa *erudita*. Fomá sorriu com malícia, mas calou-se.

— Mas hoje em dia também escrevem coisas interessantes — interveio com cuidado Anfissa Petrovna. — *Os mistérios de Bruxelas*, por exemplo.[50]

— Não posso dizer — observou Fomá, como que pesaroso. — Li há pouco tempo um dos poemas... Ah, sim! "Não-me-esqueças"! Mas se querem saber, dos mais novos o que mais me agrada é "O copista".[51] Que escrita leve!

---

[49] Além do já mencionado conto "Frol Sílin, o benfeitor", Dostoiévski faz alusão às seguintes obras de Nikolai Karamzin: *História do Estado russo* (publicada em onze volumes entre 1816 e 1824), *Marfa-possádnitsa* (1803) e *Notas da velha e da nova Rússia* (1811). (N. do T.)

[50] Paródia, escrita por autor anônimo e publicada em 1847 em Petersburgo, do romance *Os mistérios de Paris*, de Eugène Sue (1804-1857). (N. do T.)

[51] Alusão às "Cartas de um assinante de outra cidade para a redação

— "O copista"! — gritou Anfissa Petrovna. — É aquele que escreve as cartas para a revista? Ah, como é adorável! Que jogo de palavras.

— Justamente, um jogo de palavras. Ele brinca com a pena, por assim dizer. Uma leveza extraordinária na escrita!

— Sim; mas é um pedante — observou com desdém Obnóskin.

— Um pedante, um pedante, não discuto; mas um pedante encantador, um pedante gracioso! É claro que nenhuma de suas ideias resistiria a uma crítica fundamentada; mas é de uma leveza entusiasmante! Que é um parlapatão, concordo; mas um parlapatão encantador, um parlapatão gracioso! Lembram-se de que ele, em um de seus artigo literários, declara por exemplo que tem algumas propriedades?

— Propriedades? — secundou o titio. — Que bom! Em que província?

Fomá parou, olhou fixamente para o titio e continuou no mesmo tom:

— Mas digam, em nome do bom senso: por que eu, o leitor, preciso saber que ele tem propriedades? Se tem, eu o cumprimento por isso! Mas com que primor, em que tom de brincadeira não escreve?! Ele prima pela graça, irradia graça, é ardente! É uma espécie de Narzan da graça![52] É assim que se deve escrever! Creio que eu escreveria justamente assim se concordasse em escrever para revistas...

---

da revista O *Contemporâneo* a respeito do jornalismo russo", de autoria do escritor e tradutor Aleksandr Vassílievitch Drujínin (1824-1864) e publicadas, sem assinatura, entre 1849 e o início dos anos 1850 na revista O *Contemporâneo* [*Sovremiênnik*]. O autor fictício das cartas era um esclarecido dono de terras que lia com afinco todos os periódicos da capital. (N. da E.)

[52] Famoso manancial de água mineral localizado no Cáucaso. (N. do T.)

— Talvez ainda melhor — observou respeitosamente Iejevíkin.

— Até mesmo algo de estilo melodioso! — fez coro o titio.

Fomá Fomitch finalmente não aguentou.

— Coronel — disse ele —, será que posso pedir ao senhor — é claro que com toda a delicadeza possível — que não nos atrapalhe e que nos permita terminar sossegados nossa conversa? O senhor não tem condições de participar na nossa conversa, não tem! Não estrague nossa agradável conversa literária. Cuide da administração da propriedade, beba seu chá, mas... deixe a literatura em paz. Ela não há de perder com isso, garanto ao senhor!

Aquilo ultrapassava todos os limites da insolência! Eu não sabia o que pensar.

— Mas você mesmo disse isso de melodioso, Fomá — pronunciou com tristeza o titio, desconcertado.

— Sim, senhor. Mas eu disse com conhecimento de causa, disse de maneira pertinente; e o senhor?

— Sim, nós falamos com inteligência, meu senhor — secundou Iejevíkin, serpenteando ao redor de Fomá Fomitch. — De inteligência temos um tantinho, mas é preciso usar a que temos; mal dá para dois ministérios, mas se não der vamos é arranjar um terceiro: é assim que nós somos!

— Bom, pelo visto eu aprontei de novo! — concluiu o titio, dando seu sorriso bondoso.

— Pelo menos reconhece — observou Fomá.

— Tudo bem, tudo bem, Fomá, eu não me irrito. Sei que você, amigo que é, tenta me conter, como se fosse um parente, um irmão. Fui eu mesmo que permiti isso a você, até pedi por isso! É muito justo, muito justo! Era para meu próprio bem! Agradeço e tirarei proveito!

Minha paciência se esgotou. Todos os rumores que eu ouvira até então a respeito de Fomá Fomitch haviam parecido um tanto exagerados. Agora que eu mesmo vira tudo aquilo em pessoa, minha estupefação não tinha limites. Eu não acreditava no que via; não podia entender tamanha insolência, um despotismo tão descarado, por um lado, e de outro uma servidão tão voluntária, uma bonomia tão crédula. Porém, até o titio estava perturbado com tamanha insolência. Era visível... Eu estava morto de vontade de travar conhecimento com Fomá, combatê-lo, de mandar tudo às favas e dizer a ele alguns desaforos, qualquer que fosse o custo! Aquele pensamento me animou. Eu esperava a ocasião com ansiedade, destruindo completamente as abas do meu chapéu. Mas a ocasião não surgia: Fomá estava decidido a não me notar.

— É verdade, é verdade o que você diz, Fomá — continuou o titio, tentando com todas as forças agradar e abafar ao menos um pouco o aborrecimento da conversa que passara. — Você diz a verdade sem rodeios, Fomá, eu agradeço. É preciso conhecer o assunto antes de julgar a respeito dele. Admito! Eu estive nessa situação mais de uma vez. Imagine você, Serguei, que eu uma vez cheguei a aplicar uma prova... Vocês estão rindo! Pois é! Juro por Deus que apliquei uma prova e nada mais. Fui convidado para a aplicação de uma prova num estabelecimento, e aí me colocaram junto com os examinadores, assim, por consideração, tinham um lugar sobrando. Até fiquei com medo, confesso, surgiu um certo medo: não conheço nada de ciências, rigorosamente! O que fazer?! Pensei que de uma hora para a outra podiam me arrastar para a lousa! Mas depois ficou tudo bem, deu tudo certo; até fiz algumas perguntas, perguntei: quem foi Noé? No geral responderam de maneira magnífica; depois tomamos café da manhã e bebemos champanhe à prosperidade de todos. Um excelente estabelecimento!

Fomá Fomitch e Obnóskin caíram na risada.

— Pois eu mesmo ri depois — gritou o titio, rindo de

maneira bondosa e contente por todos terem se alegrado.

— Não, Fomá, você não viu nada! Vou divertir todos vocês, vou contar a gafe que eu cometi uma vez... Imagine, Serguei, estávamos em Krasnogorsk...

— Permita-me perguntar, coronel: o senhor vai ficar muito tempo contando essa sua história? — cortou Fomá.

— Ah, Fomá! Mas é uma história maravilhosa; dá para morrer de rir, simplesmente. Mas apenas ouça: é boa, juro que é boa. Vou contar a gafe que eu cometi.

— Quando suas histórias são desse tipo, sempre as ouço com prazer — falou Obnóskin, bocejando.

— Não há o que fazer, temos que ouvir — decidiu Fomá.

— Mas juro que vai ser boa, Fomá. Quero contar a gafe que dei uma vez, Anfissa Petrovna. Escute você também, Serguei: é até edificante. Estávamos em Krasnogorsk — começou o titio, radiante de alegria, falando de maneira atropelada e apressada, com infindáveis apartes intercalados na história, o que acontecia sempre que ele começava a contar alguma coisa para a satisfação do público. — Assim que chegamos, naquela mesma noite, parti imediatamente para um espetáculo. Kuropátkina era uma atriz magnífica; depois ainda fugiu com o capitão de cavalaria Zverkov, não terminou a peça: até baixaram as cortinas... Quer dizer, era um finório esse Zverkov, gostava de beber e de jogar; não que fosse um beberrão, mas estava sempre pronto a fazer uma algazarra com os amigos. Mas, quando bebia de verdade, se esquecia de tudo: onde morava, em que país, como se chamava. Resumindo, rigorosamente tudo; mas era na verdade um rapaz magnífico... Pois bem, estava eu lá no teatro. No intervalo me levantei, encontrei um antigo camarada, Kornoúkhov... Devo dizer a vocês, um rapaz único. Na verdade fazia uns seis anos que não nos víamos. Enfim, estivera em campanha, estava coberto de medalhas; agora, pelo que eu ouvira, virara civil, de fato; passara para o serviço civil, chegara a altas patentes... Pois bem, é claro que ficamos contentes. Falamos disso, daquilo. Do nosso lado no camarote estavam sentadas três damas; a da esquerda tinha uma fuça que nunca se vira antes no mundo... E então eu, como um tolo, soltei para o Kornoúkhov: "Diga, meu querido, quem é esse espantalho?". "Essa quem?" "Essa aí." "Mas essa é a minha prima." Mas que diabo! Imaginem a minha situação! Para me emendar, eu disse: "Não, não, não essa. Que olho o seu! Aquela, sentada para lá, quem é?". "Minha irmã." Mas com mil diabos! E a irmã dele ainda por cima era uma florzinha, uma mocinha encantadora; estava toda embonecada: broches, luvinhas, pulseirinhas; resumindo, parecia um pequeno querubim; depois acabou se casando com um homem magnífico, Píkhtin; fugiu com ele, casou-se sem permissão; mas agora está tudo em ordem: estão bem de vida, os pais estão mais do que felizes!... Pois então. "Que nada!", gritei, sem saber onde me meter, "não essa!" "Então a do meio?" "Sim, a do meio." "Meu querido, essa é a minha esposa..." Cá entre nós: era um docinho, não uma dama! Quer dizer, dava vontade de engoli-la inteirinha de tanta satisfação... "Pois é", eu disse, "já viu um idiota alguma vez? Pois tem um agora na sua frente, pode cortar a cabeçorra dele, sem dó!" Ele riu. Depois do espetáculo, fui apresentado a elas e ele ainda contou tudo, o traquinas. Mas demos muita risada! Confesso que nunca me diverti tanto. Para você ver as gafes que às vezes a gente pode cometer, meu querido Fomá! Há-há-há-há!

Mas o pobre titio rira em vão; ele olhou inutilmente ao redor com seu ar alegre e bondoso: um silêncio tumular foi a resposta para sua divertida história. Fomá Fomitch permanecia sentado, calado de maneira sombria, e com ele todos os outros; apenas Obnóskin sorriu de leve, prevendo a bronca que dariam no titio. O titio ficou constrangido e corou. Era o que Fomá desejava.

— O senhor terminou? — perguntou ele finalmente com ar de importância, dirigindo-se ao desconcertado narrador.

— Terminei, Fomá.

— E está feliz?

— Como assim feliz, Fomá? — respondeu com tristeza o pobre titio.

— Sente-se melhor agora? O senhor está contente por ter arruinado uma agradável conversa literária entre amigos, interrompendo-os e satisfazendo com isso seu mesquinho amor-próprio?

— Mas chega, Fomá! Eu queria divertir a todos, mas você...

— Divertir? — exclamou Fomá, acalorando-se de maneira repentina e extraordinária. — Mas o senhor só é capaz de trazer o desânimo, não de divertir. Divertir! O senhor acaso sabe que a sua história foi quase imoral? Nem digo que é indecente, isso é óbvio... O senhor acaba de declarar, com uma grosseria rara, que riu da inocência, de uma distinta nobre, unicamente porque ela não teve a honra de agradá-lo. E ainda queria fazer com que nós, com que nós ríssemos, ou seja, que fizéssemos coro ao senhor, que fizéssemos coro ao seu ato grosseiro e indecente, e tudo isso apenas porque o senhor é o dono desta casa! Faça como quiser, coronel, arranje para si parasitas, bajuladores, parceiros, pode até trazê-los de países distantes e reforçar com isso o seu séquito, em prejuízo da retidão e da nobreza sincera de coração; mas Fomá Opískin jamais será seu adulador, seu bajulador, seu parasita! É a única coisa que lhe asseguro!...

— Ora, Fomá! Você não me entendeu, Fomá!

— Não, coronel, faz tempo que o decifrei, eu o compreendo perfeitamente! O senhor é corroído pelo mais ilimitado amor-próprio; o senhor tem pretensão a uma inigualável agudeza de espírito, mas se esquece de que é a pretensão que faz a agudeza perder o fio. O senhor...

— Mas chega, Fomá, pelo amor de Deus! Tenha dó, pelo menos das pessoas...

— É que é triste ver tudo isso, coronel, e ao ver é impossível calar. Sou pobre, *vivo de favor* na casa de sua mãe. Talvez até pensem que eu o adulo com meu silêncio; mas não quero que nenhum *fedelho* me tome por seu parasita! Pode ser que eu, quando entrei há pouco, tenha até mesmo forçado de propósito minha franca sinceridade, tenha sido até mesmo obrigado a chegar, de propósito, ao ponto da grosseria, justamente porque o senhor mesmo me coloca em tal posição. O senhor é muito arrogante comigo, coronel. Podem me considerar seu servo, seu agregado. O seu prazer é me humilhar diante de *estranhos*, sendo que sou seu igual, está ouvindo? Igual em todos os sentidos. Talvez eu até faça um favor ao senhor por morar aqui, e não *o senhor* a mim. Sou humilhado; por conseguinte, devo louvar a mim mesmo, é natural! Eu não posso dizer, eu devo dizer, devo protestar já, e por isso declaro direta e simplesmente que o senhor é de uma inveja fenomenal! O senhor vê, por exemplo, que a pessoa, numa conversa simples e amigável, manifestou sem querer seus conhecimentos, sua erudição, seu gosto; e aí o senhor logo fica aborrecido, o senhor não aceita: "Eu também quero mostrar meus conhecimentos e meu gosto!". Mas que gosto tem o senhor, com o perdão da palavra? O senhor entende tanto de coisas refinadas — com o seu perdão, coronel —, quanto um boi, por exemplo, entende de carne bovina! Isso foi ríspido, foi grosseiro, reconheço; mas pelo menos foi sincero e justo. Isso o senhor não há de ouvir de seus aduladores, coronel.

— Ora, Fomá!...

— É "ora, Fomá", mesmo! Nota-se que a verdade não é um colchãozinho de penas. Pois bem; nós ainda haveremos de falar disso, mas agora permita que eu também divirta um pouco o público. Não é só o senhor que vai se distinguir.

Pável Semiônitch! O senhor viu esse monstro marinho em forma humana? Já faz tempo que o estou observando. Olhem para ele: quer é me devorar vivo, inteirinho!

O assunto era Gavrila. O velho criado estava junto às portas e de fato olhava com pesar seu amo ser repreendido.

— Também quero diverti-lo com um espetáculo, Pável Semiônitch. Ei, você, paspalho, venha cá! Faça o favor de vir mais para perto, Gavrila Ignátitch! Está vendo, Pável Semiônitch, este é Gavrila; como punição por sua grosseria está aprendendo o dialeto francês. Como Orfeu, tenho abrandado os ânimos por aqui, só que não com música, mas com o dialeto francês. Pois então, francês, *meciê chematon*; ele não suporta quando dizem a ele *meciê chematon*; sabe a lição?[53]

— Decorei — respondeu Gavrila, cabisbaixo.

— E *parlê-vu-francê*?

— *Vuí, meciê, je-le-parl-an-pê*...[54]

Não sei se a triste figura de Gavrila ao pronunciar as frases francesas foi o motivo, ou se todos adivinharam o desejo de Fomá de que todos rissem; mas todos caíram na gargalhada assim que Gavrila começou a mover os lábios. Até a generala se permitiu rir. Anfissa Petrovna, tombando no encosto do sofá, dava gritinhos e cobria o rosto com o leque. O mais ridículo de tudo revelou-se o fato de que Gavrila, ao ver em que se tornara seu exame, não aguentou, cuspiu de lado e em tom de reprimenda proferiu: "E pensar que vivi para passar essa vergonha, na velhice!".

Fomá Fomitch estremeceu.

— O quê? O que você disse? Deu para dizer grosserias, agora?

---

[53] Em francês russificado, no original: "senhor chematon". Trocadilho com o verbo francês *chômer* ("estar ocioso"). (N. do T.)

[54] Em francês russificado, no original: "Fala francês? Sim, senhor, falo um pouco". (N. do T.)

— Não, Fomá Fomitch — respondeu Gavrila com ar de dignidade —, não são grosserias as minhas palavras, e não cabe a mim, um servo, dizer grosserias diante de você, um senhor de nascença. Mas todo homem traz em si a imagem de Deus, sua imagem e semelhança. Tenho sessenta e três anos de idade. Meu pai se lembra do monstro Pugatchov, e meu avô, juntamente com seu amo Matviei Nikítitch — que Deus o tenha no reino celeste —, foi enforcado por Pugatchov no mesmo álamo, e por isso meu pai foi honrado acima de todos os demais por seu falecido amo, Afanássi Matviéitch: serviu como seu camareiro e terminou a vida como seu mordomo.[55] E também, Fomá Fomitch, meu senhor, embora eu seja um servo, nunca sofri na vida uma vergonha como essa!

E ao dizer essas últimas palavras Gavrila abriu os braços e baixou a cabeça. O titio o acompanhava com inquietação.

— Mas chega, chega, Gavrila! — exclamou ele. — Não há por que estender-se, chega!

— Tudo bem, tudo bem — falou Fomá, ligeiramente pálido e dando um sorriso forçado. — Deixe que fale; são seus frutos, mesmo...

— Vou dizer tudo — continuou Gavrila com uma animação incomum —, não esconderei nada! Podem atar minhas mãos, mas não vão atar minha língua! Porque eu, Fomá Fomitch, posso ser um homem baixo em relação a você, em uma palavra, um escravo, mas eu também me ofendo! Devo a você para sempre o serviço e a reverência, já que nasci escravo e devo cumprir todas as obrigações com medo e temor. Se você se sentar para escrever seu livrinho, sou obrigado a não permitir que ninguém o importune, porque esse é o meu

---

[55] Referência a Emelian Pugatchov (1742-1775), pretendente ao trono e líder da maior rebelião cossaca da história da Rússia, debelada em 1774 por Catarina II. (N. do T.)

verdadeiro dever. Servi-lo no que for preciso, isso eu faço com o maior prazer. Mas na velhice ter que latir em língua estrangeira e ainda passar vergonha na frente das pessoas?! E agora nem posso entrar no quarto dos criados: "o francês", ficam dizendo, "virou francês!". Não, Fomá Fomitch, meu senhor; não apenas eu, tolo que sou, mas também as boas pessoas começaram a falar em uma só voz que o senhor se tornou um homem maldoso, e que o nosso amo age diante do senhor como uma criança pequena; que o senhor pode até ser filho de nascença de um *gerenal*, e talvez até o senhor mesmo por pouco não tenha chegado a *gerenal*, mas que virou tão maldoso que parece até uma fúria.

Gavrila terminou. Eu estava fora de mim de êxtase. Fomá Fomitch estava pálido de ódio em meio à perplexidade geral, como se ainda não tivesse voltado a si depois do ataque inesperado de Gavrila; como se naquele momento ainda calculasse em que medida deveria irritar-se. Finalmente ocorreu a explosão.

— Como! Ele ousou me insultar, a mim! Mas é um motim! — disse com voz esganiçada Fomá, saltando da cadeira.

Atrás dele saltou a generala, erguendo os braços em admiração. Começou o rebuliço. O titio precipitou-se para o criminoso Gavrila e começou a empurrá-lo.

— É pô-lo a ferros, a ferros! — gritava a generala. — É mandá-lo agora mesmo para a cidade e entregá-lo ao exército, Iegôruchka! Senão não darei a você a minha bênção. É colocá-lo no cepo agora mesmo e entregá-lo ao exército!

— Como! — gritava Fomá. — Um escravo! Um intratável! Um brutamontes! Ousou me insultar! Ele, ele, o trapo de limpar a minha bota! Ousou me chamar de fúria!

Dei um passo adiante com uma firmeza incomum.

— Confesso que quanto a isso estou completamente de acordo com a opinião de Gavrila — disse eu, olhando para Fomá Fomitch direto nos olhos e tremendo de agitação.

Ele estava tão abalado com aquele meu avanço, que no primeiro momento, aparentemente, não pôde crer em seus ouvidos.

— E esse, quem é? — gritou ele finalmente, lançando-se contra mim num frenesi e cravando em mim seus olhinhos pequenos e injetados. — Mas quem é você?

— Fomá Fomitch... — começou o titio, completamente perdido. — Esse é Serioja, meu sobrinho...

— O erudito! — berrou Fomá. — Então é esse o erudito? *Liberté, égalité, fraternité*! *Jurnal de-debá*![56] Não, meu querido, nada disso! Nem aqui, nem na China! Aqui não é Petersburgo, você nem venha aprontar! Não ligo para o seu *de-debá*! Você diz *de-debá*, mas para nós não é "de nada"! Erudito! Eu já aprendi e esqueci sete vezes mais do que você sabe! Que belo erudito é você!

Se não o tivessem contido, ele, creio eu, teria se lançando contra mim para me socar.

— Mas ele está bêbado — falei, olhando ao redor com perplexidade.

— Quem? Eu? — gritou Fomá, já quase fora de si.

— Sim, o senhor!

— Bêbado?

— Bêbado.

Fomá não pôde suportar aquilo. Deu um ganido, como se o tivessem ferido, e correu para fora da sala. A generala queria, pelo visto, desmaiar, mas achou melhor correr atrás de Fomá Fomitch. Todos foram atrás dela, e atrás de todos foi o titio. Quando voltei a mim e olhei ao redor, vi na sala apenas Iejevíkin. Ele sorria e esfregava as mãos.

---

[56] *Journal des Débats*, periódico francês publicado entre 1789 e 1944. Fomá Fomitch atribui-lhe erroneamente um posicionamento libertário, já que em meados do século XIX a publicação alinhava-se com o governo. (N. do T.)

— O senhor prometeu agora há pouco contar uma coisa sobre os jesuítas — falou ele com uma voz insinuante.

— O quê? — perguntei, sem entender o que ele queria dizer.

— O senhor prometeu há pouco contar uma coisa sobre os jesuítas... Uma anedota...

Saí correndo em direção ao terraço, e de lá para o jardim. Minha cabeça girava...

VIII
DECLARAÇÃO DE AMOR

Por um quarto de hora, vaguei pelo jardim, exasperado e extremamente insatisfeito comigo mesmo, tentando decidir o que fazer então. O sol se punha. De repente, na curva que dava numa alameda escura, encontrei-me face a face com Nástienka. Em seus olhos havia lágrimas, e em suas mãos um lenço, com o qual ela as enxugava.

— Estava procurando pelo senhor — disse ela.

— E eu pela senhora — respondi. — Diga-me: estou ou não num hospício?

— De modo algum está num hospício — falou ela em tom melindroso, olhando fixamente para mim.

— Mas, se é assim, o que afinal está acontecendo? Em nome de Cristo, dê-me algum conselho! Aonde foi o titio agora? Eu posso ir para lá? Fiquei muito contente por encontrar a senhora: talvez possa me sugerir alguma coisa.

— Não, é melhor não ir. Acabei de sair da presença deles.

— Mas onde estão?

— Quem sabe? Talvez tenham corrido de novo para a horta — falou ela em tom irritadiço.

— Qual horta?

— É que na semana passada Fomá Fomitch começou a gritar que não queria ficar em casa, e de repente saiu correndo para a horta, arranjou uma pá na cabana e começou a cavar canteiros. Todos ficamos surpresos. Teria enlouquecido? "Isso", disse ele, "é para não esfregarem depois na minha cara que eu como do seu pão de graça, por isso vou cavar a terra e merecer o pão que eu comi aqui, e depois vou embora. Veja a que ponto me fizeram chegar!" E lá ficaram todos chorando, quase caindo de joelhos diante dele, tiraram-lhe a pá; mas ele continuou cavando; desenterrou todos os nabos. Foram indulgentes uma vez, e agora talvez ele faça de novo. É bem capaz.

— E a senhora... conta tudo isso com tamanho sangue-frio! — exclamei com fortíssima indignação.

Ela olhou para mim com um brilho nos olhos.

— Peço perdão. Já nem sei o que estou dizendo! Escute, a senhora sabe o propósito de minha chegada?

— N... não — respondeu ela, enrubescendo, e uma sensação um tanto penosa refletiu-se em seu rosto encantador.

— Peço que me perdoe — continuei —, estou aflito agora, sinto que não era assim que deveria ter começado a falar sobre isso... Especialmente com a senhora... Mas dá no mesmo! Acredito que a franqueza seja a melhor coisa em casos como esse. Confesso... quer dizer, o que eu queria dizer era... a senhora sabe das intenções do titio? Ele me ordenou que pedisse a sua mão...

— Oh, mas que absurdo! Não diga isso, por favor! — disse ela, interrompendo-me apressadamente, toda exaltada.

Eu estava consternado.

— Como absurdo? Mas foi ele que escreveu para mim.

— Então ele escreveu para o senhor? — perguntou ela com vivacidade. — Ah, mas como é! E prometeu que não escreveria! Que absurdo! Meu Deus, mas que absurdo!

— Peço perdão — murmurei, sem saber o que dizer —, talvez eu também tenha agido de maneira imprudente e grosseira... Mas num momento como este! Imagine: estamos cercados Deus sabe de quê...

— Oh, pelo amor de Deus, não peça perdão! Acredite, de qualquer maneira já me era difícil ouvir tudo isso; mas ouça: eu mesmo queria falar com o senhor para descobrir certas coisas... Ah, que lástima! Então ele escreveu para o senhor! Pois era isso que eu mais temia! Meu Deus, mas que homem é esse! E o senhor acreditou nele e veio voando para cá, em desabalada carreira? Era disso que precisávamos!

Ela não escondia sua irritação. Minha situação era pouco confortável.

— Confesso que não esperava — falei eu no mais completo embaraço — que a coisa tomasse tal rumo... Pelo contrário, eu pensava...

— Ah, então o senhor pensava? — proferiu ela com uma leve ironia, mordendo de leve o lábio. — Mas ouça-me, o senhor me mostraria essa carta que ele lhe escreveu?

— Pois bem.

— Mas o senhor por favor não se irrite comigo, não se ofenda; já é de qualquer maneira um desgosto para mim! — disse ela com voz de súplica, e no entanto um sorriso zombeteiro surgiu de leve em seus belos lábios.

— Oh, por favor, não me tome por um tolo! — exclamei com impetuosidade. — Mas talvez a senhora tenha alguma prevenção contra mim. Talvez alguém tenha falado mal de mim para a senhora. Talvez seja porque eu passei vergonha lá há pouco. Mas isso não é nada, asseguro. Eu mesmo compreendo que pareço um tolo agora em sua presença. Não ria de mim, por favor! Não sei o que digo... E tudo isso acontece porque tenho esses malditos vinte e dois anos!

— Ah, meu Deus! E o que tem de mais?

— Como, o que tem de mais? Pois quem tem vinte e dois anos, tem isso escrito na testa, como eu, por exemplo, quando fui parar agora há pouco no meio da sala ou agora aqui diante da senhora... É uma idade maldita!

— Oh, não, não! — respondeu Nástienka, mal contendo o riso. — Tenho certeza de que o senhor é bom, é amável, é inteligente, e dou minha palavra de que falo isso com sinceridade! Mas... o senhor é apenas um tanto cheio de amor-próprio. Mas ainda pode se corrigir disso.

— Creio ter tanto amor-próprio quanto é necessário.

— Não, não. E agora há pouco, quando o senhor ficou constrangido? E a troco de quê? Porque havia tropeçado ao entrar!... Que direito tinha o senhor de expor ao riso seu bondoso tio, seu magnânimo tio, que tanto bem fez ao senhor? Por que quis fazê-lo parecer ridículo, quando o senhor mesmo é que era ridículo? Aquilo foi feio, foi vergonhoso! Não lhe renderá honra alguma, e confesso-lhe que o senhor me pareceu muito repulsivo naquele momento, é o que lhe digo!

— É verdade! Fui um pateta! Até mais: cometi uma baixeza! A senhora notou, e com isso já fui punido! Pode me xingar, rir de mim, mas ouça: talvez a senhora mude afinal de opinião — acrescentei, levado por um sentimento estranho —, a senhora ainda me conhece tão pouco, que depois, quando conhecer melhor, então... talvez...

— Pelo amor de Deus, vamos largar essa conversa! — exclamou Nástienka, com visível impaciência.

— Muito bem, muito bem, larguemos! Mas... Onde poderei vê-la?

— Como assim, me ver?

— Mas não pode ser que tenhamos trocado nossas últimas palavras, Nastássia Ievgráfovna! Pelo amor de Deus, conceda-me um encontro, quiçá hoje mesmo. Aliás, já está anoitecendo. Pois então se possível amanhã de manhã, bem cedo; hei de me forçar a acordar bem cedo. Sabe, lá, junto ao lago, há um coreto. Eu me lembro; conheço o caminho. Vivi aqui quando era pequeno.

— Um encontro! Mas para que isso? Nós já estamos conversando, de qualquer maneira.

— Mas eu ainda não sei de nada, Nastássia Ievgráfovna. Primeiro o titio me contará tudo. Porque ele deve finalmente me contar tudo, e então talvez eu possa dizer-lhe alguma coisa importante...

— Não, não! Não é preciso, não é preciso! — exclamou Nástienka. — Terminemos com tudo de uma vez agora mesmo, para que depois nem se fale mais nisso. Nem vá ao coreto, será à toa: garanto ao senhor que não irei, e por favor tire da cabeça todo esse absurdo. Peço-lhe com toda a seriedade...

— Então isso quer dizer que o titio agiu comigo como um louco! — exclamei num acesso de insuportável irritação. — E além disso, a troco de que ele me chamou?... Mas ouça, que barulho é esse?

Estávamos perto da casa. Das janelas abertas ouviam-se ganidos e gritos um tanto incomuns.

— Meu Deus! — disse ela empalidecendo. — De novo! Eu bem que pressenti!

— A senhora pressentiu? Nastássia Ievgráfovna, mais uma pergunta. É claro que eu não tenho o menor direito, mas decidi fazer-lhe essa última pergunta pelo bem comum. Diga-me, e então isso morrerá em mim, diga-me abertamente: o titio está ou não apaixonado pela senhora?

— Ah! Por favor, tire esse absurdo da cabeça de uma vez por todas! — exclamou ela, estourando de raiva. — E o senhor também! Se estivesse apaixonado, não iria querer me casar com o senhor — acrescentou ela com um sorriso amargo. — E de onde, de onde o senhor tirou isso? Será que não entende o que se passa? Está ouvindo esses gritos?

— Mas... É Fomá Fomitch...

— Sim, é claro que é Fomá Fomitch; mas agora o assunto lá sou eu, porque eles dizem o mesmo que o senhor, o mesmo disparate; suspeitam da mesma coisa, de que ele esteja apaixonado por mim. E como sou pobre, insignificante, como me difamar não custa nada, e como querem casá-lo com outra, exigem que ele me expulse de casa, para a casa de meu pai, por segurança. Mas quando lhe dizem isso, ele imediatamente sai de si; é capaz de fazer em pedaços até mesmo Fomá Fomitch. E é por isso que estão gritando lá agora; já estou pressentindo que é por isso.

— Então é tudo verdade! Então quer dizer que ele vai mesmo se casar com a tal Tatiana?

— Qual Tatiana?

— Ora, com aquela tolinha.

— Não é tolinha de forma alguma! Ela é bondosa. O senhor não tem direito de falar assim! Ela tem um coração nobre, mais nobre que o de muitos. Ela não tem culpa de ser infeliz.

— Perdão. Suponhamos que a senhora esteja inteiramente certa a esse respeito; mas não estará enganada sobre a coisa mais importante? Diga-me, por exemplo, por que, pelo que percebi, seu pai é bem recebido por eles? Porque se eles estão a tal ponto irritados com a senhora, como está dizendo, e se querem expulsá-la, deveriam estar irritados com ele e o receberiam mal.

— Mas será que o senhor não vê o que meu pai faz por mim?! Ele banca o bufão diante deles! Admitem-no justamente por ter conseguido cativar Fomá Fomitch. E como o próprio Fomá Fomitch foi um bufão, fica lisonjeado porque agora também tem seu bufão. O que o senhor pensa: por quem meu pai faz isso? Faz por mim, apenas por mim. Ele não precisa disso; ele não se curva para ninguém. Ele pode até parecer muito risível aos olhos de certas pessoas, mas é um homem nobre, muitíssimo nobre! Ele pensa, sabe Deus por quê — e não é em absoluto porque eu recebo aqui um bom salário, garanto-lhe —, ele pensa que para mim é melhor continuar aqui, nesta casa. Mas agora consegui fazê-lo mudar completamente de ideia. Escrevi a ele em tom decidido. Ele veio me buscar, e, se chegarmos ao extremo, talvez amanhã mesmo, porque as coisas chegaram quase no limite: eles querem me devorar, e tenho certeza de que agora estão gritando por minha causa. É por minha causa que *ele* está sendo estraçalhado, *ele* ainda há de ser arruinado! E *ele* é como um pai para mim, está ouvindo? Talvez até mais do que um verdadeiro pai! Não quero esperar. Sei mais do que os outros. Amanhã mesmo, amanhã mesmo partirei! Quem sabe com isso eles não adiem ao menos por um tempo o casamento *dele* com Tatiana Ivánovna... Pronto, agora contei tudo ao senhor. Conte isso para ele também, porque agora não posso mais nem falar com ele: seguem-nos, especialmente essa Perepelítsina. Diga a *ele* que não se preocupe comigo, que prefiro comer pão preto e morar numa isbá com meu pai do que ser o motivo de *seu* martírio aqui. Sou pobre e devo viver como pobre. Mas por Deus, que barulho é esse?! Que grito é esse?! Que mais está acontecendo por lá? Não, custe o que custar, irei para lá agora mesmo! Direi tudo isso a eles olhando diretamente em seus olhos, em pessoa, aconteça o que acontecer! Devo fazer isso. Adeus!

Ela saiu correndo. Permaneci no lugar, plenamente consciente do quão ridículo era o papel que agora tinha de interpretar, e completamente incerto de como tudo aquilo se resolveria. Tinha pena da pobre moça e temia pelo titio. De repente, Gavrila surgiu ao meu lado. Ele ainda segurava nas mãos seu caderninho.

— Senhor, vá falar com seu tio! — falou ele com voz tristonha.

Voltei a mim.

— Com meu tio? Mas onde ele está? O que está acontecendo com ele agora?

— Na sala de chá. Lá onde agora há pouco estavam servindo.

— Quem está com ele?

— Está sozinho. Esperando.

— Quem? A mim?

— Mandou buscar Fomá Fomitch. Lá se vão nossos dias felizes! — acrescentou ele, suspirando profundamente.

— Fomá Fomitch? Hm! E onde estão os outros? Onde está a patroa?

— Em sua ala da casa. Desmaiou, e agora está deitada, fora de si, chorando.

Discutindo aquelas coisas, chegamos ao terraço. Mas a casa já estava quase completamente escura. O titio estava de fato sozinho, naquela mesma sala em que se dera minha contenda com Fomá Fomitch, e caminhava de um lado para outro a passos largos. Sobre a mesa ardiam velas. Ao me ver, ele se lançou a mim e apertou com força minhas mãos. Estava pálido e arfava; suas mãos trepidavam, e, de tempos em tempos, um tremor nervoso percorria seu corpo inteiro.

IX
VOSSA EXCELÊNCIA

— Meu amigo! Está tudo acabado! Tudo decidido! — falou ele em tom trágico, quase sussurrando.
— Titio — disse eu. — Ouvi gritos.
— Gritos, meu querido, gritos; foram muitos gritos! A mamãe desmaiou, e agora está tudo de pernas para o ar. Mas estou decidido e manterei minha decisão. Agora já não temo ninguém, Serioja. Quero mostrar a eles que eu também tenho caráter; e mostrarei! Foi por isso que mandei chamá-lo especialmente, para que você me ajude a mostrar a eles... Meu coração está partido, Serioja... Mas devo, sou obrigado a agir com toda a severidade. A justiça é implacável!
— Mas que foi que aconteceu, titio?
— Vou romper com Fomá — proferiu o titio em tom resoluto.
— Titio! — gritei em êxtase. — O senhor não poderia pensar em algo melhor! E se eu puder contribuir em qualquer medida para sua decisão... conte comigo para todo o sempre.
— Eu agradeço, meu querido, agradeço! Mas agora já está tudo decidido. Espero por Fomá; já mandei chamá-lo. Ou ele, ou eu! Nós devemos nos afastar. Ou Fomá sai amanhã mesmo desta casa, ou, juro, largo tudo e volto para os hussardos! Vão me aceitar; me dão até uma divisão. Basta de todo esse sistema! Agora será tudo novo! Por que ainda está com esse caderninho francês? — gritou ele em fúria, dirigindo-se a Gavrila. — Jogue-o fora! Queime-o, pise nele, ras-

gue-o! Sou seu senhor, e ordeno que não estude mais francês. Você não pode, você não ouse não me obedecer, porque o seu senhor sou eu, não Fomá Fomitch!...

— Deus seja louvado! — murmurou consigo mesmo Gavrila. Nitidamente, a coisa era séria.

— Meu amigo! — continuou o titio com profundo sentimento. — Eles exigem de mim o impossível! Você há de me julgar; você há de ficar entre mim e eles como um juiz imparcial. Você não sabe o que eles exigiram de mim, exigiram finalmente de maneira formal, manifestaram tudo! Mas é algo contrário à humanidade, à nobreza, à honra... Vou contar tudo a você, mas primeiro...

— Já sei de tudo, titio! — exclamei, interrompendo-o. — Posso adivinhar... Acabo de conversar com Nastássia Ievgráfovna.

— Meu amigo, mas agora não diga uma palavra, uma palavra sobre isso! — interrompeu-me ele apressadamente, como que assustado. — Depois eu mesmo contarei tudo a você, mas por enquanto... E então? — gritou para Vidopliássov, que entrava. — Onde está Fomá Fomitch?

Vidopliássov surgiu com a notícia de que Fomá Fomitch "não desejava aparecer e considerava a exigência de que ele aparecesse uma grosseria incabível, de maneira que Fomá Fomitch estava muito ofendido com aquilo".

— Traga-o! Arraste-o! Já para cá! Arraste-o para cá à força! — gritou o titio, batendo o pé.

Vidopliássov, que jamais vira seu amo em tamanha fúria, retirou-se em pânico. Fiquei surpreso.

"Deve ser algo muito importante", pensei eu, "para um homem com um caráter como o dele ser capaz de atingir tamanha fúria e de tomar tais decisões."

Por alguns minutos, o titio caminhou em silêncio pela sala, como que lutando consigo mesmo.

— Mas, pensando bem, não rasgue o caderninho — disse finalmente a Gavrila. — Espere, e fique por aqui: talvez você ainda seja necessário. Meu amigo! — disse ele, dirigindo-se a mim. — Acho que gritei demais agora. Deve-se fazer toda e qualquer coisa com dignidade, com coragem, mas sem gritos, sem ofensas. Justamente assim. Quer saber, Serioja: não seria melhor se você saísse daqui? Para você tanto faz. Eu conto tudo para você depois, hein? O que acha? Faça isso por mim, peço a você.

— O senhor está com medo, titio? Está se arrependendo? — disse eu, olhando fixamente para ele.

— Não, não, meu amigo, não estou me arrependendo! — exclamou ele com animação redobrada. — Agora já não temo mais nada. Tomo medidas decisivas, as mais decisivas! Você não sabe, você não pode imaginar o que eles exigiram de mim! Por acaso eu devia aceitar? Não, vou provar! Eu me rebelei e vou provar! Em algum momento eu teria que provar! Mas sabe, meu amigo, estou arrependido por ter chamado você: talvez seja muito difícil para Fomá se você também estiver aqui, uma testemunha de sua humilhação, por assim dizer. Entende, quero tirá-lo da casa de uma maneira nobre, sem qualquer humilhação. Mas eu estou apenas dizendo que é sem humilhação. A situação é tal, meu querido, que não adianta ficar despejando palavras melosas, de qualquer maneira será uma ofensa. Eu sou grosseiro, sem educação, de repente solto alguma bobagem, de tonto que sou, que depois vai me deixar descontente. Ele fez muito por mim, em todo caso... Saia, meu amigo... Já o estão trazendo, estão trazendo! Serioja, eu imploro, não fique! Depois contarei tudo a você. Saia, em nome de Cristo!

E o titio me levou até o terraço no mesmo momento em que Fomá entrava na sala. Mas confesso: não fui embora; decidi ficar no terraço, que estava muito escuro, e onde, por conseguinte, seria difícil me enxergar da sala. Decidi ouvir às escondidas!

Não justifico de forma alguma minha atitude, mas posso afirmar com segurança que, tendo aguentado essa meia hora no terraço, sem perder a paciência, considero ter realizado uma proeza digna de um mártir. Do lugar em que estava, eu podia não só ouvir muito bem, mas até mesmo ver muito bem: as portas eram de vidro. Agora, peço que imaginem Fomá Fomitch depois de ter recebido a ordem de comparecer e ameaçado com o uso de força em caso de recusa.

— Meus ouvidos de fato ouviram essa ameaça, coronel? — bradou Fomá ao entrar na sala. — É isso mesmo que me transmitiram?

— Ouviram, Fomá, ouviram, acalme-se — respondeu o titio valentemente. — Sente-se; vamos ter uma conversa séria, amigável, fraternal. Sente-se, Fomá.

Fomá Fomitch sentou-se solenemente na poltrona. O titio caminhava pela sala com passos rápidos e irregulares, com visível dificuldade para começar a falar.

— Justamente, fraternal — repetiu ele. — Você há de me entender, Fomá, você não é criança; nem eu sou criança; resumindo, estamos ambos entrados em anos... Hm! Entende, Fomá, nós temos divergências em alguns pontos... Sim, justamente, em alguns pontos, e por isso, Fomá, não seria melhor nos afastarmos? Tenho certeza de que você é nobre, de que me deseja o bem, e por isso... Mas não há por que ficar explicando! Fomá, serei seu amigo para sempre, e quanto a isso juro por todos os santos! Aqui tem quinze mil rublos em prata: é tudo que eu tenho à disposição, meu querido, juntei as últimas migalhas, depenei tudo que sobrava. Pegue sem hesitar! Eu devo, sou obrigado a lhe prover! Muita coisa é em títulos e um tanto em dinheiro vivo. Pegue sem hesitar! Você não me deve nada, porque eu nunca serei capaz de pagar por tudo que você fez por mim. Sim, sim, justamente, é o que sinto, embora hoje nós discordemos no ponto mais importante. Amanhã ou depois de amanhã... Ou quando for melhor para você... nos separaremos. Vá para nossa cidadezinha, Fomá, não são nem dez verstas; lá tem uma casinha, atrás da igreja, na primeira travessa, com contraventos verdes, uma casinha linda, é da viúva do pope; é como se tivesse sido construída para você. Ela há de vender. Vou comprá-la para você além deste dinheiro aqui. Instale-se lá, perto de nós. Dedique-se à literatura, às ciências: você alcançará a glória... Os funcionários lá, do primeiro ao último, são nobres, cordiais, desinteressados; o arcipreste é um erudito. Você pode nos visitar como hóspede aos feriados, e passaremos a viver como no paraíso! Quer ou não quer?

"Então é nessas condições que querem expulsar Fomá!", pensei. "O titio me escondeu a questão do dinheiro."

Um profundo silêncio reinou por muito tempo. Fomá permanecia sentado na poltrona, como que aturdido, e olhava imóvel para o titio, que, nitidamente, ficara sem jeito com aquele silêncio e aquele olhar.

— Dinheiro! — falou finalmente Fomá com uma voz artificial e fraca. — Onde está ele, onde está esse dinheiro? Deem-me aqui, deem-me aqui já!

— Está aqui, Fomá: as últimas migalhas, exatamente quinze mil, tudo que tinha. Aqui tem dinheiro vivo e títulos, você mesmo vai ver... Pegue!

— Gavrila! Pegue para você esse dinheiro — falou docilmente Fomá —, ele pode ser útil para você, velhinho. Mas não! — exclamou ele de repente, acrescentando uma espécie de ganido incomum e saltando da poltrona. — Não! Primeiro dê para mim este dinheiro, Gavrila! Deem para mim! Deem para mim esses milhões, para que eu pise neles, deem-me, para que eu os rasgue, para que eu cuspa neles, que eu os esparrame, que eu os profane, que eu os desonre!... Oferecem dinheiro a mim, a mim! Querem me subornar para que eu saia dessa casa! Foi isso que ouvi? Vivi para ver essa última infâmia? Aqui, aqui estão os seus milhões! Veja: aqui,

aqui, aqui e aqui! É assim que age Fomá Opískin, se o senhor ainda não sabia disso, coronel!

E Fomá esparramou pela sala todo o maço de dinheiro. É notável o fato de que não rasgara e não cuspira em nenhuma das notas, como havia se vangloriado de que faria; ele apenas as amassou um pouco, mas mesmo assim de maneira bastante cuidadosa. Gavrila precipitou-se a reunir o dinheiro do chão e depois, quando Fomá saiu, entregou-o com cuidado a seu amo.

A atitude de Fomá deixou o titio verdadeiramente pasmo. Ele, por sua vez, ficou parado diante do outro, imóvel, com ar abobalhado e de boca aberta. Fomá, enquanto isso, alojara-se novamente na poltrona e bufava, como que indescritivelmente agitado.

— Você é um homem elevado, Fomá! — exclamou finalmente o titio, voltando a si. — Você é o mais nobre dos homens!

— Sei disso — respondeu Fomá com voz fraca, mas com um ar de inexprimível dignidade.

— Fomá, perdoe-me! Sou um canalha perto de você, Fomá!

— Sim, perto de mim — secundou Fomá.

— Fomá! Não fico surpreso com sua nobreza — continuou o titio em êxtase —, mas com o fato de que pude ser grosseiro, cego e vil a ponto de lhe oferecer dinheiro em tais condições! Mas Fomá, você se engana em apenas uma coisa: eu de forma alguma quis suborná-lo, não quis pagar para que você saísse de casa, simplesmente quis que você também tivesse dinheiro, que não passasse necessidades quando saísse de minha casa. Juro que foi isso! Estou pronto a pedir perdão a você de joelhos, de joelhos, Fomá, se você quiser fico agora mesmo de joelhos em sua presença... Se você quiser...

— Não preciso dos seus joelhos, coronel!...

— Mas, meu Deus! Fomá, imagine: estava no calor do

momento, baqueado, fora de mim... Mas me aponte, diga-me como poderei, de que maneira estarei em condições de reparar essa ofensa! Me ensine, me guie...

— De modo algum, de modo algum, coronel! E tenha certeza de que amanhã mesmo sacudirei a poeira e colocarei meus pés para fora desta casa.

E Fomá começou a levantar-se da poltrona. O titio, horrorizado, precipitou-se a sentá-lo novamente.

— Não, Fomá, você não vai embora, garanto-lhe! — gritou o titio. — Não há por que falar de poeira e de pés, Fomá! Você não vai embora, ou eu irei atrás de você até o fim do mundo, e continuarei seguindo até você me perdoar... Juro que farei isso, Fomá!

— Perdoá-lo? Mas o senhor está culpado? — disse Fomá. — Mas será que o senhor entende sua culpa diante de mim? Será que o senhor entende que agora se tornou culpado diante de mim, até pelo fato de que me deu o seu pão aqui? O senhor entende que agora envenenou, em um minuto, tudo que eu comi até hoje em sua casa? O senhor esfregou agora essa comida em minha cara, cada mordida que dei em seu pão, tudo que já comi; o senhor agora me provou que eu morei em sua casa como um escravo, como um criado, como um trapo para limpar suas botas de verniz! E no entanto, eu, puro de coração que sou, pensava até o presente momento que habitava em sua casa como um amigo e como um irmão! Não foi o senhor mesmo, não foi o senhor mesmo que, com essa sua língua viperina, garantiu mais de mil vezes essa amizade, essa irmandade? Por que é que o senhor me urdiu, em segredo, nessa teia, na qual caí como um tolo? Por que é que me cavou, nas sombras, uma cova de lobo, para a qual agora o senhor mesmo me empurra? Por que é que não me golpeou de uma só vez, ainda antes, com um golpe de sua marreta? Por que é que não me torceu o pescoço logo no início, como se eu fosse um galo, pelo fato de que... Bem, apenas pelo fato de que ele não põe ovos, por exemplo? Sim, justamente! Insisto nessa comparação, coronel, embora ela tenha sido tirada do cotidiano da província e lembre o tom trivial da literatura contemporânea; e insisto porque nela se vê todo o absurdo de suas acusações; pois sou tão culpado diante do senhor como esse galo hipotético, que não contentou seu frívolo dono pela incapacidade de botar ovos! Perdão, coronel! Por acaso se paga a um amigo ou irmão? E a troco de quê? Acima de tudo, a troco de quê? "Aqui", diriam, "pegue, meu amigo querido, devo a você: até me salvou a vida; pegue aqui algumas moedas de Judas, mas agora apenas dê o fora daqui, saia da minha frente!" Que ingenuidade! Quão grosseiro foi o modo como o senhor agiu comigo! Pensou que eu ansiava por seu ouro, quando eu nutria apenas sentimentos celestiais, queria apenas seu bem-estar. Oh, o senhor partiu meu coração! Brincou com meus mais nobres sentimentos, como se fosse um menino com seu brinquedinho! Há muito, muito tempo, coronel, eu previa isso; e é por esse motivo que há muito, muito tempo eu me sinto sufocado com o seu pão, engasgado com esse pão! É por isso que seus colchões de penas me esmagavam, me esmagavam em vez de me acalentar! É por isso que o seu açúcar, os seus docinhos eram para mim como pimenta de Caiena, e não docinhos! Não, coronel! Viva sozinho, prospere sozinho e deixe Fomá seguir seu caminho sofrido, com um saco nas costas. E assim será, coronel!

— Não, Fomá, não! Não será assim, não pode ser assim! — gemeu o titio, completamente devastado.

— Sim, coronel, sim! Justamente assim será, porque assim é que deve ser. Amanhã mesmo saio de sua casa. Esparrame seus milhões, cubra todo o meu caminho, toda a estrada real daqui até Moscou com notas de crédito, que eu, com orgulho e desdém, vou andar em cima das suas notas; este mesmo pé, coronel, vai pisotear, sujar, esmagar essas notas, e Fomá Opískin ficará satisfeito apenas com a nobreza de sua alma! Disse e provei! Adeus, coronel. A-deus, coronel!...

E Fomá começou novamente a erguer-se da poltrona.

— Perdoe-me, perdoe-me, Fomá! Esqueça!... — repetiu o titio com voz suplicante.

— "Perdoe-me"! Mas para que o senhor precisa do meu perdão? Pois bem, suponhamos que eu o perdoe: sou cristão, não posso deixar de perdoar; agora mesmo já quase o perdoei. Mas julgue o senhor mesmo: isso combinaria, pelo menos um pouco, com o bom senso e com a nobreza de alma, se depois disso eu ficasse, por um minuto sequer, em sua casa? Porque o senhor me expulsou!

— Combinaria, combinaria, Fomá! Garanto a você que combinaria!

— Combinaria? Mas seríamos então iguais um ao outro? Será que o senhor não entende que eu o esmaguei, por assim dizer, com minha nobreza, e que o senhor esmagou a si mesmo com sua atitude vexatória? O senhor foi esmagado, e eu fui exaltado. Onde está a igualdade? E acaso é possível sermos amigos sem tal igualdade? Digo isso com o coração em frangalhos, e não exultante, não tripudiando sobre o senhor, como talvez o senhor pense.

— Mas eu também estou com o coração em frangalhos, Fomá, garanto-lhe...

— E é o mesmo homem — continuou Fomá, passando do tom severo a um beatífico —, é o mesmo homem pelo qual passei tantas noites sem dormir! Quantas vezes, em minhas noites sem sono, eu me levantava da cama, acendia uma vela e dizia para mim mesmo: "Agora ele dorme tranquilamente, tem confiança em você. Pois não durma, Fomá, vele por ele; quiçá ainda pense em alguma coisa para o bem-estar desse homem". Assim pensava Fomá em suas noites sem sono, coronel! E é assim que este coronel lhe paga! Mas basta, basta!...

— Mas serei digno, Fomá, serei digno novamente de sua amizade; juro a você!

— Será digno? E quais são as garantias? Como cristão, eu o perdoo e até vou amá-lo; mas como homem, e como homem nobre, vou desprezá-lo involuntariamente. Devo, sou obrigado a desprezá-lo; sou obrigado, em nome da moral, porque, repito-lhe isso, o senhor envergonhou a si mesmo, enquanto eu tomei uma atitude das mais nobres. Mas quem *dos seus* tomaria semelhante atitude? Quem deles recusaria uma soma exorbitante de dinheiro como essa, que no entanto esse indigente, esse Fomá, desprezado por todos, recusou em nome da grandeza? Não, coronel, para se comparar comigo o senhor deve agora realizar toda uma série de proezas. E de que proeza o senhor é capaz se não pode sequer me tratar por "o senhor", como um igual, em vez de dizer "você", como se falasse com um criado?

— Fomá, mas é por amizade que eu lhe dizia "você"! — bradou o titio. — Não sabia que você não gostava... Meu Deus! Se eu pelo menos soubesse...

— O senhor — continuou Fomá —, o senhor, que não pode ou, melhor dizendo, não quis atender o mais simples, o mais insignificante dos pedidos, quando eu lhe pedi que me dissesse, como se diz a um general, "Vossa Excelência"...

— Mas, Fomá, isso já foi, por assim dizer, um imenso atentado, Fomá.

— Imenso atentado! Decorou uma frase qualquer de um livro e fica repetindo como um papagaio! Mas o senhor sabe que me vexou, que me desonrou com sua recusa de me dizer "Vossa Excelência", me desonrou pelo fato de que, ao não entender os meus motivos, me fez passar por um tolo caprichoso, digno de um manicômio! Por acaso eu mesmo não entendo que seria ridículo querer ser chamado de "Excelência", eu, que tanto desprezo todas essas patentes e glórias terrenas, insignificantes por si sós quando não são coroadas pela virtude? Nem por um milhão aceitaria a patente de general sem virtude! E no entanto o senhor me considerou um louco! Para seu próprio bem sacrifiquei meu amor-próprio e admiti que o senhor, *o senhor* pudesse me considerar um louco, o senhor e os seus *eruditos*! Unicamente para iluminar sua mente, desenvolver sua moral e banhá-lo com os raios das novas ideias, decidi exigir do senhor o título de general. Queria justamente que o senhor dali em diante não reverenciasse os generais como se fossem os maiores astros de todo o globo terrestre; queria provar ao senhor que uma patente não é nada sem generosidade e que não há por que alegrar-se com a chegada do seu general quando talvez bem do seu lado estejam pessoas iluminadas pela virtude! Mas com tamanha constância o senhor se jactava diante de mim de sua patente de coronel, que já lhe era difícil dizer "Vossa Excelência" a mim. Eis a razão! É aí que se deve procurá-la, não em nenhum atentado contra o destino! A razão é essa: o senhor ser coronel, e eu simplesmente Fomá...

— Não, Fomá, não! Garanto a você que não é assim. Você é um erudito, não é simplesmente Fomá... Eu o reverencio...

— Reverencia! Muito bem! Então me diga, se reverencia, qual é sua opinião: sou ou não digno do título de general? Responda de maneira decidida e sem demora: sou digno ou não? Quero ver como está sua mente, sua maturidade.

— Pela honradez, pela abnegação, pela inteligência, pela altíssima nobreza de sua alma: é digno! — falou com altivez o titio.

— Se sou digno, a troco de que o senhor não me diz "Vossa Excelência"?

— Fomá, eu talvez diga...

— Mas eu exijo! Mas agora eu exijo, coronel, insisto e exijo! Vejo quão difícil é para o senhor, e é por isso que exijo. Este sacrifício de sua parte será o primeiro passo de sua proeza, porque o senhor, não se esqueça disso, deve realizar toda uma série de proezas para se comparar comigo; o senhor deve sobrepujar a si mesmo, e apenas então estarei convencido de sua sinceridade...

— Amanhã mesmo direi "Vossa Excelência", Fomá!

— Não, não amanhã, coronel, amanhã é o mínimo. Exijo que o senhor me diga agora, imediatamente, "Vossa Excelência".

— De acordo, Fomá, estou disposto... Mas por que agora, Fomá?...

— E por que não agora? Ou o senhor tem vergonha? Nesse caso fico ofendido, se o senhor tiver vergonha.

— Então está bem, Fomá, acho que estou pronto... Estou até orgulhoso... Mas como é isso, Fomá? Digo sem mais nem menos "olá, Vossa Excelência"? Assim é impossível...

— Não, não é "olá, Vossa Excelência", isso já tem um tom ofensivo; parece uma piada, uma farsa. Não permito tais piadas comigo. O senhor tem que se emendar, tem imediatamente que se emendar, coronel! Mude esse seu tom!

— Mas você não estará brincando, Fomá?

— Em primeiro lugar, não sou *você*, Iegor Ilitch, e sim *o senhor*: não se esqueça; e não é Fomá, é Fomá Fomitch.

— Mas juro que estou contente, Fomá Fomitch, estou contente! Com todas as forças, estou contente... Mas o que é que vou dizer!

— O senhor tem dificuldade de decidir o que acrescentar ao "Vossa Excelência", é compreensível. Deveria ter se explicado faz tempo! É até perdoável, especialmente se a pessoa *não é um escritor*, para me expressar de modo mais cortês. Pois bem, vou ajudá-lo, se o senhor não é um escritor. Repita comigo: "Vossa Excelência"!...

— Bem, "Vossa Excelência".

— Não, não é *"bem*, Vossa Excelência", mas simplesmente "Vossa Excelência"! Estou dizendo ao senhor, coronel, mude esse seu tom! Espero também que o senhor não se ofenda se eu propuser que se incline de leve e ao mesmo tempo incline o corpo para frente. Costumam falar com generais inclinando o corpo para frente, expressando dessa forma deferência e disposição para cumprir voando as suas ordens, por assim dizer. Eu mesmo estive em companhia de generais e sei de tudo isso... Pois então: "Vossa Excelência".

— Vossa Excelência...

— Estou infinitamente feliz por ter finalmente a ocasião de pedir-lhe perdão por não ter reconhecido, desde o início, a alma que há em Vossa Excelência. Ouso prometer que doravante não pouparei minhas escassas forças pelo bem comum... Bem, isso é suficiente!

Pobre titio! Ele teve que repetir todo aquele despautério, frase por frase, palavra por palavra! Eu permanecia parado, vermelho, como que culpado. A raiva me sufocava.

— Bem, o senhor não sente agora — falou o torturador — que seu coração de repente ficou mais leve, como se um anjo tivesse pousado em sua alma?... O senhor sente a presença desse anjo? Responda-me!

— Sim, Fomá, realmente me sinto um tanto mais leve — respondeu o titio.

— Como se o seu coração, depois de o senhor ter vencido a si mesmo, por assim dizer, tivesse mergulhado numa espécie de bálsamo?

— Sim, Fomá, realmente é como se tivesse passado um óleo.

— Como se tivesse passado óleo? Hm... Mas não era de óleo que eu estava falando... Bem, mas dá no mesmo! É isso que significa, coronel, ter o dever cumprido! Deve vencer a si mesmo. O senhor é cheio de amor-próprio, imensamente cheio de amor-próprio!

— Cheio de amor-próprio, Fomá, percebo — respondeu o titio, suspirando.

— O senhor é um egoísta, um terrível egoísta, até...

— Um egoísta, sou um egoísta, é verdade, Fomá, e percebo isso; no momento em que o conheci percebi isso.

— Eu mesmo digo agora, como um pai, como uma mãe carinhosa... O senhor está afastando todos de si e se esquece de que um bezerro afetuoso tem duas mães para mamar.

— Isso também é verdade, Fomá!

— O senhor é grosseiro. O senhor lida de maneira tão grosseira com o coração humano, de maneira tão cheia de amor-próprio busca a atenção dos outros, que um homem decente está disposto a fugir do senhor até os confins do mundo!

O titio suspirou profundamente mais uma vez.

— Seja mais carinhoso, mais atencioso, mais amoroso com os outros, esqueça de si mesmo em prol dos outros, e então hão de se lembrar também do senhor. Viva e deixe os outros viverem, essa é minha regra! Suporte, labute, reze e tenha esperança: essas são as verdades que eu gostaria de inspirar de uma vez em toda a humanidade! Imite-as e então serei o primeiro a abrir ao senhor meu coração, hei de chorar em seu peito... Se necessário for... Mas não, é só "eu", mais "eu", e "Vossa Graça"! No fim das contas vai se cansar de tanta "Vossa Graça", se me permite dizer.

— Que doces palavras diz o homem! — falou Gavrila com devoção.

— É verdade, Fomá; sinto que tudo isso é verdade — fez coro o titio, enternecido. — Mas não sou culpado de tudo, Fomá: fui educado assim; vivi entre os soldados. E juro a você, Fomá, que eu também já tive sentimentos. Quando me despedi do regimento, todos os hussardos, toda a minha divisão simplesmente chorava, falava que não se encontra outro como eu!... Até pensei, então, que eu talvez ainda não fosse um homem de todo perdido.

— Novamente um traço egoísta! Novamente eu apanho

o senhor mostrando seu amor-próprio! O senhor se gaba e de passagem esfrega na minha cara as lágrimas dos hussardos. Por que é que eu não me gabo das lágrimas de ninguém? E eu até poderia, certamente eu poderia.

— Deixei escapar, Fomá, não aguentei, lembrei dos bons e velhos tempos.

— Os bons tempos não caem do céu, nós é que os fazemos; eles se encontram em nosso coração, Iegor Ilitch. E é por isso que estou sempre feliz e, apesar do sofrimento, contente, com o espírito tranquilo e não importuno ninguém, talvez apenas certos tolos, aventureiros, eruditos de quem não tenho e nem quero ter dó. Não gosto desses tolos! E que é que são esses eruditos? "Homem de ciência!"; mas a ciência no caso dele não passa de embromação, e não ciência. E o que *ele* disse agora há pouco? Tragam-no aqui! Tragam aqui todos os eruditos! Posso desmentir tudo; posso desmentir todas as suas teorias! Já nem falo da nobreza da alma...

— É claro, Fomá, é claro. E quem duvida?

— Há pouco, por exemplo, exibi inteligência, talento, uma colossal erudição, conhecimento do coração humano, conhecimento da literatura contemporânea; mostrei e expliquei de maneira brilhante como um homem talentoso pode sair de um *Kamárinski* qualquer e passar a uma conversa de tema elevado. E então? Alguém deles me deu valor de acordo com meus méritos? Não, deram as costas! Pois tenho certeza de que ele já disse ao senhor que eu não sei nada. Sendo que bem aqui, na frente dele, estava sentado um Maquiavel ou um Mercadante,[57] cuja única culpa é a de ser pobre e desconhecido... Não, isso não vai lhes passar batido!... Ouvi também desse Koróvkin. Que pilantra é esse?

---

[57] Saverio Mercadante (1795-1870), compositor italiano muito popular na Rússia nos anos 1830 e 1840. (N. do T.)

— É um homem inteligente, Fomá, um homem de ciência... Estou esperando por ele. Certamente será bom, Fomá!

— Hm! Duvido. Possivelmente é um asno contemporâneo, sobrecarregado de livros. Não há alma neles, coronel, não há coração neles! E o que é a erudição sem a virtude?

— Não, Fomá, não! Como ele falou da felicidade conjugal! Falou direto ao coração, Fomá!

— Hm! Veremos; examinaremos esse Koróvkin, também. Mas basta — concluiu Fomá, levantando-se da poltrona. — Não posso ainda perdoá-lo completamente, coronel: a ofensa foi terrível; mas hei de rezar, e talvez Deus conceda paz a um coração ofendido. Amanhã mesmo falaremos disso, mas agora permita-me sair. Estou cansado e enfraquecido...

— Ora, Fomá! — apressou-se a dizer o titio. — Você está mesmo cansado! Quer saber? Não quer matar a fome, beliscar alguma coisa? Mando trazer agora mesmo.

— Beliscar! Ha-ha-ha! Beliscar! — respondeu Fomá com uma risada desdenhosa. — Primeiro me dão veneno, e depois perguntam se eu não quero beliscar! Querem curar as feridas do coração com cogumelos cozidos ou com maçãzinhas em calda! Mas que materialista miserável é o senhor, coronel!

— Ai, Fomá, juro que não foi por mal, falei do fundo do coração...

— Pois bem. Basta disso. Estou indo, e o senhor vá imediatamente ver sua mãe: caia de joelhos, soluce, chore, mas obtenha o seu perdão: é seu dever, é sua obrigação!

— Ora, Fomá, fiquei o tempo inteiro só pensando nisso; até mesmo agora, ao falar com você, estava pensando nisso. Estou disposto a ficar até o amanhecer de joelhos diante dela. Mas pense, Fomá, o que é que exigem de mim? Isso não é justo, isso é cruel, Fomá! Seja plenamente magnânimo, faça minha felicidade completa, pense, tome sua decisão; e então... então... juro!...

— Não, Iegor Ilitch, não, isso não é assunto meu — respondeu Fomá. — O senhor sabe que não me intrometo nem um pouco nisso; quer dizer, é possível que o senhor esteja convencido de que sou a causa de tudo, mas garanto ao senhor que desde o início dessa questão afastei-me por completo. Aqui há apenas a vontade de sua mãe, e é claro que ela deseja apenas o bem ao senhor... Vá já, se apresse, voe e acerte a situação com sua obediência. Não se ponha o sol sobre a vossa ira![58] E eu... e eu vou orar a noite inteira pelo senhor. Há tempos já não sei o que é sono, Iegor Ilitch. Adeus! Perdoo você também, velhinho — acrescentou ele dirigindo-se a Gavrila. — Sei que você não agiu por conta própria. Perdoe-me você também se o ofendi... Adeus, adeus, adeus a todos, e que o Senhor os abençoe!...

Fomá Fomitch saiu. Eu imediatamente me lancei para dentro da sala.

— Você estava ouvindo? — exclamou o titio.

— Sim, titio, eu estava ouvindo! E o senhor, o senhor teve a capacidade de dizer a ele "Vossa Excelência"!...

— O que fazer, meu querido? Tenho até orgulho... Isso não é nada perto de uma grande proeza; mas que homem nobre, que homem abnegado, que homem grandioso! Serguei, você mesmo ouviu... E como eu pude inventar esse dinheiro, quer dizer, eu simplesmente não entendo! Meu amigo! Eu estava fora de mim; estava enfurecido; eu não o compreendia; suspeitava dele, eu o acusei... mas não! Ele não foi capaz de ser meu adversário, agora vejo isso... Você se lembra da nobre expressão de seu rosto quando ele recusou o dinheiro?

— Bem, titio, orgulhe-se quanto quiser, mas eu partirei; perdi a paciência! Peço pela última vez que me diga: o que o

---

[58] Citação bíblica (*Efésios*, 4, 26). (N. do T.)

senhor quer de mim? Por que é que me chamou e o que aguarda? E se tudo estiver acabado e eu for inútil para o senhor, devo partir. Não posso suportar esses espetáculos! Partirei hoje mesmo!

— Meu amigo... — atrapalhou-se o titio, como lhe era de costume. — Espere só dois minutinhos: vou agora mesmo ver minha mãezinha, meu querido... Preciso encerrar... um assunto importante, grandioso, imenso!... E enquanto isso vá para seu quarto. Gavrila vai levá-lo para o anexo de verão. Sabe onde fica o anexo de verão? É bem no meio do jardim. Já dei ordens para que levassem sua mala para lá. E eu estarei lá, implorando o perdão, tomarei uma decisão sobre certo assunto, agora sei como fazer isso, e então vou num instante encontrá-lo, e então lhe contarei tudo, tudo, tudo, até o último detalhe, abrirei minha alma para você. E... e... e então também para nós começarão dias felizes! Dois minutos, só dois minutinhos, Serguei!

Ele apertou minha mão e saiu apressadamente. Não havia o que fazer, era preciso novamente partir com Gavrila.

X
MIZÍNTCHIKOV

O anexo de verão para o qual Gavrila me conduzira era chamado de "o novo anexo" apenas por costume, já que fora construído havia muito tempo, pelos proprietários anteriores. Era uma bela casinha de madeira, que ficava a alguns passos da casa velha, bem no meio do jardim. Era rodeada de três lados por altas e velhas tílias, que roçavam o telhado com seus galhos. Todos os quatro cômodos dessa casinha eram bastante bem mobiliados e destinados a receber as visitas. Ao entrar no quarto que me fora concedido e para o qual já haviam levado minha mala, vi sobre uma mesinha, diante da cama, uma folha de papel de carta, coberta com magníficos e diversos caracteres e adornada com grinaldas, rubricas e traços de pena. As letras maiúsculas e as grinaldas haviam sido pintadas com diferentes cores. Tudo aquilo compunha um belíssimo trabalho de caligrafia. Desde as primeiras palavras que li, percebi que aquela era uma carta de súplica, endereçada a mim e na qual eu era chamado de "benfeitor esclarecido". No cabeçalho, estava escrito: "Os lamentos de Vidopliássov". Por mais que eu forçasse a atenção, tentando entender ao menos alguma coisa do que estava escrito, todos os meus esforços permaneceram inúteis: aquilo era o mais empolado disparate, escrito num estilo elevado e subserviente. Pude apenas adivinhar que Vidopliássov encontrava-se numa situação um tanto crítica, pedia a minha colaboração, contava muito comigo para alguma coisa, "devido a minha instrução", e, na conclusão, pedia-me que intercedesse em seu favor junto ao titio e que usasse para isso "minha máquina", como estava expresso literalmente no final daquela missiva. Eu ainda a lia quando a porta se abriu e Mizíntchikov entrou.

— Espero que o senhor me permita apresentar-me — disse ele sem cerimônia, mas de modo extraordinariamente cortês e dando-me a mão. — Há pouco não pude trocar nem duas palavras com o senhor, e no entanto desde o primeiro olhar tive o desejo de conhecê-lo de maneira mais íntima.

Respondi imediatamente que eu também ficava contente e tudo mais, embora estivesse na mais hedionda disposição de espírito. Sentamo-nos.

— O que é isso com o senhor? — disse ele, olhando para a folha que eu ainda segurava nas mãos. — Seriam os lamentos de Vidopliássov? São mesmo! Tinha certeza de que Vidopliássov investiria também contra o senhor. A mim ele entregou esta mesma folha, com os mesmos lamentos; há tempos ele esperava pelo senhor e é possível que tivesse uma dessas preparada de antemão. Não se surpreenda: há muitas coisas estranhas por aqui e, de fato, muito do que rir.

— Apenas rir?

— Pois é; de que chorar, talvez? Se o senhor quiser, posso contar-lhe a biografia de Vidopliássov, tenho certeza de que vai rir.

— Confesso que agora não estou com cabeça para Vidopliássov — respondi com irritação.

Ficou claro para mim que tanto a apresentação do senhor Mizíntchikov, como sua amável conversa foram empregadas por ele com algum objetivo e que o senhor Mizíntchikov simplesmente precisava de mim. Há pouco ele permanecera sentado, carrancudo e sério; agora estava animado, sorridente e disposto a contar longas histórias. Era nítido desde o primeiro olhar que aquele homem sabia dominar-se perfeitamente e, pelo visto, conhecia as pessoas.

— Maldito Fomá! — disse eu, dando um murro na mesa com raiva. — Tenho certeza de que ele é a fonte de todo o mal que há aqui e de que está envolvido em tudo! Maldito canalha!

— Parece-me que o senhor está irritado demais com ele — observou Mizíntchikov.

— Irritado demais! — gritei instantaneamente inflamado. — É claro que eu há pouco fiquei exaltado demais e, desta forma, dei margem para que qualquer um me julgasse. Entendo muito bem que me enfiei onde não devia e que meti completamente os pés pelas mãos, mas, penso eu, não há por que me lembrar disso!... Entendo também que não se deve fazer isso numa companhia decente; mas, julgue o senhor, havia alguma possibilidade de não me exaltar? Isso aqui é um manicômio, se quer saber!... E... e... enfim... quero simplesmente ir embora daqui, é isso!

— O senhor fuma? — perguntou calmamente Mizíntchikov.

— Sim.

— Então talvez o senhor não se importe se eu fumar. Lá não permitem, e eu já estava sentindo falta. Concordo — continuou ele, fumando seu cigarro — que tudo isso se parece com um manicômio, mas o senhor pode ter certeza de que não haverei de julgá-lo, justamente pelo fato de que, em seu lugar, eu talvez ficasse três vezes mais inflamado do que o senhor; perderia o controle.

— E por que é que o senhor não perdeu o controle, se de fato estava também desgostoso? Pelo contrário, lembro-me de que o senhor mantinha o sangue-frio, e confesso que até me pareceu estranho o senhor não ter prestado auxílio ao pobre titio, que está sempre disposto a fazer o bem... a todos!

— O senhor tem razão: ele fez o bem a muitos; mas, quanto a prestar auxílio a ele, considero completamente inútil: em primeiro lugar, mesmo para ele isso seria inútil e até mesmo humilhante, de certa forma; e em segundo lugar, eu seria expulso amanhã mesmo. E eu lhe digo sinceramente: minha situação é tal que devo valorizar a hospitalidade daqui.

— Mas eu não tenho interesse algum em sua sinceridade no que se refere à sua situação... Queria, porém, perguntar, uma vez que o senhor já está morando aqui há quase um mês...

— Faça o obséquio, pergunte: estou a seu dispor — respondeu apressadamente Mizíntchikov, puxando uma cadeira.

— Pois bem, por exemplo, explique: agora mesmo Fomá Fomitch recusou quinze mil em prata, que já estavam em suas mãos, vi com meus próprios olhos.

— Como assim? Será possível? — gritou Mizíntchikov. — Conte-me, por favor!

Contei, calando a respeito do "Vossa Excelência". Mizíntchikov ouvia com uma curiosidade ávida; seu rosto pareceu até transformar-se quando a conversa chegou aos quinze mil.

— Incrível! — disse ele, ouvindo o relato. — Eu nunca esperaria isso de Fomá.

— E no entanto ele recusou o dinheiro! Como explicar isso? Por acaso com a nobreza de sua alma?

— Recusou quinze mil para depois pegar trinta. Aliás, quer saber? — acrescentou ele, depois de pensar um pouco. — Duvido que Fomá tenha feito qualquer cálculo. Não é um homem prático; é uma espécie de poeta, à sua maneira. Quinze mil... Hm! O senhor percebe, ele pegaria o dinheiro, mas sucumbiu à tentação de impressionar, de pavonear-se. Devo dizer ao senhor que se trata de um sujeito dos mais azedos, um chorão sem tamanho, e ao mesmo tempo cheio do mais ilimitado amor-próprio!

Mizíntchikov chegou a irritar-se. Era nítido que ele estava muito desgostoso, parecia até mesmo ter inveja. Fitei-o com curiosidade.

— Hm! Devemos esperar grandes mudanças — acrescentou ele, pensativo. — Agora Iegor Ilitch é capaz de cair de joelhos diante de Fomá. E pode até ser que se case, pela comoção — acrescentou ele por entre os dentes.

— Então o senhor acha que vai acabar acontecendo esse casamento torpe e antinatural com essa mulher tola e demente?

Mizíntchikov olhou para mim com ar escrutador.

— Canalhas! — exclamei, num transporte de fúria.

— No entanto, a ideia deles é bastante ponderada; afirmam que ele deve fazer algo pela família.

— E foi pouco o que fez por eles?! — exclamei, indignado. — E o senhor, o senhor ainda é capaz de dizer que é uma ideia ponderada, casar-se com uma mulher tola e vulgar?!

— É claro, concordo com o senhor que ela é uma tola... Hm! É muito bom que o senhor ame tanto seu tio; eu me solidarizo, embora com o dinheiro dela seja possível incrementar e muito a propriedade! Eles, aliás, têm outras razões: temem que Iegor Ilitch se case com essa preceptora... Lembra-se dela, uma moça interessante?

— Mas será... será possível? — perguntei, agitado. — Creio que isso é uma calúnia. Diga-me, em nome de Deus, isso me interessa sobremaneira...

— Oh, está perdidamente apaixonado! Mas é claro que esconde.

— Esconde! O senhor acha que ele esconde? Mas e ela? Ela o ama?

— É bem possível que ela também o ame. Aliás, ela teria todas as vantagens de se casar com ele: é muito pobre.

— Mas que fundamentos o senhor tem para essas suposições de que eles se amam?

— Mas é impossível não reparar; além disso, parece que eles se encontram secretamente. Afirmam até que os dois mantêm relações impróprias. Mas não conte a ninguém. Estou lhe contando em segredo.

— Será possível acreditar nisso? — exclamei. — E o senhor, confesse, acredita nisso?

— É evidente que não acredito de todo, não estava lá. Porém, é muito provável.

— Como, provável?! Lembre-se da nobreza, da honra do titio!

— De acordo; mas é possível deixar-se levar, e depois encerrar tudo com um casamento legítimo. É comum deixar-se levar dessa maneira. Porém, repito, não atesto de forma alguma a completa autenticidade destas informações, ainda mais sabendo que a difamam tanto por aqui; disseram até que ela tinha relações com Vidopliássov.

— Pois veja só! — exclamei. — Com Vidopliássov! Mas será possível? Mas não é repugnante sequer ouvir isso? Será possível que o senhor acredite nisso?

— Estou dizendo ao senhor que não acredito absolutamente — respondeu calmamente Mizíntchikov —, mas por outro lado pode acontecer. No mundo tudo pode acontecer. Eu não estava lá, e por isso considero que não é assunto meu. Mas, como vejo que o senhor tem grande participação nisso, considero-me obrigado a acrescentar que de fato é muito pouco provável essa relação com Vidopliássov. Isso tudo não passa de arte dessa Anna Nílovna, dessa Perepelítsina; foi ela que começou esses boatos, por inveja, porque ela mesma sonhava antes em se casar com Iegor Ilitch, juro por Deus! E com a justificativa de que é filha de um tenente-coronel. Agora ela se decepcionou e ficou terrivelmente enfurecida. Mas me parece que já lhe contei tudo sobre esses assuntos, e confesso que tenho verdadeiro ódio a mexericos, ainda mais pelo fato de que estamos perdendo um tempo precioso. Veja, vim até o senhor para lhe fazer um pequeno pedido.

— Um pedido? Por gentileza, no que quer que eu possa ser útil...

— Compreendo e até mesmo espero que seja, de certa forma, de seu interesse, porque, pelo que vejo, o senhor ama seu tio e tem uma grande participação em seu destino, no que se refere ao casamento. Mas antes desse pedido, tenho um outro a lhe fazer, preliminar.

— E qual é?

— Eis qual é: talvez o senhor concorde com meu pedido principal, talvez não, mas, de qualquer maneira, antes da exposição, eu pediria encarecidamente que o senhor me fizesse o grandessíssimo obséquio de me dar sua palavra de honra e de nobreza, de homem decente e de fidalgo, de manter entre nós tudo que ouvir de mim, de manter tudo no mais profundo sigilo, e de que o senhor, em situação alguma, para pessoa alguma, trairá este sigilo, e de que não usará para si a ideia que ora creio imprescindível informar-lhe. O senhor concorda ou não?

O preâmbulo fora solene. Dei meu consentimento.

— Pois então?... — disse eu.

— Na realidade, é tudo muito simples — começou Mizíntchikov. — Veja o senhor, quero levar Tatiana Ivánovna embora e me casar com ela; resumindo, será algo do tipo Gretna Green,[59] entende?

Olhei bem nos olhos do senhor Mizíntchikov e por certo tempo não pude proferir uma palavra.

— Confesso ao senhor que não entendo nada — falei, finalmente —, e além disso — continuei —, esperando tratar com um homem sensato, de minha parte eu não esperava de maneira alguma...

---

[59] Cidade no sul da Escócia, na fronteira com a Inglaterra, famosa desde o século XVIII por seus casamentos informais, que dispensavam a autorização dos pais. (N. do T.)

— Esperando, não esperava — interrompeu-me Mizíntchikov. — Traduzindo, isso quer dizer que sou estúpido e minha intenção também, não é verdade?
— Em absoluto, não... mas...
— Oh, por favor, não tenha vergonha da forma pela qual se expressa! Não se preocupe; o senhor chega a me dar uma grande satisfação com isso, porque assim nos aproximamos de meu objetivo. Eu, porém, concordo que tudo isso, desde o primeiro instante, pode parecer até um tanto estranho. Mas ouso garantir ao senhor que minha intenção não só não é estúpida, mas até sensata no mais alto grau; e se o senhor puder, tenha a bondade de ouvir minha situação...
— Oh, por favor! Estou ouvindo com entusiasmo.
— Na verdade, quase não há o que contar. Veja o senhor: estou agora com muitas dívidas e sem nenhum copeque. Além disso, tenho uma irmã, uma dama de uns dezenove anos, órfã de pai e mãe, que vive de favor e sem quaisquer meios, sabe? Disso sou em parte culpado. Recebemos quarenta almas de herança. Aconteceu de justamente nessa época eu ser promovido a alferes. Bem, no início, é claro, eu as empenhei, mas depois esbanjei tudo de diversas formas. Vivia de modo estúpido, queria sempre ditar o tom, bancava o Burtsov,[60] jogava, bebia; resumindo, de modo estúpido, dá até vergonha lembrar. Agora caí em mim e quero mudar completamente meu modo de vida. Mas para isso, me é absolutamente imprescindível ter cem mil em dinheiro. E como não conseguirei nada com o serviço, como eu mesmo não sou capaz de nada e não tenho quase nenhuma instrução, é claro que me restam apenas duas saídas: ou roubar, ou casar-me com uma mulher rica. Cheguei aqui quase sem botas; cheguei

---

[60] Aleksei Petróvitch Burtsov (?-1813), hussardo famoso por seu estilo pândego de vida, imortalizado pelo poeta Denis Vassílievitch Davídov (1784-1839). (N. do T.)

andando, não cheguei nem de carroça. Minha irmã me deu seus últimos três rublos, quando parti de Moscou. Aqui, vi essa Tatiana Ivánovna e imediatamente me surgiu a ideia. Rapidamente decidi sacrificar-me e me casar. O senhor deve concordar que isso não é outra coisa senão sensatez. E além disso, faço isso mais por minha irmã... Bem, é claro que também por mim...

— Mas permita-me, o senhor quer fazer um pedido formal a Tatiana Ivánovna?

— Deus que me livre! Eu seria expulso daqui imediatamente, e ela mesma não aceitaria; mas se eu propuser um rapto, uma fuga, ela imediatamente aceitará. Aqui é que está a questão: deve apenas haver algo romântico e que produza efeito. É evidente que tudo isso seria logo resolvido entre nós com um casamento legítimo. Só é preciso atraí-la para fora daqui!

— E como é que o senhor pode ter tanta certeza de que ela vai mesmo fugir com o senhor?

— Oh, não se preocupe! Estou completamente seguro disso. É nisso que está a ideia fundamental: o fato de que Tatiana Ivánovna é capaz de inventar uma história de amor com rigorosamente qualquer um; em suma, com qualquer pessoa a quem ocorra correspondê-la. É por isso que pedi previamente sua palavra de honra, para que o senhor não quisesse também aproveitar esta ideia. E é claro que o senhor entenderá que seria até mesmo um pecado de minha parte não aproveitar tal ocasião, especialmente na situação em que me encontro.

— Então ela deve ser completamente louca... Ah! Perdão — acrescentei, lembrando-me de repente de algo. — Já que agora o senhor tem vistas sobre ela...

— Por favor, não se envergonhe, já lhe pedi. O senhor está perguntando se ela é completamente louca? Como responder? É evidente que não é louca, porque ainda não foi mandada para um hospício; ademais, juro que não vejo nessa mania de histórias de amor uma loucura particular. Apesar de tudo, é uma moça honesta. Veja o senhor: até o ano passado ela vivia em extrema pobreza, desde o nascimento viveu sob o jugo de sua benfeitora. Seu coração é de uma sensibilidade incomum; ninguém a pediu em casamento. Pois entenda o senhor: os sonhos, os desejos, as esperanças, o ardor no coração que ela tinha sempre que controlar, as eternas torturas de sua benfeitora: é evidente que tudo isso acabou por transtornar alguém de caráter tão sensível. E de repente ela recebe uma fortuna: o senhor há de concordar que isso é de afetar qualquer um. Bem, é evidente que agora ficam atrás dela, querem lhe fazer a corte, e todas as suas esperanças renasceram. Há pouco ela falava do janota de colete branco: é um fato, que ocorreu literalmente como ela disse. Por esse fato, o senhor pode julgar todo o resto. Com suspiros, bilhetinhos e versinhos pode-se atraí-la imediatamente; e se depois de tudo isso ainda sugerirem a ela uma escada de seda, serenatas espanholas e todo esse absurdo, pode-se fazer o que se quiser com ela. Já tirei a prova e consegui imediatamente um encontro secreto. Porém, me detive por enquanto, até um momento favorável. Mas daqui a uns quatro dias é preciso levá-la, sem falta. Na véspera começarei a puxar conversa, a dar suspiros; até que toco violão e canto bem. À noite, um encontro no coreto, e ao amanhecer a carruagem já estará pronta: eu a atraio, entramos e partimos. O senhor entende que não há risco algum nisso: ela é maior de idade e, além disso, terá feito tudo por vontade própria. E uma vez que ela fugir comigo, é claro que isso significará que ela terá assumido uma obrigação para comigo... Hei de levá-la para uma casa nobre, ainda que pobre (fica aqui perto, a quarenta verstas), onde será mantida até o casamento, e ninguém poderá vê-la; enquanto isso, não perderei tempo: em três dias regularizamos o casamento, é possível. É evidente que antes de tudo é preciso ter dinheiro; mas fiz as contas e não preciso de mais que quinhentos em prata para todo esse entreato, e para isso conto com Iegor Ilitch: ele dará certamente, mesmo sem saber do que se trata. Agora o senhor entende?

— Entendo — disse eu, entendendo tudo perfeitamente, afinal. — Mas diga-me, em que é que eu posso ser-lhe útil?

— Ah, em muita coisa, ora! Do contrário eu sequer pediria. Já disse ao senhor que tenho em vista uma família honrada, mas pobre. E o senhor pode me ajudar tanto aqui, quanto lá, e, finalmente, como testemunha. Confesso que sem sua ajuda estarei de mãos atadas.

— Mais uma pergunta: por que decidiu honrar-me com sua confiança, a mim, que o senhor ainda não conhece, posto que cheguei há algumas horas, no máximo?

— Sua pergunta — respondeu Mizíntchikov com o sorriso mais amável —, sua pergunta, confesso abertamente, proporciona-me muita satisfação, porque me brinda com a oportunidade de expressar o respeito especial que tenho pelo senhor.

— Oh, quanta honra!

— Não, veja o senhor, ainda agora eu o estudei um pouco. É de se supor que seja impetuoso e... e... bem, e jovem; mas eis de que estou completamente convencido: se o senhor me deu sua palavra de que não contará a ninguém, certamente vai se conter. O senhor não é Obnóskin, isso é a primeira coisa. Em segundo lugar, é honesto e não vai aproveitar minha ideia para si, é evidente, a menos que o senhor queira entrar num entendimento amigável comigo. Nesse caso, talvez eu concordasse em ceder-lhe a minha ideia, quer dizer, Tatiana Ivánovna, e estaria disposto a ajudá-lo zelosamente na abdução, mas com uma condição: um mês depois do casamento, receber do senhor cinquenta mil em dinheiro, os quais, é evidente, o senhor me entregaria de antemão, como garantia, em cartas de crédito, sem juros.

— Como? — exclamei. — Então o senhor já está oferecendo-a a mim?

— Naturalmente, eu poderia cedê-la, se o senhor pensar melhor e quiser. É claro que saio perdendo, mas... a ideia me pertence, e por ideias costumam cobrar. E finalmente, em terceiro lugar, eu o convidei porque não havia mais quem escolher. E demorar mais, levando-se em consideração as circunstâncias daqui, é impossível. Além disso, logo começará o jejum da Ascensão da Virgem, e então não se pode casar. Espero que agora o senhor me compreenda de todo.

— Completamente, e mais uma vez reitero o compromisso de manter inviolável o seu segredo; mas não posso ser seu companheiro nesta questão, o que considero meu dever declarar de uma vez.

— Por quê?

— Como, "por quê"? — exclamei, dando finalmente vazão aos sentimentos que se acumulavam em mim. — Mas será que o senhor não entende que tal atitude é até ignóbil? Suponhamos que o senhor considere tudo perfeitamente seguro, baseado na debilidade mental e na infeliz mania dessa dama; pois apenas isso já deveria impedi-lo, sendo um homem nobre! O senhor mesmo diz que ela é digna de respeito, embora seja ridícula. E de repente se aproveita de sua infelicidade para arrancar cem mil dela! É claro que o senhor não será um verdadeiro marido, que cumpre suas obrigações: vai sem dúvida deixá-la... É tão ignóbil que, o senhor me perdoe, sequer entendo como resolveu pedir minha colaboração!

— Arre, meu Deus, quanto romantismo! — exclamou Mizíntchikov, olhando para mim com uma autêntica surpresa. — Na verdade isso nem mesmo é romantismo, parece que o senhor simplesmente não entende a questão. O senhor diz que isso é ignóbil, e no entanto todas as vantagens serão dela, e não minhas... Apenas julgue!

— É claro que, olhando de seu ponto de vista, talvez pareça que o senhor esteja fazendo algo muito nobre ao se casar com Tatiana Ivánovna — respondi com um sorriso sarcástico.

— Mas o quê, então? É justamente isso, é justamente algo muito nobre! — exclamou Mizíntchikov inflamando-se, por sua vez. — Apenas julgue: em primeiro lugar, estou me sacrificando quando me disponho a ser seu marido; será que isso não vale nada? Em segundo lugar, apesar do fato de que ela tem seus cem mil em prata, apesar disso, pegarei apenas cem mil em dinheiro, e já dei a mim mesmo a palavra de que não tiraria dela um copeque a mais em toda a minha vida, embora até pudesse, isso também vale alguma coisa! Finalmente, pense bem: será que ela pode viver sua vida tranquilamente? Para que ela viva tranquilamente, é preciso tirar o dinheiro dela e colocá-la num manicômio, porque é de se esperar que a todo minuto apareça diante dela um vagabundo qualquer, um velhaco, um especulador de cavanhaque e bigodinho, com um violão e com serenatas, como Obnóskin, que vai seduzi-la, casar-se com ela, limpar tudo que ela tem e depois largá-la em algum lugar da estrada real. Aqui, por exemplo, pode até ser uma casa das mais honestas, mas só a mantêm aqui porque especulam com o dinheiro dela. É preciso livrá-la desses riscos, salvá-la. E entenda o senhor, assim que ela se casar comigo, todos esses riscos desaparecerão. E eu assumo a obrigação de evitar que qualquer infelicidade venha a afetá-la. Em primeiro lugar, eu a instalaria imediatamente em Moscou, com uma família nobre, porém pobre; não aquela de que falei: é outra família; com ela ficará constantemente minha irmã; ficarão de olho nela. Ela vai ficar com uns duzentos e cinquenta mil, talvez trezentos, em dinheiro: e o senhor sabe como se pode viver com isso! Todos os prazeres estarão ao seu alcance, toda a diversão, festas, bailes de máscaras, concertos. Ela pode até sonhar com aventuras amorosas; é evidente que a esse respeito tomarei precauções: sonhe o quanto quiser, mas na prática, de jeito nenhum! Agora, por exemplo, qualquer um pode ofendê-la, mas então ninguém poderá: ela será minha esposa, ela será Mizíntchikova, e não hei de expor meu nome a vexames! Apenas isso, quanto vale? Naturalmente, não vou viver com ela. Ela ficará em Moscou, e eu em algum lugar de Petersburgo. Isso devo lhe confessar, já que com o senhor estou fazendo negócio às claras. Mas que há de mal nisso de vivermos separados? Julgue o senhor, leve em consideração o caráter dela: será que ela é capaz de ser esposa de alguém e viver juntamente com seu marido? Será que é possível a ela tal constância? Pois é a criatura mais leviana do mundo! Ela necessita de mudanças constantes; é capaz de já no dia seguinte esquecer que na véspera se casou e se tornou esposa legítima de alguém. E eu a farei inteiramente infeliz se morar com ela e lhe exigir uma rígida observância de suas obrigações. Naturalmente, irei visitá-la uma vez por ano, ou mais frequentemente, e não será por dinheiro, garanto ao senhor. Disse que mais de cem mil em dinheiro não tirarei dela, não tirarei! Em relação a dinheiro, hei de agir com ela da maneira mais nobre possível. Vindo para ficar dois, três dias, trarei prazer, e não enfado: vou rir com ela, contar anedotas, vou levá-la a bailes, flertar com ela, dar lembrancinhas, cantar romanças, dar um cãozinho de presente, vou me separar dela de maneira romântica e depois manterei uma correspondência amorosa com ela. Ela ficará em êxtase com um marido assim romântico, apaixonado e divertido! Creio que isso é racional: todos os maridos deveriam agir assim. Pois os maridos são preciosos para suas mulheres apenas quando ausentes e, seguindo o meu sistema, hei de ocupar o coração de Tatiana Ivánovna da maneira mais doce pelo resto de sua vida. Que mais ela pode desejar? Diga! Essa vida seria um paraíso!

Eu ouvia em silêncio, surpreso. Compreendi que seria impossível contestar o senhor Mizíntchikov. Ele tinha uma certeza fanática da correção e até mesmo da grandeza de seu projeto, e falava dele com o entusiasmo de um inventor. Mas restava uma única questão delicada, e era imprescindível elucidá-la.

— O senhor se lembrou — disse eu — que ela é quase noiva de meu tio? Ao raptá-la, o senhor fará a ele uma grande ofensa; o senhor vai levá-la às vésperas do casamento e, além disso, vai pegar dinheiro emprestado com ele para realizar sua proeza!

— Pois é aí que eu o surpreendo! — exclamou Mizíntchikov com fervor. — Não se preocupe, eu previa sua objeção. Mas, em primeiro lugar (e o mais importante): seu tio ainda não fez o pedido; consequentemente, posso muito bem não saber que ela estava em vias de ser sua noiva; ademais, peço que o senhor considere, já faz três semanas que planejei essa empreitada, quando ainda não sabia nada sobre as intenções das pessoas daqui; e por isso sou completamente correto diante dele no sentido moral, e até se poderia dizer, julgando de forma severa, que é ele, e não eu, quem está roubando a noiva, com a qual, note bem, já tive um encontro secreto à noite, no coreto. Finalmente, permita-me: não era o senhor mesmo que estava enfurecido há pouco com o fato de quererem casar seu tio com Tatiana Ivánovna? E agora de repente defende esse casamento, fala de uma ofensa familiar qualquer, fala de honra! Sendo que estou fazendo um grandessíssimo favor ao seu tio: eu o estou salvando, o senhor deve entender isso! Ele vê com repugnância esse casamento e ainda por cima ama outra dama! Mas que esposa será para ele Tatiana Ivánovna? E ela mesma será infeliz com ele, porque seja como o senhor quiser, mas então será preciso contê--la, para que ela não jogue rosas para jovens. E se eu a levar embora à noite, então nenhuma generala e nenhum Fomá

Fomitch poderão fazer nada. Devolver uma noiva dessas, que fugiu quase do altar, será indecoroso demais. Será que isso não é um favor, um benefício a Iegor Ilitch?

Confesso que esse último raciocínio produziu em mim um forte efeito.

— E se ele fizer o pedido amanhã? — disse eu. — Porque aí já será um pouco tarde: ela será formalmente noiva do titio.

— Naturalmente, será tarde! E é nisso que é preciso trabalhar, evitar que isso ocorra. Por que é que eu peço sua ajuda? Sozinho seria difícil, mas nós dois podemos liquidar a tarefa e conseguir impedir Iegor Ilitch de fazer o pedido. É preciso empregar todas as forças; talvez, num caso extremo, bater em Fomá Fomitch e com isso desviar a atenção geral, de maneira que ele não terá cabeça para casamentos. É evidente que isso aconteceria apenas num caso extremo; digo como exemplo. Para isso é que conto com o senhor.

— Mais uma pergunta, a última: além de mim, o senhor não revelou sua empreitada para mais ninguém?

Mizíntchikov coçou a nuca e fez uma careta das mais azedas.

— Confesso ao senhor — respondeu ele — que essa pergunta é pior que o mais amargo remédio. Aí é que está a coisa, eu já revelei minha ideia... resumindo, banquei o mais completo idiota! E para quem o senhor acha que foi? Para Obnóskin! Mal consigo acreditar em mim mesmo. Não entendo como isso foi acontecer! Ele ficava sempre por aqui; eu ainda não o conhecia bem, e quando me veio a inspiração, é evidente que fiquei numa espécie de delírio; e como já então imediatamente percebi que precisaria de um ajudante, dirigi-me a Obnóskin... É imperdoável, imperdoável!

— Mas então, e Obnóskin?

— Concordou com entusiasmo, mas já no dia seguinte, de manhã cedo, desapareceu. Depois de uns três dias, apareceu de novo, com sua mãezinha. Não trocou uma palavra comigo, até mesmo se esquivava, como se temesse algo. Imediatamente entendi o que se passava. E a mãezinha dele é tamanha patife, já viu simplesmente de tudo. Eu já a conhecia antes. É claro que ele contou tudo a ela. Mantive o silêncio e esperei; eles ficaram espionando, e a questão se encontra numa situação um pouco tensa... Até por isso tenho tanta pressa.

— E o que exatamente o senhor receia que façam?

— É claro que não farão muita coisa, mas que hão de aprontar, isso é certo. Exigirão dinheiro pelo silêncio e pela ajuda: é o que espero... Só que não posso dar, e não darei, já me decidi: mais do que três mil em dinheiro é impossível. Julgue o senhor mesmo: três mil aqui, quinhentos em prata pelo casamento, porque para o titio é preciso devolver tudo, integralmente; depois as velhas dívidas; bem, para a minha irmã pelo menos alguma coisa, pois é, pelo menos alguma coisa. Vai sobrar muito dos cem mil? Já estou arruinado!... Os Obnóskin, aliás, partiram.

— Partiram? — perguntei com curiosidade.

— Agora há pouco, depois do chá; mas ao diabo com eles! Amanhã o senhor verá, vão aparecer de novo. Pois então, como ficamos? Concorda?

— Confesso — respondi eu, encolhendo-me — que nem sei o que dizer. É uma questão delicada... É claro que manterei tudo em silêncio, não sou Obnóskin; mas... creio que não há por que o senhor contar comigo.

— Estou vendo — disse Mizíntchikov, levantando-se da cadeira — que o senhor ainda pode tolerar Fomá Fomitch e sua avó, e que, embora ame seu bondoso e nobre tio, o senhor ainda não compreendeu inteiramente a que ponto o torturam. O senhor, afinal, é um homem jovem... Mas paciência! Amanhã o senhor estará lá, verá e no fim do dia há de concordar. Pois do contrário seu tio estará perdido, está entendendo? Hão mesmo de fazê-lo casar-se. Não se esqueça de que talvez amanhã ele faça o pedido. Será tarde; seria bom decidir-se hoje!

— Juro que desejo ao senhor toda a sorte, mas ajudá-lo... não sei como...

— Sabemos! Mas esperemos até amanhã — concluiu Mizíntchikov, sorrindo de modo zombeteiro. — *La nuit porte conseil*.[61] Até a vista. Virei encontrá-lo de manhã cedo, e o senhor pense...

Ele se virou e saiu, assobiando alguma coisa.

Saí logo depois dele para tomar ar fresco. A lua ainda não nascera; a noite estava escura; o ar, quente e sufocante. As folhas das árvores não se moviam. Apesar de meu terrível cansaço, queria caminhar, espairecer, reunir as ideias, mas não dera nem dez passos quando ouvi de repente a voz do titio. Ele subia com alguém até o terraço do anexo e falava com uma animação extraordinária. Imediatamente me virei e gritei por ele. O titio estava com Vidopliássov.

---

[61] Em francês, no original: "a noite é a melhor conselheira". (N. do T.)

XI
EXTREMA PERPLEXIDADE

— Titio! — disse eu. — Depois de tanta espera, finalmente o encontro.

— Meu amigo, eu mesmo ansiava por vê-lo. Vou apenas terminar com Vidopliássov, e então conversaremos à vontade. Tenho muito que lhe contar.

— Como, ainda com Vidopliássov?! Mas deixe-o para lá, titio!

— Só mais uns cinco ou dez minutos, Serguei, e então serei inteiramente seu. Veja bem: é um assunto importante.

— Mas ele vem na certa com bobagens — falei com irritação.

— E o que posso lhe dizer, meu amigo? O homem vem sempre na pior hora com suas ninharias! Como se você, meu querido Grigóri, não pudesse achar outro momento para suas queixas! E então, que devo fazer por você? Tenha dó de mim, pelo menos você, meu querido. Pois estou, por assim dizer, esgotado graças a vocês, como que devorado vivo, inteirinho! Eles me deixaram no limite de minhas forças, Serguei!

E o titio agitou ambas as mãos com profunda tristeza.

— Mas que assunto tão importante é esse, que não pode esperar? E eu preciso tanto, titio...

— Ora, meu querido, se já gritam que não cuido da moral dos meus! Talvez amanhã mesmo ele se queixe de mim, dizendo que eu não quis escutar, e aí...

E o titio novamente agitou as mãos.

— Bem, então termine depressa com eles! Talvez eu até ajude. Vamos subir. E o que há com ele? Do que precisa? — disse eu, depois de entrarmos.

— Pois veja você, meu amigo, ele não gosta do sobrenome, está pedindo para mudar. O que lhe parece?

— O sobrenome? Como assim?... Mas titio, antes de ouvir o que ele mesmo dirá, permita-me dizer que apenas em sua casa podem acontecer tais prodígios — falei, abrindo os braços, estupefato.

— Ora, meu querido! Abrir os braços assim eu também sei, mas de que serve isso?! — falou o titio com irritação. — Venha cá, fale você mesmo com ele, experimente. Já faz dois meses que está me importunando...

— É um sobrenome despropositado, senhor! — interferiu Vidopliássov.

— E por que despropositado? — perguntei, surpreso.

— Pois é, senhor! Representa todo tipo de baixeza.

— Mas por que baixeza? E como é que vai mudá-lo? Quem é que muda de sobrenome?

— Perdão, mas alguém tem um sobrenome desses, senhor?[62]

— Concordo que seu sobrenome é em parte estranho — continuei eu, completamente perplexo. — Mas o que é que se pode fazer? E o seu pai tinha esse mesmo sobrenome?

— Efetivamente, senhor, por meu pai tenho que sofrer desta forma para sempre, já que me foi destinado, por conta de meu nome, ouvir muitos gracejos e passar por muitos dissabores, senhor — respondeu Vidopliássov.

---

[62] O sobrenome Vidopliássov aparentemente foi forjado pelas palavras *vid* ["vista", "tipo", "aspecto"] e *pliás* ["dança"]. (N. do T.)

— Aposto, titio, que isso é coisa de Fomá Fomitch! — exclamei com irritação.

— Mas não é, meu querido, não é; você se engana. Fomá é realmente seu benfeitor. Ele o empregou como seu secretário; esta é sua única obrigação. Bem, é evidente que ele o fez crescer, tornou-o cheio de nobreza de alma, de maneira que ele, em certa medida, até abriu os olhos... Pois veja, eu lhe contarei tudo...

— Precisamente, senhor — interrompeu Vidopliássov. — Fomá Fomitch é meu verdadeiro benfeitor e, sendo meu verdadeiro benfeitor, fez com que eu compreendesse minha insignificância, o verme que sou na Terra, de maneira que graças a ele pude pela primeira vez prever meu destino, senhor.

— Está vendo, Serioja, está vendo qual é a questão? — continuou o titio, apressando-se como lhe era de costume. — Primeiro ele viveu em Moscou, desde os tempos de infância, servindo um professor de caligrafia. Você precisa ver como aprendeu a escrever: com cores, com ouro, e em volta ele coloca uns anjinhos, sabe? Resumindo, é um artista! Iliucha está aprendendo com ele; pago um rublo e meio por aula. Foi o próprio Fomá que estipulou o preço de um rublo e meio. Vai até as casas de três proprietários da vizinhança, eles também pagam. Vê como se veste?! E ainda por cima escreve versos.

— Versos! Era só o que faltava!

— Versos, meu querido, versos, nem pense que estou brincando, versos de verdade, por assim dizer, com versificação e tudo, sobre todos os objetos, e tão bem feitos que ele imediatamente consegue descrever qualquer objeto. Um verdadeiro talento! Para o dia do santo da mamãe, preparou um tal sermão que nós ficamos todos de boca aberta: colocou coisas da mitologia, com musas voando, de maneira que dava até para ver essa... Como é mesmo que se chama? Redondeza das formas. Enfim, saiu tudo rimado perfeitamente. Fomá corrigiu. E eu, é claro, não vi nada de errado de minha parte, fiquei até feliz. Pois deixem que componha, só não apronte alguma. Estou lhe falando como um pai, Grigóri, meu querido. Fomá tirou a limpo, examinou os versos, deu seu incentivo e o nomeou seu leitor e copista; resumindo, deu instrução. É verdade o que ele diz, que é seu benfeitor. Bem, sabe como é, até surgiu em sua cabeça um nobre romantismo, um sentimento de independência; Fomá me explicou tudo, mas eu, para falar a verdade, já esqueci; mas confesso que já antes de Fomá eu queria libertá-lo. Tinha um pouco de vergonha, sabe?!... Mas Fomá foi contra; disse que precisa dele, passou a gostar dele; e ainda por cima disse: "Eu, fidalgo que sou, considero uma grande honra ter poetas em meio aos meus servos"; que certos barões viviam assim em algum lugar e que isso era viver *en grand*.[63] Bem, se é *en grand*, que seja *en grand*! Eu até comecei a respeitá-lo, meu querido, entende?... Mas só Deus sabe como ele se comportou. O pior de tudo é que, depois dos versos, começou a se fazer de importante diante da criadagem, não queria nem falar com eles. Não se ofenda, Grigóri, estou lhe falando como um pai. Prometeu casar-se no inverno passado: temos aqui uma moça, uma criada chamada Matriôna, muitíssimo graciosa, sabe? Uma moça honesta, trabalhadora, alegre. Mas logo disse "não, não quero e pronto"; recusou. Ou ficou envaidecido, ou considerou melhor ganhar fama primeiro, e depois procurar uma noiva em outro lugar.

— Mais pelo conselho de Fomá Fomitch, senhor — observou Vidopliássov —, já que ele é meu verdadeiro benfeitor...

— Pois é, como é que poderia faltar Fomá Fomitch?! — exclamei de maneira involuntária.

---

[63] Em francês, no original: "à larga". (N. do T.)

— Ora, meu querido, não é por aí! — interrompeu-me apressadamente. — Pois veja bem: ele agora não tem sossego. A mocinha é esperta, é provocadora, pôs todos contra ele: ficam instigando, atiçando, até os menininhos da criadagem o tratam como um bufão...

— Muito por conta de Matriôna — observou Vidopliássov —, porque Matriôna é uma verdadeira tola e, sendo uma verdadeira tola, e além disso uma mulher de caráter descomedido, por conta dela preciso sofrer de tal maneira por toda a minha vida, senhor.

— Ora, Grigóri, meu querido, eu falei — continuou o titio com um olhar de reprovação para Vidopliássov. — Eles fizeram, Serguei, uma porcaria qualquer de rima com o sobrenome dele, sabe? Ele veio até mim se queixar, perguntar se não seria possível mudar de alguma maneira seu sobrenome, e que ele já sofria havia tempos por causa da cacofonia...

— É um sobrenome nada requintado, senhor — colocou Vidopliássov.

— Pois você se cale, Grigóri! Fomá também aprovou... Quer dizer, não é que aprovou, mas veja só seu raciocínio: o que seria se, por acaso, fosse necessário publicar os versos, como Fomá projetava? Disse que talvez o sobrenome fosse danoso, não é verdade?

— Então ele quer publicar os versos, titio?

— Quer publicar, meu querido. Já está decidido; às minhas custas, e será posto na página de rosto: servo de tal pessoa, e no prefácio o autor expressará sua gratidão a Fomá pela instrução. Será dedicado a Fomá. E o próprio Fomá vai escrever o prefácio. Pois agora imagine se na página de rosto estiver escrito: "Obras de Vidopliássov"...

— "Os lamentos de Vidopliássov", senhor — corrigiu Vidopliássov.

— Pois está vendo, e ainda por cima são "lamentos"! Mas que sobrenome é esse, Vidopliássov? Até ofende a delicadeza dos sentimentos, foi o que Fomá disse. E todos esses críticos, pelo que dizem, são uns provocadores zombeteiros; Brambeus, por exemplo...[64] Para eles, nada presta! Se só do sobrenome já caçoam; é capaz que apliquem uma coça tamanha, que depois você nem vai saber de onde veio, não é verdade? É o que eu digo: por mim coloque o sobrenome que quiser nos versos. Chama-se pseudônimo, não é? Já não me lembro, é algo que termina com "ônimo". Mas diz que não, quer que eu ordene a toda a criadagem que o chamem para sempre, aqui também, pelo novo nome, de maneira que ele também tenha um nome requintado que combine com seu talento...

— Aposto que o senhor concordou, titio.

— Serioja, meu querido, eu disse, só para não discutir com eles: pois que seja! Fomá e eu tivemos certo desentendimento depois disso, sabe? E então começou que a cada semana era um sobrenome; e só escolhia os meigos: Oleándrov, Tiulpánov... Pense, Grigóri: primeiro, você pediu que o chamassem de Viérni, Grigóri Viérni. Depois, você mesmo achou ruim, porque algum brutalhão conseguiu uma rima em que você virava Skviérni.[65] Você se queixou; o brutalhão foi punido. Passou duas semanas pensando num novo sobrenome. E como pensou. Finalmente descobriu um, veio pedir que fosse chamado de Ulánov.[66] Pois me diga, meu querido,

---

[64] Ver nota 8. (N. do T.)

[65] Em russo, *viérni* significa "fiel", "leal". Já *skviérni* significa "mau", "desagradável". Possível referência a Ivan Vassílievitch Sherwood (1798-1867), militar de origem inglesa que foi um dos principais delatores do movimento dezembrista. O tsar Nikolai I concedeu-lhe a alcunha "o Leal", mas, assim como no trocadilho com Vidopliássov, todos na sociedade o chamavam de "o Mau". (N. do T.)

[66] De *ulan*, "ulano", soldado lanceiro de cavalaria dos exércitos mongóis. (N. do T.)

o que pode ser mais estúpido que Ulánov? Concordei com isso também, dei uma segunda ordem para mudarem seu sobrenome para Ulánov. Fiz por fazer, meu querido — acrescentou o titio, dirigindo-se a mim —, apenas para me desembaraçar. Por três dias você andou por aí como Ulánov. Estragou todas as paredes e todos os peitoris do coreto, rubricando a lápis: "Ulánov". Depois foi pintado novamente. Você gastou um bloco inteiro de papel holandês assinando: "Ulánov, teste de assinatura; Ulánov, teste de assinatura". Finalmente, esse também deu errado. Inventaram outra rima, onde você era "Bolvánov".[67] Não queria mais esse, e mais uma troca de sobrenome! Qual foi o outro que você escolheu? Já me esqueci.

— Tántsev, senhor — respondeu Vidopliássov. — Se me foi destinado ser visto como um bailarino por conta de meu sobrenome, senhor, que seja de maneira requintada, estrangeira: Tántsev, senhor.[68]

— Pois é, Tántsev; até com isso eu concordei, Serguei, meu querido. Só que aí eles acharam uma rima tal, que nem posso falar! E hoje veio mais uma vez, pensou mais uma vez em algo novo. Aposto que ele já tem pronto um sobrenome novo. Tem ou não tem, Grigóri? Confesse!

— De fato, eu há tempos queria depor a seus pés meu novo e requintado sobrenome, senhor.

— E qual é?

— Essbukiétov.

— Mas você não tem vergonha, não tem vergonha, Grigóri? Um nome de uma lata de pomada! E ainda se conside-

---

[67] De *bolvan*, "tolo", "palerma". (N. do T.)

[68] De *tániets*, "dança", e *tantsevat*, "dançar". Ambas as palavras foram assimiladas ao russo por meio do alemão (com o verbo *tanzen*, "dançar"). (N. do T.)

ra um homem inteligente! E deve ter pensado um bocado nele! E isso está escrito nos perfumes.

— Perdão, titio — disse eu, quase sussurrando. — Mas é simplesmente uma besta, uma besta quadrada!

— E o que fazer, meu querido? — respondeu o titio, também sussurrando. — Por aqui garantem que é inteligente, e que tudo isso são coisas de suas nobres qualidades...

— Mas livre-se dele, pelo amor de Deus!

— Escute, Grigóri! É que estou sem tempo, meu querido, perdão! — começou o titio numa voz como que suplicante, como se temesse até mesmo Vidopliássov. — Pois então, pense direito, como é que vou dar conta das suas reclamações agora?! Você está dizendo que novamente o ofenderam de algum jeito? Pois bem: dou-lhe minha palavra de honra que amanhã examinarei tudo, mas agora vá com Deus... Espere! E Fomá Fomitch?

— Deitou-se para repousar, senhor. Disse que, se alguém perguntar por ele, deveria responder que pretende passar muito tempo em oração esta noite, senhor.

— Hm! Pois vá, meu querido, vá! Viu, Serioja, ele está sempre às voltas com Fomá, de maneira que até dele tenho medo. E é por isso que a criadagem não gosta dele, porque informa tudo que fazem a Fomá. Agora foi embora, mas talvez amanhã venha mexericar sobre alguma coisa! Mas já arranjei tudo por lá, meu querido, as coisas estão até calmas... Vim correndo vê-lo. Finalmente estou com você outra vez! — falou ele com sentimento, apertando minha mão. — E eu pensei, meu querido, que você tinha se irritado de vez e escapado, afinal. Mandei ficarem de olho em você. Mas graças a Deus por agora! E ainda há pouco o Gavrila, hein? E depois Falaliei, e você: uma coisa atrás da outra! Mas graças a Deus, graças a Deus! Finalmente poderei conversar com você à vontade. Vou abrir meu coração. E você, Serioja, não vá embora: só tenho você, você e Koróvkin...

— Mas perdão, titio, o que foi que o senhor arranjou e o que devo esperar aqui depois do que aconteceu? Confesso que minha cabeça está girando!

— E a minha por acaso está no lugar? Já faz seis meses, meu querido, que ela não para de valsar, a minha cabeça! Mas, graças a Deus, agora está tudo certo! Em primeiro lugar, fui perdoado, completamente perdoado, com diversas condições, é claro; mas agora já não temo quase nada. Sáchurka também foi perdoada. Agora há pouco a Sacha, a Sacha... Que sangue quente! Exaltou-se um pouco, mas que coração de ouro! Tenho orgulho dessa menina, Serioja! Que a bênção de Deus esteja com ela todos os dias. Você também foi perdoado, e sabe a que ponto? Pode fazer o que bem entender, andar por todos os cômodos e pelo jardim, até quando tivermos hóspedes; resumindo, o que bem entender; mas apenas com uma condição: que você não diga nada amanhã na presença da mamãe e de Fomá Fomitch. É uma condição indispensável, quer dizer, rigorosamente nenhuma palavra. Já prometi por você. Vai apenas ouvir o que os mais velhos... ou melhor, quis dizer, o que os outros vão falar. Disseram que você é jovem. Mas não fique ofendido, Serguei; porque na verdade você ainda é jovem, mesmo... É o que diz Anna Nílovna...

É claro que eu era muito jovem e imediatamente o provei, queimando de indignação ao saber de condições tão ofensivas.

— Escute, titio — exclamei, quase sufocando. — Diga-me apenas uma coisa e me tranquilize: estou num verdadeiro hospício ou não?

— Pois veja só, meu querido, agora você também vem com críticas! Mas não consegue mesmo se aguentar — respondeu o titio, entristecido. — Não está em hospício nenhum, apenas os dois lados ficaram exaltados. Mas você há de concordar, meu querido: como foi que você mesmo se comportou? Está lembrado daquela que você soltou? E a um homem cuja idade, por assim dizer, se deve respeitar?

— Pessoas como ele não merecem respeito nem pela idade, titio.

— Mas nessa você exagerou, meu querido! Isso já é livre-pensamento! Eu mesmo não sou contra um livre-pensamento moderado, meu querido, mas isso já passou da conta, querido. Quer dizer, você me surpreende, Serguei.

— Não se irrite, titio, sou culpado, mas culpado perante o senhor. No que se refere ao seu Fomá Fomitch...

— Mas e agora esse "seu"! Ora, Serguei, meu querido, não o julgue de maneira tão severa: é um misantropo, nada mais, é um homem enfermiço! Não se pode ser muito severo com ele. E por outro lado, que homem nobre, quer dizer, é simplesmente o mais nobre dos homens! Você mesmo foi testemunha agora há pouco, foi simplesmente esplêndido. E se às vezes ele apronta dos seus truques, isso não é algo de que se deva fazer caso. E com quem não acontece isso?

— Perdão, titio, pelo contrário: com quem acontece isso?

— Ora, mas como insiste! Você tem pouca bondade, Serioja; não sabe perdoar!...

— Pois bem, titio, pois bem! Vamos deixar isso de lado. Diga-me, o senhor viu Nastássia Ievgráfovna?

— Ora, meu querido, tudo isso foi por causa dela. É isso mesmo, Serioja. E, em primeiro lugar, o mais importante é que todos nós decidimos amanhã mesmo felicitá-lo pelo seu aniversário; Fomá, eu digo, porque amanhã é de fato seu aniversário. Sáchurka é uma boa moça, mas ela está equivocada; e com isso iremos, todos juntos, antes mesmo da missa, mais cedo. Iliucha vai recitar-lhe versos, de maneira que vai ser como se lhe passassem um óleo no coração; enfim, vai lisonjeá-lo. Ah, se você ao menos também o felicitasse junto conosco, Serioja! Talvez ele o perdoasse completamente! Como seria bom se vocês fizessem as pazes! Esqueça essa ofensa, Serioja, meu querido, porque você mesmo o ofendeu... É um homem digníssimo!

— Titio! Titio! — exclamei, perdendo a paciência que me restava. — Quero tratar de um assunto com o senhor, mas o senhor... Mas por acaso sabe, repito mais uma vez, o senhor sabe o que está acontecendo com Nastássia Ievgráfovna?

— Como assim, meu querido, o que foi?! Por que você está gritando? Se foi por causa dela que começou toda essa história de agora há pouco. Aliás, ela não começou agora há pouco, começou faz tempo. Eu só não quis lhe contar de antemão para não deixá-lo assustado, porque eles queriam simplesmente expulsá-la, e ainda exigiram que eu a mandasse embora. Você pode imaginar a minha situação... Bem, mas graças a Deus! Agora já está tudo arranjado. Veja você (e agora vou lhe confessar tudo), eles pensavam que eu mesmo estava apaixonado por ela e que queria me casar; resumindo, que eu me precipitava em direção à ruína, porque realmente isso seria uma precipitação em direção à ruína: foi isso que eles me explicaram lá... E assim, foi para me salvar que decidiram expulsá-la. Tudo isso foi coisa da mamãe, mas acima de tudo de Anna Nílovna. Fomá por enquanto está em silêncio. Mas agora eu já convenci todos eles, e confesso que já declarei que você é formalmente o noivo de Nástienka, que veio para cá por isso mesmo. Bem, isso os tranquilizou, em parte, e agora ela vai ficar, embora não de maneira definitiva, apenas por um período de prova, mas de qualquer maneira vai ficar. Até você se elevou na opinião deles, quando eu declarei que você a pediria em casamento. Pelo menos a mamãe como que tranquilizou. Anna Nílovna é a única que ainda está resmungando! Já nem sei o que fazer para agradá-la. E o que quer afinal essa Anna Nílovna?

— Titio, mas o senhor está enganado, titio! O senhor por acaso sabe que Nastássia Ievgráfovna amanhã mesmo partirá daqui, se é que já não partiu? Sabe que o pai dela veio hoje com o propósito de levá-la? Que já está tudo decidido, que ela mesma me declarou isso hoje e, finalmente, que ela me mandou dar ao senhor seus cumprimentos? O senhor sabia disso ou não?

O titio ficou parado diante de mim, de boca aberta. Pareceu-me que ele estremeceu, e um gemido escapou de seu peito.

Sem perder um minuto sequer, apressei-me a contar a ele toda a minha conversa com Nástienka, meu pedido de casamento, sua resoluta negativa, sua fúria com o titio porque ousara me chamar por meio daquela carta; expliquei que ela esperava, com sua partida, salvá-lo do casamento com Tatiana Ivánovna; resumindo, não escondi nada; até exagerei de propósito tudo que havia de desagradável naquelas notícias. Queria alarmar o titio, para arrancar dele medidas drásticas, e de fato consegui alarmá-lo. Ele deu um grito e levou as mãos à cabeça.

— Onde ela está, você sabe? Onde ela está agora? — falou ele finalmente, pálido de espanto. — E eu, tolo que sou, vim para cá completamente tranquilo, achando que tudo tinha se arranjado — acrescentou ele, em desespero.

— Não sei onde está agora, só sei que há pouco, quando começaram aqueles gritos, ela foi procurar o senhor: queria manifestar tudo isso em alto e bom som, diante de todos. É possível que não a tenham deixado entrar.

— Imagine se tivessem deixado! O que ela não teria aprontado! Ah, mas que cabecinha quente, orgulhosa! E para onde ela vai, para onde? Para onde? E você, você é tão bom! Por que foi que ela o recusou? Que absurdo! Você deveria agradá-la. Por que ela não gostou de você? Mas responda, pelo amor de Deus, por que fica aí parado?

— Tenha dó, titio! Será possível fazer perguntas como essas?

— Mas será possível isso, agora?! Você deve, deve se casar com ela. Para quê, afinal, eu o tirei de Petersburgo? Você deve fazer a felicidade dela! Agora vão expulsá-la daqui, mas se ela fosse sua esposa, minha sobrinha, não a expulsariam. E para onde ela vai? O que será dela? Vai ser preceptora de novo? Mas isso é um absurdo sem sentido, virar preceptora de novo! E enquanto não achar um lugar, de que vai viver em sua casa? O velhinho carrega nove nas costas; e já chegam a passar fome. E ela não vai aceitar um tostão de mim se sair depois de todas essas calúnias infames; nem ela, nem o pai. E que maneira de sair, um horror! E aqui vai ser um escândalo, sei disso. E ela já recebeu vários salários adiantados por conta das necessidades da família; afinal é ela que os alimenta. Bem, vamos supor que eu a recomende para ser preceptora, encontre uma família decente e nobre... Mas, ora bolas! Onde é que se encontram pessoas nobres, pessoas nobres de verdade? Bem, mas vamos supor que existam, vamos supor que existam até muitas (e então Deus que me perdoe), mas mesmo assim é perigoso, meu amigo: dá para confiar nas pessoas? E, ainda por cima, o pobre é desconfiado, pensa que o pão e a cordialidade se pagam com humilhações! Eles vão ofendê-la; ela é orgulhosa, e então... e então o que será? E se, além de tudo isso, algum canalha sedutor aparecer?... Ela cuspiria nele, sei que cuspiria, mas mesmo assim ele a ofenderia, o canalha! De qualquer maneira a infâmia recairia sobre ela, a sombra, a suspeita, e então... Minha cabeça está girando! Ah, meu Deus!

— Titio! Permita-me fazer uma única pergunta — disse eu, solenemente. — Não se irrite comigo, compreenda que a resposta para essa pergunta pode resolver muita coisa; em parte, até me considero no direito de exigir uma resposta do senhor, titio!

— O quê, o que foi? Que pergunta?

— Diga, como se estivesse na presença de Deus, de maneira direta e sincera: o senhor não tem a sensação de que está mesmo um pouco apaixonado por Nastássia Ievgráfovna e de que gostaria de se casar com ela? Pense bem: afinal, é por isso que querem expulsá-la daqui.

O titio fez o gesto mais enérgico com a mais febril impaciência.

— Eu? Apaixonado? Por ela? Mas todos eles ficaram ruins da bola ou estão mancomunados contra mim? Mas por que é que eu o chamei, se não para provar a todos eles que ficaram ruins da bola? Por que é que eu iria querer casá-la com você? Eu? Apaixonado? Por ela? Endoidaram, todos eles, é isso!

— Se é assim, titio, então permita-me dizer tudo. Declaro solenemente que não vejo rigorosamente nada de ruim nessa suposição. Pelo contrário, o senhor haveria de fazê-la muito feliz, se a ama tanto assim, e Deus queira que seja! Que Deus lhe conceda amor e bom conselho!

— Mas por favor, o que você está dizendo?! — exclamou o titio, quase horrorizado. — Muito me surpreende você dizer isso com tamanho sangue-frio... e... No mais, meu querido, você vive se precipitando, já percebi esse seu traço! Mas não é absurdo isso que você disse? Diga-me como eu haveria de me casar com ela, quando eu a vejo como uma filha, e não de outra maneira? Para mim seria até vergonhoso olhar para ela de outra maneira, seria até pecado! Sou um velho, e ela é uma florzinha! Até Fomá me explicou isso, justamente com essas palavras. Em meu coração arde por ela um amor paternal, e você me vem com essa de amor conjugal! Talvez, por gratidão, ela não recusasse, mas depois passaria a me desprezar por eu ter me aproveitado de sua gratidão. Eu a arruinaria, perderia sua afeição! E eu daria a ela minha alma, minha criancinha! Amo-a tanto quanto Sacha, até mais, devo confessar. Sacha é minha filha de fato, de direito, mas meu amor fez daquela uma filha minha. Eu a tirei da pobreza, eduquei-a. Kátia, meu anjo falecido, também a amava; ela a legou para mim como uma filha. Dei-lhe educação: aulas de francês, de piano, livros e tudo mais... E que sorriso ela tem! Você já percebeu, Serioja? É como se estivesse rindo de você, mas não está rindo de maneira alguma, pelo contrário, ela o ama... Eu pensei que você viria, faria o pedido; eles se convenceriam de que eu não tenho vistas sobre ela e parariam de espalhar toda essa sujeira. Ela então ficaria aqui conosco, na tranquilidade, no sossego, e como nós seríamos felizes! Vocês dois são minhas crianças, os dois são quase órfãos, os dois cresceram sob meus cuidados... Eu os amaria tanto, amaria tanto! Daria a vida por vocês, não me afastaria; iria aonde fosse com vocês! Ah, como poderíamos ser felizes! E por que é que as pessoas ficam tão furiosas, tão irritadas, odeiam tanto umas às outras? E assim, e assim eu conseguiria fazê-los ver! E assim exporia a eles a mais pura verdade do meu coração! Ah, meu Deus!

— Sim, titio, sim, seria assim, mas ela me recusou...

— Recusou! Hm!... Mas, sabe? Eu meio que pressentia que ela o recusaria — disse ele, pensativo. — Mas não! — gritou ele. — Não acredito! Não é possível! Porque nesse caso tudo está arruinado! Na certa você começou de alguma maneira descuidada, talvez a tenha ofendido; pode ser que tenha se posto a soltar elogios... Conte-me de novo como foi, Serguei!

Repeti tudo de novo, nos mínimos detalhes. Quando cheguei ao ponto em que Nástienka pretendia, com seu afastamento, salvar o titio de Tatiana Ivánovna, ele sorriu amargamente.

— Salvar! — disse ele. — Salvar até amanhã de manhã!

— Mas o senhor não está querendo me dizer, titio, que vai se casar com Tatiana Ivánovna? — exclamei, assustado.

— E como você acha que eu consegui fazer com que não

expulsassem Nástia amanhã? Amanhã mesmo farei o pedido; prometi formalmente.

— E o senhor está decidido, titio?

— O que fazer, meu querido, o que fazer?! Isso me parte o coração, mas estou decidido. Amanhã será o pedido; propuseram fazer o casamento de maneira discreta, doméstica; e é melhor, meu querido, que seja doméstico, mesmo. Você talvez seja o padrinho. Já sugeri que fosse você, e com isso, até chegar a hora, eles não vão expulsá-lo. O que fazer, meu querido? Eles dizem: "é a riqueza para seus filhos!". É claro, o que não se faz pelos filhos? Ficaria de cabeça para baixo, ainda mais que na realidade talvez seja o mais justo. Porque devo fazer pelo menos alguma coisa pela família. Não vou só ficar vagabundeando!

— Mas titio, ela é louca! — exclamei, perdendo o controle, e senti um aperto doloroso em meu coração.

— E essa agora, louca! Não é louca coisa nenhuma, ela passou por muita infelicidade, sabe?... O que fazer, meu querido, preferiria alguém mais inteligente... Mas por outro lado, entre as inteligentes há cada uma! E como ela é bondosa, se você soubesse, como é nobre!

— Mas meu Deus! Já está se conformando com essa ideia! — disse eu, desesperado.

— Mas o que fazer se não for isso? Porque fazem de tudo pelo meu bem, e afinal, eu já pressentia que, cedo ou tarde, não conseguiria escapar: iam me fazer casar. É melhor assim, agora, do que arranjar briga por conta disso. Digo-lhe com toda a sinceridade, Serioja, meu querido: fico até feliz, em parte. Se estou decidido, então estou decidido, pelo menos tiro isso dos ombros, fico de certa forma mais tranquilo. Já vim para cá quase totalmente tranquilo. Pelo visto esta é minha sina! E o principal é que, como prêmio, Nástia ficará conosco. Porque eu só concordei com essa condição. E agora *ela* mesma quer fugir! Isso não pode ser! — gritou o titio, batendo com o pé. — Escute, Serguei — acrescentou ele com ar decidido —, me espere aqui, não vá a lugar nenhum; volto para cá num instante.

— Aonde o senhor vai, titio?

— Talvez eu consiga vê-la, Serguei: tudo se explicará, acredite, tudo se explicará, e... e... e você vai se casar com ela, dou minha palavra de honra!

O titio saiu rapidamente do cômodo e foi na direção do jardim, não da casa. Pela janela, eu o segui com o olhar.

XII
CATÁSTROFE

Fiquei sozinho. Minha situação era insuportável: eu tinha sido recusado, mas o titio queria me casar quase à força. Estava desorientado e minha mente, confusa. Mizíntchikov e sua proposta não me saíam da cabeça. Era preciso salvar o titio a qualquer custo! Até pensei em ir achar Mizíntchikov e contar tudo a ele. Mas, por outro lado, aonde fora o titio? Ele mesmo dissera que iria procurar Nástienka, e no entanto voltou-se para o jardim. O pensamento acerca dos encontros secretos passou voando por minha cabeça, e um sentimento desagradabilíssimo comprimiu meu coração. Lembrei-me das palavras de Mizíntchikov acerca de uma relação secreta... Depois de pensar por um minuto, pus de lado com indignação todas as minhas suspeitas. O titio não conseguia mentir: isso era evidente. Minha inquietação aumentava a cada minuto. Sem perceber, eu havia saído para o terraço e ido até o meio do jardim, pela mesma alameda na qual sumira o titio. A lua começava a subir. Eu conhecia aquele jardim como a palma da mão e não temia me perder. Chegando ao velho coreto, que se erguia solitário na margem do lago decrépito e coberto de lodo, parei de repente, petrificado: do coreto, ouvi vozes. Não posso expressar que estranho sentimento de desgosto tomou conta de mim! Tinha certeza de que se tratava do titio e de Nástienka, e continuei a me aproximar, acalmando minha consciência, por via das dúvidas, com o fato de que seguia no mesmo passo de antes e de que não tentava espreitar ninguém. De repente, ouviu-se o nítido som de um beijo, depois diversos sons de animadas palavras, e, imediatamente depois disso, um grito estridente de mulher. Nesse mesmo instante, um mulher de vestido branco saiu correndo do coreto e passou voando por mim como uma andorinha. Pareceu-me até que ela cobria o rosto com as mãos para não ser reconhecida: provavelmente no coreto haviam percebido minha presença. Mas qual não foi minha perplexidade quando, no cavalheiro que saíra correndo atrás da dama assustada, reconheci Obnóskin; Obnóskin, que, nas palavras de Mizíntchikov, há tempos havia partido! De sua parte, também Obnóskin, ao me ver, ficou extremamente desconcertado: toda a sua insolência desaparecera.

— Perdoe-me, mas... De maneira nenhuma esperava encontrar-me com o senhor — disse ele, sorrindo e gaguejando.

— Nem eu com o senhor — respondi em tom zombeteiro. — Ainda mais por ter ouvido que o senhor partira.

— Não... É que... eu fui levar minha mãe para um lugar próximo daqui. Mas posso apelar para o senhor como para o mais nobre dos homens do mundo?

— E com que propósito?

— Há casos, e o senhor mesmo há de concordar com isso, em que um homem verdadeiramente nobre é forçado a apelar para toda a nobreza de sentimentos de um homem verdadeiramente nobre... Espero que o senhor me compreenda...

— Não espere: não entendo rigorosamente nada.

— O senhor viu a dama que se encontrava comigo no coreto?

— Vi, mas não reconheci.

— Ah, não reconheceu!... Logo chamarei essa dama de minha esposa.

— Eu o parabenizo. Mas em que lhe posso ser útil?

— Em uma coisa apenas: manter absolutamente em segredo o fato de que o senhor me viu com essa dama.

"Mas quem seria?", pensei. "Será que é...?"

— Realmente não sei — respondi a Obnóskin. — Espero que o senhor me perdoe por não poder dar minha palavra...

— Não, pelo amor de Deus, por favor — implorou Obnóskin. — Entenda minha posição: é um segredo. O senhor também poderá ser noivo, e então eu também, de minha parte...

— Psiu! Alguém vem vindo!

— Onde?

De fato, a uns trinta passos de nós, uma sombra quase imperceptível de um homem passou voando.

— Na certa é... é Fomá Fomitch! — sussurrou Obnóskin, o corpo inteiro estremecendo. — Eu o reconheço pela forma de caminhar. Meu Deus! Mais passos, do outro lado! Escute... Adeus! Agradeço ao senhor e... Imploro...

Obnóskin desapareceu. Um minuto depois, surgiu diante de mim o titio, como que brotando da terra.

— É você? — ele me chamou, gritando. — Está tudo acabado, Serioja! Tudo acabado!

Percebi que ele também tremia de corpo inteiro.

— O que está acabado, titio?

— Vamos! — disse ele, ofegante, apertando com força minha mão e me arrastando atrás de si. Mas ao longo de todo o caminho até o anexo, ele não disse uma palavra sequer e não me deixou falar. Eu esperava algo excepcional e por pouco não me enganei. Quando entramos no cômodo, ele começou a se sentir mal; estava pálido como um morto. Borrifei-o com água imediatamente. "Possivelmente aconteceu algo horrível", pensei, "para um homem desses desmaiar".

— Titio, o que o senhor tem? — perguntei, finalmente.

— Está tudo acabado, Serioja! Fomá me flagrou no jardim junto com Nástienka no preciso momento em que eu a beijava!

— Beijava! No jardim! — exclamei, olhando pasmo para o titio.

— No jardim, meu querido. Deus me colocou em tentação! Fui porque precisava vê-la sem falta. Queria dizer tudo a ela, tentar persuadi-la, no que dizia respeito a você, quero dizer. Ela ficou à minha espera por uma hora, lá, num banco quebrado, depois do lago... Ela sempre vai lá quando precisa falar comigo.

— Sempre, titio?

— Sempre, meu querido! Nos últimos tempos, nos encontramos lá quase todas as noites, sem exceção. Só que na certa eles nos espiaram, sei que nos espiaram, e sei que foi tudo coisa de Anna Nílovna. Paramos por um tempo; fazia uns quatro dias que não havia nada; mas hoje novamente foi necessário. Você mesmo viu qual foi a necessidade: se não assim, como eu haveria de dizer a ela? Fui na esperança de encontrá-la, e ela já estava lá sentada fazia uma hora, esperando por mim: também precisava me comunicar alguma coisa...

— Meu Deus, que imprudência! E o senhor sabia que estava sendo seguido?

— Mas era uma situação crítica, Serioja; era preciso dizer muita coisa um ao outro. Durante o dia eu não ouso nem olhar para ela: ela fica num canto, e eu fico de propósito olhando para o outro, como se nem notasse que ela existe no mundo. Mas de noite nos encontramos e conversamos à vontade...

— Mas e então, titio?

— Não tive tempo de dizer nem duas palavras, sabe? Meu coração palpitava, lágrimas brotavam dos olhos; comecei a tentar persuadi-la a se casar com você; mas ela me dizia: "Na certa o senhor não me ama, na certa o senhor não vê", e de repente lançou-se a mim, envolveu-me em seus braços, começou a chorar, a soluçar! Disse: "Eu amo apenas o senhor e não vou me casar com ninguém. Eu o amo há muito tempo,

mas também não vou me casar com o senhor: amanhã mesmo partirei para um monastério".

— Meu Deus! Será possível que ela tenha dito isso? Mas o que aconteceu depois, o que aconteceu depois, titio?

— Quando vi, diante de nós estava Fomá! E de onde ele surgira? Será que tinha ficado sentado atrás da moita, apenas aguardando aquele pecado?

— Canalha!

— Fiquei petrificado. Nástienka saiu correndo, e Fomá Fomitch passou por mim em silêncio, e ainda me ameaçou com o dedo. Você entende, Serguei, a chamada que vou levar amanhã?

— Mas como não entender?

— Você entende — exclamou ele, desesperado, saltando da cadeira —, você entende que eles querem arruiná-la, envergonhá-la, desonrá-la? Procuram um pretexto para cobri-la de desonra e com isso expulsá-la; e agora acharam um pretexto! Eles chegaram a dizer que ela mantinha relações infames comigo! Eles, canalhas, disseram que o mesmo acontecia com Vidopliássov! Isso tudo foi Anna Nílovna quem disse. Que será agora? Que será amanhã? Será que Fomá vai contar?

— Na certa vai contar, titio.

— Mas se contar, se contar mesmo... — falou ele, mordendo o lábio e cerrando os punhos. — Mas não, não creio! Ele não vai contar, ele vai entender... É um homem da mais incrível nobreza! Há de poupá-la...

— Não sei se vai poupar ou não — respondi em tom decidido —, mas de qualquer maneira é sua obrigação amanhã mesmo pedir a mão de Nastássia Ievgráfovna.

O titio olhou para mim, imóvel.

— O senhor entende, titio, que vai desonrar essa moça se toda essa história se espalhar? O senhor entende que precisa prevenir a desgraça o quanto antes; que o senhor tem de olhar todos nos olhos, com coragem e orgulho, fazer o pedido em público, cuspir nas razões que eles derem e reduzir Fomá a pó se ele abrir a boca contra ela?

— Meu amigo! — exclamou o titio. — Era nisso que eu pensava, vindo para cá!

— E está decidido?

— De maneira irrevogável! Já havia me decidido antes de começar a falar com você.

— Bravo, titio!

E corri para abraçá-lo.

Conversamos por muito tempo. Expus a ele todas as razões e a inegável necessidade de se casar com Nástienka, a qual, aliás, ele mesmo compreendia melhor que eu. Fiquei exaltado com minha eloquência. Estava feliz pelo titio. O dever o motivava, do contrário ele jamais teria se erguido. Ele venerava o dever, as obrigações. Mas, apesar de tudo, eu não entendia em absoluto como a questão poderia ser resolvida. Sabia e acreditava cegamente que o titio não renunciaria por nada a algo que considerara sua obrigação; mas não conseguia acreditar que ele teria forças para erguer-se contra as pessoas de sua casa. Por isso, fiz o meu melhor para incentivá-lo e direcioná-lo, trabalhando com todo o fervor da juventude.

— Ainda mais, ainda mais — disse eu — que agora está tudo decidido e suas últimas dúvidas desapareceram! Aconteceu aquilo que o senhor não esperava, embora na realidade já tivessem visto tudo isso e comentado previamente com o senhor: Nastássia Ievgráfovna o ama! Será que o senhor vai permitir — gritei eu — que esse amor puro se transforme para ela em vergonha e desonra?

— Nunca! Mas meu amigo, será que finalmente serei feliz assim? — exclamou o titio, precipitando-se a me abraçar. — E como foi que ela passou a me amar, pelo quê? Pelo quê? Parece-me que eu não tenho nada assim, tão... Sou um velho perto dela: eu nem esperava! Meu anjo, meu anjo!... Escute,

Serioja, agora há pouco você perguntou se eu não estava apaixonado por ela: já tinha alguma ideia?

— Só vi, titio, que o senhor a ama tanto quanto é possível amar alguém: ama, mas ao mesmo tempo não sabe disso. Perdão! O senhor me escreveu, queria me casar com ela unicamente para que se tornasse sua sobrinha e para tê-la sempre junto ao senhor...

— Mas você... você me perdoa, Serguei?

— Ora, titio!...

E novamente ele me abraçou.

— Veja, titio, tudo está contra o senhor: é preciso erguer-se contra todos, e não deve passar de amanhã.

— Sim... sim, amanhã! — repetiu ele, um tanto pensativo. — E, sabe? Devemos atacar essa questão com coragem, com verdadeira nobreza de alma, com força de caráter... Justamente, com força de caráter!

— Não tenha medo, titio!

— Não terei medo, Serioja! Uma coisa: não sei como começar, como iniciar tudo!

— Não pense nisso, titio. O dia de amanhã vai decidir tudo. Por hoje, fique tranquilo. Quanto mais o senhor pensar, pior. E se Fomá começar a falar, é expulsá-lo imediatamente de casa e reduzi-lo a pó.

— Mas será que não dá para não expulsá-lo? Meu querido, eu já decidi: amanhã mesmo vou vê-lo, antes do amanhecer, contarei tudo, assim como falei com você. Não é possível que não me entenda; ele é nobre, é o mais nobre dos homens! Mas algo me preocupa: e se hoje a mamãe tiver antecipado a Tatiana Ivánovna algo a respeito do pedido de amanhã? Isso seria muito ruim!

— Não se preocupe com Tatiana Ivánovna, titio.

E contei-lhe a cena no coreto com Obnóskin. O titio ficou extremamente perplexo. Não disse uma palavra sequer sobre Mizíntchikov.

— Uma figura fantasmagórica! Uma figura verdadeiramente fantasmagórica! — exclamou ele. — Pobrezinha! Eles se aproximam dela porque querem se aproveitar de sua simplicidade! Obnóskin, será possível? Mas se ele havia partido... Estranho, terrivelmente estranho! Estou pasmo, Serioja... Amanhã mesmo é preciso investigar isso e tomar medidas... Mas você tem certeza absoluta de que era Tatiana Ivánovna?

Respondi que, embora não tivesse visto o rosto, por certas razões tinha certeza absoluta de que era Tatiana Ivánovna.

— Hm! Não será um namorico com alguém da criadagem, e você pensou que era Tatiana Ivánovna? Não seria Dacha, a filha do jardineiro? É uma moça jeitosa! Já repararam nela, por isso que digo, já repararam! Anna Nílovna espiou... Mas não, por outro lado! Se ele disse que queria se casar... Estranho! Estranho!

Finalmente nos separamos. Abracei e abençoei o titio. "Amanhã, amanhã", repetia ele. "Tudo estará resolvido, antes de você se levantar, tudo estará resolvido. Irei ver Fomá e agirei com ele de modo cavalheiresco, revelarei tudo a ele, como a um irmão, todos os meandros do coração, toda a minha intimidade. Adeus, Serioja. Vá se deitar, você está cansado; já eu, na certa não vou conseguir cerrar o olho a noite toda."

Saiu. Deitei-me imediatamente, cansado e extenuado a não mais poder. O dia fora difícil. Meus nervos estavam abalados, e, antes de pegar de vez no sono, tive tremores e acordei diversas vezes. Mas, por mais estranhas que tivessem sido as impressões com que eu me recolhera para dormir, ainda assim sua estranheza não significaria quase nada diante da originalidade de meu despertar na manhã seguinte.

SEGUNDA E ÚLTIMA PARTE

I
A PERSEGUIÇÃO

Dormi pesadamente, sem sonhos. De repente, senti um peso de dez arrobas comprimindo minhas pernas. Acordei e dei um grito. Já era dia; o sol brilhava forte pelas janelas. Em minha cama, ou, melhor dizendo, sobre minhas pernas, estava sentado o senhor Bakhtchêiev.

Impossível duvidar: era ele. Livrando com dificuldade as pernas, soergui-me na cama e olhei para ele com a perplexidade e o ar estúpido de quem acaba de acordar.

— E ele ainda fica olhando! — exclamou o gorducho. — Mas por que fica me fitando desse jeito? Levante-se, *bátiuchka*, levante-se! Faz meia hora que estou tentando acordá-lo; esfregue seus olhos!

— Mas o que aconteceu? Que horas são?

— Ainda é cedo, *bátiuchka*, mas a nossa Fevrônia não esperou nem o amanhecer, escapuliu. Levante-se, vamos à perseguição!

— Que Fevrônia?[69]

— A nossa santinha! Escapuliu! Antes do amanhecer escapuliu! Vim vê-lo por um minuto, *bátiuchka*, apenas para acordá-lo, e acabei perdendo duas horas com você! Levante-se, *bátiuchka*, seu tio também está esperando pelo senhor. Isso bem no dia da festa! — acrescentou ele com certa irritação maldosa na voz.

---

[69] Aparente menção a Fevrônia e Pedro, santos populares russos, padroeiros da família e do casamento. (N. do T.)

— Mas de quem e de que o senhor está falando? — disse eu com impaciência, começando, porém, a tentar adivinhar. — Será de Tatiana Ivánovna?

— E de quem mais? Ela mesma! Eu disse, eu profetizei; não quiseram ouvir! Agora é assim que ela saúda a todos no dia da festa! É louca por namoricos, e agora encasquetou-se de vez com esses namoricos! Arre! E aquele, qual é aquele? O de barbicha?

— Será Mizíntchikov?

— Mas com mil diabos! Mas esfregue esses seus olhos, *bátiuchka*, e volte a si pelo menos um pouco, para a grande festa do Senhor! Pelo visto, ontem, já no jantar, você estava meio marejado, se agora ainda está sem rumo! Mas como, com Mizíntchikov? Foi com Obnóskin, não com Mizíntchikov. Ivan Ivánitch Mizíntchikov é um homem de boa conduta e agora está se preparando para sair conosco em perseguição.

— O que o senhor está dizendo? — exclamei, até me erguendo da cama num sobressalto. — Será possível, com Obnóskin?

— Arre, mas que homem aborrecido! — respondeu o gorducho, levantando-se do lugar. — Venho comunicar-lhe a surpresa, pensando se tratar de um homem instruído, e ele ainda duvida! Bem, *bátiuchka*, se quer ir conosco, então levante-se, enfie essas suas calças, porque eu não tenho nada que ficar batendo papo com você: já estou perdendo de qualquer maneira um tempo precioso com você!

E saiu, extremamente indignado.

Pasmo com a notícia, saltei da cama, vesti-me apressadamente e desci correndo. Pensando encontrar o titio em casa, onde, pelo visto, todos ainda dormiam e nada sabiam do que havia acontecido, subi com cuidado ao terraço principal e, no saguão, encontrei Nástienka. Estava vestida às pressas, numa espécie de penhoar matutino ou robe. Seus cabelos estavam em desordem: era visível que ela acabara de saltar da cama e parecia esperar por alguém no saguão.

— Diga-me, é verdade que Tatiana Ivánovna fugiu com Obnóskin? — perguntou ela apressadamente, com uma voz embargada, pálida e assustada.

— Dizem que é verdade. Estou procurando o titio; queremos sair em perseguição.

— Oh! Tragam-na, tragam-na depressa! Estará arruinada se vocês não a trouxerem de volta.

— Mas onde está o titio?

— Deve estar lá na estrebaria; estão preparando uma carruagem por lá. Eu o estava esperando aqui. Escute: diga-lhe por mim que quero partir hoje, sem falta; estou inteiramente decidida. Meu pai vem me buscar; estou partindo hoje, se for possível. Está tudo arruinado, agora! Tudo está perdido!

Ao dizer isso, ela olhava para mim como que perdida, e de repente desfez-se em lágrimas. Pelo visto, estava entrando em histeria.

— Acalme-se! — implorei a ela. — Tudo isso será para o melhor, a senhora verá... Mas o que há, Nastássia Ievgráfovna?

— Eu... Eu não sei... o que há comigo — disse ela, sufocando e apertando inconscientemente minhas mãos. — Diga a ele...

Nesse instante, ouviu-se um barulho à direita, atrás da porta.

Ela soltou minha mão e, assustada, sem concluir o que estava dizendo, saiu correndo escada acima.

Encontrei toda a companhia, isto é, o titio, Bakhtchêiev e Mizíntchikov, no pátio traseiro, perto da estrebaria. Bakhtchêiev atrelava cavalos descansados à carruagem. Tudo estava pronto para a partida: estavam apenas esperando por mim.

— Aí está ele! — gritou o titio quando apareci. — Ouviu, meu querido? — acrescentou, com uma expressão um tanto estranha no rosto.

Espanto, embaraço e, junto com tudo isso, certa esperança se expressavam em seu olhar, em sua voz e em seus movimentos. Ele tinha consciência de que acabara de acontecer uma reviravolta capital em seu destino.

Imediatamente, revelaram-me todos os detalhes. O senhor Bakhtchêiev, que tinha passado a pior das noites, saiu de sua casa, ao amanhecer, para chegar a tempo à missa matutina no monastério, que se encontrava a umas cinco verstas de sua vila. Bem no retorno que levava da estrada real ao mosteiro, ele de repente viu um *tarantás* passar voando, a toda a velocidade, e nesse *tarantás* estavam Tatiana Ivánovna e Obnóskin. Tatiana Ivánovna, banhada em lágrimas e como que assustada, gritou e estendeu as mãos para o senhor Bakhtchêiev, como se implorasse a ele que a defendesse; pelo menos era isso que se entendia de seu relato. "E aquele, o canalha, o de barbicha — acrescentou ele —, estava mais morto que vivo, tentava se esconder; mas se engana, meu querido, não vai conseguir se esconder!" Sem pensar por muito tempo, Stepan Aleksêievitch voltou novamente para a estrada e veio correndo para Stepántchikovo, acordou o titio, Mizíntchikov e, finalmente, a mim. Decidiram imediatamente lançar-se em perseguição.

— É Obnóskin, é Obnóskin... — disse o titio, olhando fixamente para mim, como que desejando dizer-me ao mesmo tempo alguma outra coisa. — Quem poderia esperar!

— Desse homem baixo sempre se pode esperar todo tipo de porcaria! — exclamou Mizíntchikov com a mais enérgica indignação e imediatamente virou-se, evitando meu olhar.

— E então, nós vamos ou não? Ou vamos ficar aqui parados até a noite, contando historinhas? — interrompeu o senhor Bakhtchêiev, trepando na carruagem.

— Vamos, vamos! — secundou o titio.

— Tudo será para o melhor, titio — sussurrei a ele. — O senhor está vendo como tudo agora se arranjou perfeitamente?

— Chega, meu querido, não vá pecar... Ah, meu amigo! Agora *ela* vai ser simplesmente expulsa, como punição pelas coisas não terem dado certo, você entende? Um horror, é isso que prevejo!

— E então, Iegor Ilitch, vamos cochichar ou ir? — exclamou mais uma vez o senhor Bakhtchêiev. — Ou é melhor deixar os cavalinhos para lá e mandar servir uns petiscos, o que o senhor acha? Não seria bom beber um pouquinho de vodca?

Aquelas palavras foram pronunciadas com um sarcasmo tão furioso que não havia possibilidade alguma de não satisfazer imediatamente a vontade do senhor Bakhtchêiev. Todos se sentaram depressa na carruagem, e os cavalos puseram-se a galopar.

Por algum tempo, ficamos todos em silêncio. O titio olhava para mim com um ar significativo, mas não queria falar comigo na frente de todos. Ficava constantemente pensativo, depois como que despertava, estremecia e olhava agitado ao redor. Mizíntchikov estava, pelo visto, calmo; fumava seu charuto e olhava para as coisas com a dignidade de um homem injustamente ofendido. Bakhtchêiev, porém, estava exaltado por todos. Ficava resmungando consigo mesmo, olhava para tudo e para todos com uma indignação resoluta, corava, resfolegava, cuspia sem cessar para o lado e não consiga de forma alguma acalmar-se.

— O senhor tem certeza, Stepan Aleksêitch, de que eles foram para Míchino? — perguntou de repente o titio. — Fica a vinte verstas daqui, meu querido — acrescentou ele, dirigindo-se a mim. — É uma pequena vila, com trinta almas; foi adquirida recentemente dos antigos proprietários por um ex-funcionário de província. Um vigarista como jamais se viu! Pelo menos é o que dizem dele; pode ser que erroneamente. Stepan Aleksêitch garante que Obnóskin foi justamente para lá e que esse funcionário o está ajudando agora.

— E como não? — exclamou Bakhtchêiev, todo agitado. — Estou dizendo que foram para Míchino. Só que agora em Míchino não deve ter mais nem sombra desse Obnóskin! Também, ficamos três horas tagarelando à toa no pátio!

— Não se preocupe — observou Mizíntchikov. — Vamos pegá-los.

— Sim, vamos pegá-los! Na certa ele vai ficar esperando. Está com a faca e o queijo na mão, era uma vez!

— Acalme-se, Stepan Aleksêitch, acalme-se, vamos alcançá-los — disse o titio. — Ainda não tiveram tempo de fazer nada, você vai ver.

— Não tiveram tempo! — repetiu com maldade o senhor Bakhtchêiev. — O que é que ela não vai ter tempo de fazer, mesmo sendo calminha?! "É calminha", dizem, "é tão calminha!" — acrescentou ele com uma voz fininha, como que arremedando alguém. — "Passou por muita desgraça." E agora ela deu no pé, a pobre coitada! E agora é ficar correndo atrás dela pela estrada real, como loucos, ao romper do dia! Não deixam nem um homem rezar no dia da festa do Senhor. Arre!

— Mas por outro lado ela não é menor de idade — observei. — Não está sob a tutela de ninguém. Não se pode trazê-la de volta se ela mesma não quiser. Como faremos?

— É claro — respondeu o titio. — Mas ela vai querer. Garanto. Isso agora ela só fez por fazer... Assim que nos vir, vai voltar imediatamente, respondo por isso. Não se pode abandoná-la à própria sorte assim, meu querido, sacrificá-la; é um dever, por assim dizer...

— Não está sob a tutela de ninguém! — gritou Bakhtchêiev, lançando-se imediatamente contra mim. — Ela é uma

besta, *bátiuchka*, uma besta quadrada, estando sob tutela ou não. Nem quis falar a você sobre ela ontem, mas outro dia eu entrei por engano no quarto dela: olhei, e lá estava, sozinha, na frente do espelho, com as mãos na cintura, dançando a *écossaise*! E precisa ver como estava empetecada: uma figura, simplesmente uma figura! Cuspi e fui embora. Naquele mesmo momento já previ tudo, estava escrito!

— Mas por que acusá-la assim? — observei com certo acanhamento. — É sabido que Tatiana Ivánovna... não goza de plena saúde... ou, melhor dizendo, ela tem essa mania... Creio que o único culpado é Obnóskin, não ela.

— Não goza de plena saúde! Mas deem um jeito nele! — secundou o gorducho, todo vermelho de raiva. — Parece que jurou encolerizar os outros! Desde ontem fez esse juramento! Ela é uma besta, meu pai, repito, uma besta sem tamanho, gozando ou não de plena saúde; desde a infância é louca por cupidos! E agora essa de cupido foi até as últimas circunstâncias. Desse aí com a barbicha, então, nem se fala! Na certa agora ele vai andar por aí esbanjando, sem medo, *tlin-tlin-tlin*, e ainda vai rir.

— Mas o senhor realmente pensa que ele vai largá-la de imediato?

— E como não? E ele vai ficar arrastando por aí um tesouro desses? E para que precisa dela? Vai é arrancá-la e depois deixá-la plantada em algum lugar, debaixo de um arbusto qualquer, na estrada, e lá se vai; enquanto isso, ela vai ficar sentadinha debaixo do arbusto, cheirando florzinhas!

— Mas você ficou muito exaltado, Stepan, não vai ser nada disso! — exclamou o titio. — Aliás, por que é que ficou tão irritado? Fico surpreso com você, Stepan, por que se importa tanto?

— Sou um homem ou não sou? É que fico com raiva; mesmo de fora fico com raiva. Digo isso é pelo bem... Ora, para o inferno com tudo isso! Mas para que é que eu vim para cá? Para que é que eu fui me desviar? Que tenho eu com isso? Que tenho eu com isso?

E assim se queixava o senhor Bakhtchêiev; mas eu já não ouvia, e pensava naquela que então perseguíamos: Tatiana Ivánovna. Eis uma breve biografia sua, que foi composta por mim posteriormente, de acordo com as fontes mais fidedignas, e que é imprescindível para o esclarecimento de suas aventuras. Uma pobre criança órfã, que crescera numa casa estranha e pouco acolhedora; depois, uma pobre moça; depois, uma pobre donzela; e, finalmente, uma donzela passada da idade, Tatiana Ivánovna, em toda a sua pobre vida, bebera de um cálice cheio, até a borda, de desgraça, solidão, humilhação, repreensão, e experimentara toda a amargura de comer o pão alheio. Por sua natureza alegre, suscetível no mais alto grau e leviana, no princípio, com alguma dificuldade, ela suportava seu fado amargo e até conseguia, vez por outra, rir da maneira mais alegre e despreocupada; mas com os anos, o destino finalmente cobrou seu quinhão. Pouco a pouco, Tatiana Ivánovna começou a ficar amarelada, a emagrecer, tornou-se irritadiça, suscetível de um modo doentio, e acabou caindo na mais ilimitada e infinita contemplatividade, constantemente interrompida por lágrimas histéricas e soluços convulsos. Quanto menos bens terrenos a realidade lhe legava, mais ela seduzia e consolava a si mesma com a imaginação. Quanto mais certo, quanto mais irremediável era o desaparecer de suas últimas e mais vitais esperanças — que acabaram finalmente desaparecendo —, mais arrebatadores eram seus sonhos, que no entanto nunca se realizavam. Riquezas sem precedentes, uma beleza imorredoura, noivos elegantes, ricos, nobres, todos príncipes e filhos de generais, que guardavam para ela seus corações numa pureza virginal e que morriam a seus pés por um amor sem limites, e finalmente *ele*; *ele*, um ideal de beleza, que reunia em si todas as qualidades possíveis, apaixonado e amoroso, um artista, um poeta, o filho de um general, tudo isso, ao mesmo tempo ou alternadamente, começou a aparecer-lhe não apenas em sonho, mas até mesmo quase de olhos abertos. Seu juízo já começava a fraquejar e não aguentar as doses desse ópio de incessantes sonhos secretos... E de repente o destino zombou dela definitivamente. Quando se encontrava no mais alto grau de humilhação, em meio à realidade mais triste e mais esmagadora para seu coração, trabalhando como dama de companhia na casa da senhora mais rabugenta do mundo, uma velha desdentada; quando era culpada de tudo, e lhe esfregavam na cara cada pedaço de pão, cada trapo surrado; quando era ofendida pelo primeiro que quisesse, e ninguém a defendia; extenuada por sua malfadada vida mas, consigo mesma, imersa no conforto das mais insanas e inflamadas fantasias; ela de repente recebeu a notícia da morte de um parente distante (a respeito do qual, por insensatez sua, nunca se informara), que há tempos perdera as pessoas mais próximas, um homem estranho, que vivia como ermitão, em algum fim de mundo, solitário, sombrio, discreto, e que se dedicava à frenologia e à usura. E eis que de repente uma imensa fortuna, como que por milagre, caiu do céu aos pés de Tatiana Ivánovna, uma mina de ouro: revelou-se que ela era a única herdeira legal do falecido parente. Cem mil rublos em prata ficaram para ela de uma vez. Tal zombaria do destino deu cabo dela definitivamente. Realmente, como poderia uma pessoa de juízo já enfraquecido de qualquer maneira não acreditar em seus sonhos quando eles realmente começaram a tornar-se verdade? E então a pobrezinha definitivamente deu adeus à última gotinha de bom senso que lhe restara. Morta de alegria, ela se deixou levar, irremediavelmente, para seu mundo encantador de fantasias impossíveis e de sedutores fantasmas. À revelia de todas as reflexões, de todas as dúvidas, de todos os obstáculos da realidade e de todas as suas leis, inevitáveis e óbvias como dois e dois são quatro!

Seus trinta e cinco anos e o sonho de uma beleza ofuscante, o triste frio do outono e todo o encanto do infinito deleite do amor: tudo isso convivia em seu ser quase sem conflito. Sonhos já haviam se realizado uma vez na vida: por que todos não haveriam de se tornar verdade? Por que *ele* não haveria de aparecer? Tatiana Ivánovna não raciocinava, ela acreditava. Mas à espera *dele*, do ideal, noivos e cavaleiros de diversas ordens, mas também simples cavaleiros, militares e civis, do exército ou da cavalaria, magnatas ou simples poetas, os que estiveram em Paris e os que estiveram apenas em Moscou, os de barba e os sem barba, os de cavanhaque e os sem cavanhaque, os espanhóis e os não espanhóis (mas de preferência os espanhóis), começaram a aparecer-lhe dia e noite numa quantidade assustadora, e que provocava nos observadores um sério receio; estava a um passo do hospício. Todos esses belos fantasmas amontoavam-se ao redor dela, formando uma fila brilhante e extasiada. De olhos abertos, na vida real, tudo acontecia na mesma ordem fantástica: para quem quer que ela olhasse, a pessoa se apaixonava; quem quer que passasse por ela era um espanhol; quem quer que tivesse morrido, fora por amor a ela. E como que de propósito, tudo isso começou a se confirmar a seus olhos pelo fato de que realmente começaram a correr atrás dela pessoas como, por exemplo, Obnóskin, Mizíntchikov e dezenas de outros com os mesmos objetivos. De repente, todos começaram a agradá-la, começaram a mimá-la, a adulá-la. A pobre Tatiana Ivánovna sequer queria suspeitar que tudo isso era por dinheiro. Tinha plena certeza de que alguém dera um sinal e todas as pessoas de repente haviam se corrigido e se tornado, da primeira à última, alegres, gentis, carinhosas, bondosas. *Ele* ainda não aparecera de modo patente; mas, embora não houvesse dúvida de que *ele* apareceria, mesmo assim a vida atual era tão boa, tão atraente e cheia de todo tipo de diversões e passatempos, que era até possível esperar. Tatiana Ivánovna comia doces, colhia as flores do prazer, lia romances. Os romances inflamavam ainda mais sua imaginação, mas eram largados geralmente na segunda página. Ela não suportava mais a leitura, arrastada para os sonhos pelas primeiríssimas linhas, pelas mais insignificantes sugestões de amor, às vezes uma mera descrição de um local, um cômodo, uma *toilette*. Traziam-lhe sem cessar novos trajes, rendas, chapéus, coifas, fitas, desenhos, moldes, bordados, doces, flores, cãezinhos. Três moças passavam dias inteiros no quarto das servas costurando, enquanto a senhora ficava da manhã à noite, às vezes até a madrugada, provando seus corpetes e seus babados e dando voltas na frente do espelho. Ela chegou até mesmo a emagrecer e a ficar mais bonita depois da herança. Até hoje não sei qual era seu grau de parentesco com o falecido general Krakhótkin. Sempre tive certeza de que esses laços eram invenções da generala, que desejava apoderar-se de Tatiana Ivánovna e casá-la a qualquer custo com o titio, por conta de seu dinheiro. O senhor Bakhtchêiev tinha razão ao falar dos cupidos que a levaram às últimas circunstâncias; mas o pensamento do titio, após a notícia de sua fuga com Obnóskin, de correr atrás dela e de trazê-la de volta, nem que fosse à força, era o mais racional. A pobrezinha era incapaz de viver sem a tutela de alguém e estaria imediatamente arruinada se caísse nas mãos de pessoas más.

Passava das nove quando chegamos em Míchino. Era uma aldeola pequena e pobre, a umas três verstas da estrada real e localizada numa espécie de depressão. Seis ou sete isbás camponesas, cobertas de fuligem, caídas para um lado e mal cobertas por uma palha enegrecida, olhavam para os transeuntes com certo ar tristonho e pouco convidativo. Num raio de um quarto de versta, não havia um jardinzinho sequer, um arbusto sequer. Apenas um velho salgueiro pendia sonolento sobre o charco esverdeado que chamavam de lago. Era pouco provável que uma casa nova como aquela pudesse produzir uma impressão aconchegante em Tatiana Ivánovna. A casa senhorial era composta por uma estrutura nova, longa e estreita, com seis janelas seguidas e coberta às pressas com palha. O funcionário que era dono do lugar havia pouco começara a administrá-lo. O pátio sequer fora limitado por uma cerca, e apenas de um dos lados tinham começado uma nova sebe, da qual ainda não haviam tido tempo de retirar as folhas secas de nogueira. Junto à sebe estava o *tarantás* de Obnóskin. Precipitamo-nos sobre os culpados como um raio. De uma janela aberta, ouviam-se gritos e um choro.

Um menino descalço, que se deparou conosco no saguão, fugiu correndo de nós em desabalada carreira. Já no primeiro cômodo, num longo sofá "turco" de chita, sem encosto, estava instalada Tatiana Ivánovna, chorando. Ao nos ver, ela deu um gritinho e cobriu o rosto com suas mãozinhas. Ao seu lado estava Obnóskin, de pé, tão assustado e constrangido que dava pena. Estava a tal ponto desorientado, que correu para apertar nossas mãos, como que contente com nossa chegada. Por uma porta entreaberta, que dava para outro cômodo, via-se um vestido feminino: alguém ouvia e observava às ocultas, por uma fresta que nos era imperceptível. Os donos da casa não apareceram: pelo visto nem estavam em casa; todos haviam se escondido em algum lugar.

— Aí está ela, a viajante! E ainda cobre o rosto! — exclamou o senhor Bakhtchêiev, irrompendo atrás de nós no cômodo.

— Contenha seu êxtase, Stepan Aleksêitch! Isso é indecente, afinal. O único que tem o direito de falar agora é Iegor Ilitch, nós somos completos estranhos aqui — observou bruscamente Mizíntchikov.

O titio, lançando um olhar severo para o senhor Bakhtchêiev e como que sem tomar conhecimento algum de Obnóskin, que se dirigira a ele com a intenção de apertar-lhe a mão, aproximou-se de Tatiana Ivánovna, que ainda cobria o rosto com as mãos, e, com a voz mais suave, com a mais autêntica empatia, disse a ela:

— Tatiana Ivánovna! Todos nós a amamos e respeitamos tanto, que viemos pessoalmente saber suas intenções. A senhora gostaria de voltar conosco a Stepántchikovo? Hoje é o dia do santo de Iliucha. Minha mãezinha a espera com impaciência, e Sáchurka e Nástia na certa choraram por você a manhã inteira...

Tatiana Ivánovna levantou de leve a cabeça, timidamente, olhou para ele por entre os dedos e de repente, desfazendo-se em lágrimas, lançou-se para abraçá-lo.

— Ah, leve-me, leve-me depressa daqui! — disse ela, soluçando. — Depressa, o mais depressa possível!

— Foge galopando e agora se acovarda! — sibilou Bakhtchêiev, empurrando-me pelo braço.

— Isso significa que está tudo acabado — disse o titio, dirigindo-se em tom seco a Obnóskin e quase sem olhar para ele. — Tatiana Ivánovna, dê-me sua mão, por favor. Vamos!

Atrás das portas ouviu-se um rumor; a porta rangeu e entreabriu-se um pouco mais.

— No entanto, se julgarmos por um outro ponto de vista — observou Obnóskin com inquietação, olhando para a porta entreaberta —, julgue o senhor mesmo, Iegor Ilitch... Sua atitude em minha casa... e enfim, eu o cumprimento e o senhor sequer quis me saudar, Iegor Ilitch...

— Sua atitude em *minha* casa, meu senhor, é que foi uma atitude indecente — respondeu o titio, olhando severamente para Obnóskin. — E esta nem é sua casa. O senhor ouviu: Tatiana Ivánovna não quer permanecer aqui um minuto sequer. De que mais o senhor precisa? Nem uma palavra mais, está ouvindo? Nem uma palavra mais, peço-lhe! Desejo de todas as maneiras evitar maiores entreveros, e para o senhor mesmo isso será mais vantajoso.

Mas então Obnóskin ficou a tal ponto desanimado, que começou a soltar os mais inesperados disparates.

— Não desdenhe de mim, Iegor Ilitch — começou ele, quase sussurrando, por pouco não chorando de vergonha e mirando a todo instante a porta, certamente por receio de que o ouvissem de lá. — Isto tudo não é coisa minha, mas de minha mãe. Não foi por interesse que fiz isso, Iegor Ilitch; fiz só por fazer; é claro que fiz também por interesse, Iegor Ilitch... Mas fiz isso com um objetivo nobre, Iegor Ilitch: eu empregaria o capital com um bom proveito, meu senhor... Eu ajudaria os pobres. Também queria contribuir para o avanço da educação contemporânea e sonhava em instituir uma bolsa na universidade... Era esse o uso que eu queria dar à minha fortuna, Iegor Ilitch; não era por qualquer coisa, Iegor Ilitch...

Todos nós de repente ficamos extremamente envergonhados. Até Mizíntchikov corou e virou-se, e o titio ficou tão constrangido, que nem sabia o que dizer.

— Mas basta, basta! — disse ele afinal. — Acalme-se, Pável Semiônitch. O que fazer?! Acontece com qualquer um... Se você quiser, venha almoçar conosco, meu querido... Já eu estou contente, estou contente...

Mas o senhor Bakhtchêiev não agiu da mesma maneira.

— Instituir uma bolsa! — urrou ele enfurecido. — É bem o tipo que funda coisas, mesmo! Na certa arrancaria tudo que pudesse do primeiro que passasse... Não tem nem calças, mas quer se enfiar em não sei que bolsa! Ah, seu rebotalho, seu rebotalho! E ainda conseguiu conquistar um coração terno! E onde está ela, a sua mãezinha? Está escondida? Não serei eu se ela não estiver lá em algum lugar, sentada atrás do biombo, ou se enfiou debaixo da cama com medo...

— Stepan, Stepan!... — exclamou o titio.

Obnóskin enrubesceu e estava prestes a protestar; mas antes que ele pudesse abrir a boca, a porta se abriu e a própria Anfissa Petrovna, exasperada, com os olhos faiscando, vermelha de raiva, entrou correndo no quarto.

— O que é isso? — exclamou ela. — O que é que está acontecendo aqui? O senhor, Iegor Ilitch, irrompe com sua tropa numa casa nobre, assustando as senhoras, dando ordens!... Mas que aparência isso tem? Ainda não perdi o juízo, Iegor Ilitch, graças a Deus! E você, seu bronco! — prosseguiu ela, vociferando, lançando-se contra o filho. — Já começou a choramingar na frente deles! Cometem uma ofensa contra sua mãe em sua própria casa e você fica aí de boca aberta! Que jovem decente você vai ser depois desta? Você é um trapo, não um jovem, depois desta!

Nem a cerimônia, nem a janotice do dia anterior, nem mesmo o lornhão: não havia agora nada daquilo em Anfissa Petrovna. Era uma verdadeira fúria, uma fúria sem máscara.

Mal se deparou com ela, o titio correu a segurar Tatiana Ivánovna pelo braço e fez menção de precipitar-se para fora do cômodo; mas Anfissa Petrovna imediatamente cortou-lhe o caminho.

— O senhor não vai sair assim, Iegor Ilitch! — matraqueou ela novamente. — Com que direito o senhor leva Tatiana Ivánovna embora à força? O senhor está aborrecido porque ela se desvencilhou de suas teias infames, com as quais o senhor tinha conseguido enredá-la, junto com sua mãezinha e com o tolo Fomá Fomitch! O senhor mesmo queria casar-se por seu interesse infame. O senhor que me desculpe, mas aqui se pensa de maneira mais nobre! Tatiana Ivánovna, vendo que em sua casa tramavam contra ela, que queriam arruiná-la, confiou-se por contra própria a Pávlucha. Ela mesma pediu a ele para, por assim dizer, salvá-la de suas teias; ela foi forçada a fugir de sua casa de madrugada, veja só o senhor! Veja a que ponto o senhor a levou! Não é mesmo, Tatiana Ivánovna? Se for assim, como o se-

nhor ousa irromper com toda essa corja numa casa distinta e nobre e levar à força uma nobre donzela, a despeito de seus gritos e lágrimas? Eu não permitirei! Não permitirei! Não estou louca!... Tatiana Ivánovna ficará, porque é isso que ela quer! Vamos, Tatiana Ivánovna, não há por que ficar ouvindo essas pessoas: eles são seus inimigos, não seus amigos! Não se acanhe, vamos! Vou botá-los para fora imediatamente!...

— Não, não! — exclamou Tatiana Ivánovna, assustada. — Eu não quero, não quero! Que espécie de marido seria ele? Não quero me casar com o seu filho! Que espécie de marido ele seria para mim?

— Não quer? — disse Anfissa Petrovna, num grito, resfolegando de raiva. — Não quer? Veio para cá, mas não quer? Mas nesse caso, como foi que a senhora ousou nos enganar? Nesse caso, como foi que a senhora ousou prometer a ele, fugir com ele de madrugada, oferecer-se por conta própria, deixar-nos perplexos, fazer despesas? Talvez meu filho tenha perdido bons partidos por sua causa!... Talvez ele tenha perdido um dote de dezenas de milhares por sua causa!... Não, senhora! Vai pagar, a senhora agora deve pagar; temos provas: a senhora fugiu de madrugada...

Mas não ouvimos aquele discurso até o final. Todos nós nos agrupamos de uma só vez em torno do titio, avançamos na direção de Anfissa Petrovna e saímos para o terraço. A carruagem foi trazida imediatamente.

— Isso só pode ser coisa de pessoas desonradas, de canalhas! — gritava Anfissa Petrovna do terraço, em completo delírio. — Vou dar queixa! Vão pagar... A senhora vai para o manicômio, Tatiana Ivánovna! A senhora não pode se casar com Iegor Ilitch; ele mantém a governanta como sua concubina, debaixo do seu nariz!...

O titio estremeceu, empalideceu, mordeu o lábio e precipitou-se a acomodar Tatiana Ivánovna na carruagem. Eu fora até o outro lado do carro e esperava minha vez de entrar, quando de repente ao meu lado surgiu Obnóskin, pegando-me pela mão.

— Pelo menos deixe-me procurar a sua amizade! — disse ele, apertando minha mão com força e com uma expressão um tanto desesperada no rosto.

— Como assim, amizade? — disse eu, colocando o pé no estribo da carruagem.

— Pois sim, meu senhor! Ontem mesmo distingui no senhor um homem dos mais educados. Não me julgue... Foi realmente minha mãezinha que me instigou, eu quase não estava a par de nada. Sou mais inclinado à literatura, garanto ao senhor; isso tudo é coisa de minha mãe...

— Acredito, acredito — disse eu. — Adeus!

Sentamo-nos, e os cavalos saíram galopando. Os gritos e as imprecações de Anfissa Petrovna ainda por muito tempo ressoaram às nossas costas, e de todas as janelas da casa de repente assomaram diversos rostos desconhecidos, olhando para nós com uma curiosidade selvagem.

Na carruagem, estávamos agora nós cinco; mas Mizíntchikov acomodara-se na boleia, dando seu antigo lugar ao senhor Bakhtchêiev, que agora tinha de se sentar bem na frente de Tatiana Ivánovna. Tatiana Ivánovna estava muito satisfeita pelo fato de que a levávamos embora, mas ainda chorava. O titio tentava consolá-la como podia. Ele mesmo estava triste e pensativo: era nítido que as palavras enfurecidas de Anfissa Petrovna a respeito de Nástienka haviam calado pesada e dolorosamente em seu coração. Nosso caminho de volta, porém, teria terminado sem quaisquer inquietações se não estivesse conosco o senhor Bakhtchêiev.

Sentado de frente para Tatiana Ivánovna, ele parecia estar fora de si; não conseguia olhar com indiferença; remexia-se em seu lugar, estava vermelho como um pimentão e revirava os olhos de maneira estranha; especialmente quando o titio começou a consolar Tatiana Ivánovna, o gorducho perdeu definitivamente a razão e começou a rosnar como um buldogue que fora atiçado. O titio olhava para ele com receio. Finalmente, Tatiana Ivánovna, percebendo a disposição de espírito do homem que estava sentado à sua frente, começou a fitá-lo fixamente; depois, olhou para nós sorrindo, e de repente, pegando sua sombrinha, bateu graciosamente com ela, de leve, no ombro do senhor Bakhtchêiev.

— Louco! — falou ela com a mais encantadora brejeirice, imediatamente escondendo-se atrás do leque.

Aquela travessura foi a gota d'água.

— O quê-ê-ê? — berrou o gorducho. — O que é isso, madame? Até a mim quer pegar?!

— Louco! Louco! — repetia Tatiana Ivánovna, e de repente começou a gargalhar e a bater palmas.

— Pare! — gritou Bakhtchêiev para o cocheiro. — Pare!

Paramos. Bakhtchêiev abriu a portinhola e começou a descer apressadamente da carruagem.

— Mas o que você tem, Stepan Aleksêitch? Aonde vai? — exclamou o titio, admirado.

— Não, para mim chega! — respondeu o gorducho, tremendo de indignação. — Para o inferno com tudo isso! Estou velho, madame, para virem com namoricos para cima de mim. Prefiro morrer na estrada real, minha querida! Adeus, madame, *coman-vu-portê-vu*![70]

E de fato ele saiu andando. A carruagem seguia-o vagarosamente.

— Stepan Aleksêitch! — gritava o titio, perdendo finalmente a paciência. — Deixe de bobagens, basta, entre! Está na hora de ir para casa!

— Não me amolem! — falou Stepan Aleksêitch, resfo-

---

[70] Em francês russificado, no original: "como vai o senhor". (N. do T.)

legando por conta da caminhada, já que, devido a sua obesidade, desacostumara-se completamente de caminhar.

— Vamos a toda brida! — gritou Mizíntchikov ao cocheiro.

— O que é isso, o que é isso, parem!... — exclamou o titio, mas a carruagem já partira à toda. Mizíntchikov não se enganara: rapidamente colhemos os frutos desejados.

— Pare! Pare! — ouviu-se atrás de nós um clamor desesperado. — Pare, seu bandido! Pare, seu facínora duma figa!...

O gorducho finalmente apareceu, cansado, quase sem fôlego, com gotas de suor na testa, desatando a gravata e tirando o chapéu. Subiu na carruagem, em silêncio e carrancudo, e dessa vez cedi-lhe meu lugar; pelo menos ele não se sentaria de frente para Tatiana Ivánovna, que ao longo de toda aquela cena, rolara de rir e batera palmas, e, ao longo de todo o resto do caminho, não conseguiu olhar com indiferença para Stepan Aleksêievitch. Ele, de sua parte, não proferiu uma palavra sequer até a casa, e ficou olhando obstinadamente para o girar das rodas da carruagem.

Já era meio-dia quando retornamos a Stepántchikovo. Fui direto para meu anexo, onde Gavrila apareceu prontamente com o chá. Queria logo inquirir o velhinho, mas quase atrás dele entrou o titio, que o dispensou imediatamente.

II
NOVIDADES

— Vim vê-lo por um minutinho, meu querido — começou ele, apressado. — Vim correndo lhe contar... Já me informei a respeito de tudo. Nenhum deles sequer foi à missa hoje, exceto por Iliucha, Sacha e Nástienka. Estão dizendo que minha mãezinha teve até convulsões. Queriam massageá-la, mas só conseguiram massageá-la à força. Agora devemos ir ver Fomá, estão me chamando também. Só não sei se devo ou não cumprimentar Fomá pelo dia do santo, é uma questão importante! E, finalmente, como é que eles vão reagir a todo esse incidente? Será um horror, Serioja, já estou pressentindo...

— Pelo contrário, titio — apressei-me a dizer, por minha vez. — Tudo está se arranjando de uma maneira magnífica. Porque agora o senhor não pode de modo algum se casar com Tatiana Ivánovna; só isso, quanto não vale?! Queria explicar isso ao senhor ainda no caminho.

— Pois é, pois é, meu amigo. Mas essa não é a questão; é claro que em tudo isso há o dedo de Deus, como você está dizendo; mas não é disso que quero falar... Pobre Tatiana Ivánovna! Mas que incidentes não acontecem com ela!... Um canalha, um canalha, esse Obnóskin! Mas também, o que é que eu estou dizendo, "canalha"? Não era o mesmo que eu queria fazer, casando-me com ela?... Mas, aliás, não era disso que eu queria falar... Você ouviu o que gritou aquela tratante, Anfissa, a respeito de Nástia?

— Ouvi, titio. Agora o senhor entendeu que é preciso apressar-se?

— Sem dúvida, e custe o que custar! — respondeu o titio. — É chegado o momento solene. Nós dois só não pensamos em uma coisa ontem, meu querido, e depois eu passei a noite toda pensando: será que ela vai querer se casar comigo? Essa é a questão.

— Tenha dó, titio! Se ela mesma disse que o ama...

— Mas, meu amigo, ela mesma acrescentou que "por nada se casaria com o senhor".

— Ora, titio! Isso é coisa que se diz por dizer; além disso, as circunstâncias hoje não são as mesmas.

— Você acha? Não, meu querido Serguei, é uma questão delicada, terrivelmente delicada! Hm!... Mas sabe? Mesmo eu andando triste, de noite parece que uma alegria me invade o peito!... Bem, adeus, tenho que correr. Estão me esperando; já estou atrasado. Só dei uma passada rápida para trocar uma palavrinha com você. Ah, meu Deus! — exclamou ele, voltando. — Esqueci o mais importante! Você sabe? Eu escrevi para ele, para Fomá!

— Quando?

— De madrugada; antes de amanhecer enviei a carta por Vidopliássov. Revelei tudo, meu querido, em duas folhas, contei tudo, de modo sincero e franco; resumindo, que devo, quer dizer, que devo imediatamente — entende? — fazer o pedido a Nástienka. Supliquei a ele que não espalhasse sobre o encontro no jardim e apelei para toda a nobreza de sua alma para me ajudar junto à mamãe. É claro que escrevi mal, meu querido, mas escrevi com todo o meu coração, vertendo lágrimas sobre ela, por assim dizer...

— E então? Nenhuma resposta?

— Por enquanto não; apenas agora há pouco, quando nos preparávamos para a perseguição, encontrei-o no saguão, com roupas de dormir, de chinelos e gorrinho — ele dorme de gorrinho —, estava saindo para algum lugar. Não disse uma palavra sequer, nem olhou para mim. Dei uma espiada em seu rosto, assim, por debaixo, e nada!

— Titio, não conte com ele: vai prejudicá-lo.

— Não, não, meu querido, não diga isso! — exclamou o titio, fazendo um gesto com a mão. — Tenho certeza. Além disso, essa é minha última esperança. Ele entenderá; dará valor. É rabugento, caprichoso, não vou discutir; mas quando se trata da mais alta nobreza, aí ele brilha como uma pérola... justamente, como uma pérola. Você diz tudo isso, Serguei, porque ainda não o viu no alto de sua nobreza... Mas, meu Deus! Se ele realmente espalhar o segredo de ontem, então... Já nem sei o que será, Serguei! Sobrará alguma coisa em que se possa crer no mundo? Mas não, ele não pode ser um canalha como esses. Não valho a sola do sapato dele! Não abane a cabeça, meu querido: é verdade, não valho!

— Iegor Ilitch! Sua mãezinha está preocupada com o senhor — ouviu-se baixo a voz desagradável da dama Perepelítsina, que certamente conseguira ouvir pela janela aberta toda a nossa conversa. — Estão procurando pelo senhor em toda a casa e não conseguem achá-lo.

— Meu Deus, estou atrasado! Que desgraça! — alarmou-se o titio. — Meu amigo, em nome de Cristo, vista-se e vá para lá! Foi para isso mesmo que vim correndo vê-lo, para irmos juntos... Já estou indo, estou indo, Anna Nílovna, estou indo!

Fiquei sozinho e lembrei-me de meu encontro, de pouco tempo atrás, com Nástienka. Fiquei feliz por não ter falado dele com o titio: eu o teria frustrado ainda mais. Previa uma grande ameaça e não conseguia imaginar de que modo o titio poderia resolver suas questões e pedir a mão de Nástienka. Repito: apesar de crer totalmente em sua nobreza, a contragosto duvidava de seu êxito.

Porém, era preciso ter pressa. Considerei minha obrigação ajudá-lo e imediatamente comecei a me vestir; mas, por mais que eu me apressasse, desejando me vestir o melhor possível, me retardei. Mizíntchikov entrou.

— Vim buscá-lo — disse ele. — Iegor Ilitch pede que venha imediatamente.

— Vamos!

Eu estava pronto. Fomos.

— O que há de novo por lá? — perguntei no caminho.

— Estão todos reunidos, com Fomá — respondeu Mizíntchikov. — Fomá não está fazendo dos seus caprichos, está um tanto pensativo, falando pouco, resmungando consigo mesmo. Até beijou Iliucha, o que levou Iegor Ilitch ao êxtase, é evidente. Ainda há pouco mandou avisar, por Perepelítsina, que não queria que o cumprimentassem pelo dia do santo e que só queria nos pôr à prova... A velhinha ainda está fungando seus unguentos, mas tranquilizou-se, porque Fomá está tranquilo. Ninguém falou uma palavra de nossa história, como se ela sequer tivesse acontecido; estão calados, porque Fomá está calado. Ele não deixou ninguém vê-lo a manhã inteira, embora a velhinha, agora há pouco, antes de chegarmos, tenha pedido em nome de todos os santos que a deixasse entrar para conferenciar com ele; quase arrombou a porta; mas ele se trancou e respondeu que estava rezando pela espécie humana ou algo do tipo. Está tramando algo: nota-se pela cara dele. Mas como Iegor Ilitch não está em condições de julgar nada pela cara do outro, encontra-se agora plenamente extasiado pela docilidade de Fomá Fomitch: é uma verdadeira criança! Iliucha preparou uns versinhos, e me mandaram vir buscá-lo.

— E Tatiana Ivánovna?

— O que tem Tatiana Ivánovna?

— Ela está lá? Com eles?

— Não, ela está em seu quarto — respondeu em tom

seco Mizíntchikov. — Está descansando e chorando. Talvez esteja com vergonha. Parece que essa... preceptora está com ela agora. O que é isso? Pelo jeito vai cair uma tempestade. Olhe só para o céu!

— Parece que vem tempestade — respondi, olhando para uma nuvem de bordas enegrecidas no céu.

Nesse momento, subíamos em direção ao terraço.

— Mas confesse: que tipo é esse Obnóskin, hein? — continuei, incapaz de arrastar Mizíntchikov para aquele assunto.

— Nem me fale dele! Nem me lembre desse canalha! — exclamou ele, parando de repente, corando e batendo o pé. — Um tolo! Um tolo! Arruinar uma coisa magnífica como essa, uma ideia brilhante! Escute: é claro que sou um asno por ter deixado passar suas trapaças, confesso solenemente, e talvez fosse exatamente essa a confissão que o senhor queria ouvir. Mas juro ao senhor que, se ele tivesse conseguido arranjar tudo isso da maneira correta, talvez eu até o perdoasse! Um tolo, um tolo! E como podem manter, como podem aguentar pessoas como essa em sociedade?! Como não as mandam para a Sibéria, para um assentamento, para um campo de trabalho forçado?! Mas se enganam! Não são mais espertos que eu! Agora pelo menos tenho a experiência, e ainda competiremos. Estou com uma nova ideia na cabeça... O senhor há de concordar: será que se deve perder seu quinhão só porque um tolo qualquer vindo de fora roubou sua ideia e não soube executar a tarefa? Mas isso é injusto! E afinal, essa Tatiana precisa se casar; este é seu destino. E se ninguém até agora a colocou num hospício, é justamente porque ainda é possível casar-se com ela. Vou contar-lhe minha nova ideia...

— Mas é melhor mais tarde — interrompi —, porque acabamos de chegar.

— Pois bem, pois bem, mais tarde! — respondeu Mizíntchikov, contorcendo seus lábios num sorriso convulso. — Mas agora... Aonde o senhor está indo? Estou dizendo: deve ir diretamente ao encontro de Fomá Fomitch! Venha comigo; o senhor ainda não esteve lá. Há de ver uma nova comédia... Já que a coisa toda virou uma comédia...

III
O DIA DO SANTO DE ILIUCHA

Fomá ocupava dois cômodos grandes e belos; eram até mais bem decorados que os outros cômodos da casa. Todo o conforto rodeava o grande homem. Papel novo e bonito nas paredes, cortinas estampadas de seda nas janelas, tapetes, um tremó, uma lareira, uma mobília confortável e elegante: tudo atestava o cuidado e o carinho dos donos da casa para com Fomá Fomitch. Havia vasos de flores nas janelas e nas mesinhas redondas de mármore que ficavam em frente às janelas. No meio do escritório, havia uma grande mesa, forrada com feltro vermelho e toda coberta com livros e manuscritos; um belo tinteiro de bronze e um monte de penas, providenciadas por Vidopliássov: tudo aquilo junto deveria atestar os árduos trabalhos intelectuais de Fomá Fomitch. Digo aqui, a propósito, que Fomá, tendo passado ali quase oito anos, não criou rigorosamente nada de útil. Posteriormente, quando ele passou desta para uma melhor, examinamos os manuscritos que deixara para trás; todos revelaram ser uma extraordinária porcaria. Encontramos, por exemplo, o início de um romance histórico, que se passava em Nóvgorod, no século VII;[71] depois, um poema monstruoso: "O anacoreta no cemitério",[72] escrito em versos brancos; depois, um discurso

---

[71] A cidade de Nóvgorod, no norte da Rússia, na verdade foi fundada entre os séculos IX e X. (N. do T.)

[72] Na primeira metade do século XIX, poemas místicos e filosóficos, escritos em versos brancos, foram muito populares. (N. do T.)

absurdo sobre o significado e as características do mujique russo e sobre como se deve lidar com ele;[73] e, finalmente, a novela "A condessa Vlónskaia", baseada na vida aristocrática e também inacabada.[74] Não ficou mais nada. E no entanto, Fomá forçava o titio a gastar, anualmente, muito dinheiro com assinaturas de livros e revistas. Mas a maioria deles nem sequer eram abertos. Eu mesmo, posteriormente, mais de uma vez apanhei Fomá lendo Paul de Kock,[75] que ele escondia da vista das pessoas em algum lugar bem distante. Na parede dos fundos do escritório, havia uma porta de vidro que conduzia ao quintal da casa.

Esperavam por nós. Fomá Fomitch estava sentado numa confortável poltrona, vestido com uma espécie de sobrecasaca que ia até os calcanhares, mas sem gravata. Estava realmente taciturno e pensativo. Quando entramos, ele ergueu de leve as sobrancelhas e lançou um olhar escrutador para mim. Inclinei-me para saudá-lo; ele me respondeu com uma *reverência* leve, porém cortês. A vovó, vendo que Fomá Fomitch me tratara com benevolência, acenou-me com a cabeça, sorrindo. A pobrezinha não imaginaria, pela manhã, que seu tesourinho recebesse com tanta calma a notícia sobre o "incidente" com Tatiana Ivánovna, e por isso estava agora extremamente alegre, embora de manhã ela de fato tivesse passado por convulsões e desmaios. À mesa com ela estava, como de costume, a dama Perepelítsina, os lábios como um pedacinho de linha, sorrindo de maneira azeda e maliciosa e

---

[73] Trata-se provavelmente de uma paródia de obras como o artigo "O proprietário de terras russo", de Gógol, ou "Carta a um morador do campo", de Nikolai Karamzin. (N. do T.)

[74] Romances e novelas retratando a vida em alta sociedade eram muito comuns na Rússia entre as décadas de 1830 e 1850. (N. do T.)

[75] Charles Paul de Kock (1793-1871), escritor francês muito lido nos anos 1840 e tido como obsceno pelos mais conservadores. (N. do T.)

esfregando suas mãos ossudas uma na outra. Ao lado da generala, viam-se duas velhinhas, agregadas de origem nobre, em silêncio constante. Havia ainda uma monja que se metera lá de manhã e uma proprietária de terras da vizinhança, idosa e também calada, que viera da missa felicitar a senhora generala pelo dia santo. A titia Praskóvia Ilínitchna estava enfurnada em algum canto, olhando com inquietação para Fomá Fomitch e para a mãezinha. O titio estava sentado na poltrona, e uma alegria incomum brilhava em seus olhos. Diante dele estava Iliucha, vestindo uma camisa vermelha para a festa, com cachinhos encaracolados, bonitinho como um anjinho. Sacha e Nástienka haviam ensinado a ele, sem que ninguém soubesse, alguns versos para alegrar o pai naquele dia com seus progressos nos estudos. O titio estava quase chorando de felicidade: a docilidade inesperada de Fomá, a alegria da generala, a celebração do santo de Iliucha, os versos: tudo aquilo o havia levado a um verdadeiro êxtase, e ele mandou que me buscassem solenemente, para que eu também pudesse dividir o quanto antes a alegria geral e ouvisse os versos. Sacha e Nástienka, entrando quase atrás de nós, ficaram ao lado de Iliucha. Sacha ria a todo instante, e naquele momento parecia feliz como uma criança. Nástienka, olhando para ela, também começou a sorrir, embora tivesse entrado, um minuto antes, pálida e tristonha. Fora a única que vira e acalmara Tatiana Ivánovna depois que ela retornara da viagem, e até aquele momento estivera com ela na parte de cima da casa. O vivaz Iliucha tampouco conseguia conter o riso ao olhar para suas professoras. Parecia que todos eles três haviam preparado algum chiste engraçadíssimo que queriam agora pôr em prática... Até me esqueci de Bakhtchêiev. Ele estava sentado a meia distância, numa cadeira, ainda irritado e vermelho, em silêncio, bufando, assoando o nariz e desempenhando, assim, um papel bastante sombrio na comemoração familiar. A seu redor, saltitava Iejevíkin; aliás, ele saltitava por toda parte, beijando a mão da generala e das convidadas que iam chegando, cochichando algo para a dama Perepelítsina, paparicando Fomá Fomitch; resumindo, estava em toda parte. Ele também esperava com grande interesse os versos de Iliucha, e, quando entrei, precipitou-se em minha direção com reverências, em sinal do maior respeito e lealdade. Não era de modo algum visível que ele fora até lá para defender sua filha e levá-la embora de Stepántchikovo de uma vez.

— Aí está ele! — exclamou alegremente o titio ao me ver. — Iliucha preparou versos, meu querido; uma coisa inesperada, uma verdadeira surpresa! Estou pasmo, meu querido, mandei buscá-lo especialmente e pedi que guardasse os versos para sua chegada... Sente-se aqui ao lado! Vamos ouvir. Fomá Fomitch, você tem que confessar, meu querido, na certa foi você que deu essa ideia a eles para me alegrar, para alegrar o velhinho? Juro que foi isso!

Se o titio estava falando daquele jeito no quarto de Fomá, pareceria que tudo correra bem. Mas a desgraça estava justamente no fato de que o titio não era capaz de julgar nada pela cara, como Mizíntchikov havia se expressado; mas, olhando para Fomá, eu como que involuntariamente concordei que Mizíntchikov tinha razão e que era de se esperar alguma coisa...

— Não se preocupe comigo, coronel — respondeu Fomá com uma voz fraca, a voz de um homem que perdoa seu inimigo. — É claro que louvo essa surpresa: revela a sensibilidade e a boa conduta de seus filhos. Os versos também são úteis, até pela pronúncia... Mas não foi de versos que cuidei nessa manhã, Iegor Ilitch; estava rezando... O senhor sabe disso... Porém, estou disposto a ouvir os versos.

Enquanto isso, eu cumprimentava Iliucha e o beijava.

— Justamente, Fomá, perdão! Esqueci... Mas tenho certeza de sua amizade, Fomá! Mas beije-o de novo, Serioja!

Veja só que meninão! Bem, comece, Iliucha! Mas o que é isso? Na certa é alguma ode solene, alguma coisa de Lomonóssov.[76]

E o titio estufou o peito. Ele mal conseguia ficar sentado em seu lugar, de impaciência e alegria.

— Não, papai, não é de Lomonóssov — disse Sáchenka, mal contendo o riso. — Como o senhor foi militar e lutou contra os oponentes, Iliucha aprendeu versos sobre os militares... É "O cerco de Pamba", papai.

— "O cerco de Pamba"? Ah! Não me lembro... Que Pamba é essa, você sabe, Serioja? Na certa, algo heroico.

E o titio novamente estufou o peito.

— Fale, Iliucha! — comandou Sáchenka.

Há nove anos, Pedro Gomez...

começou Iliucha, em voz baixa, regular e clara, sem vírgulas e sem pontos, como geralmente as crianças pequenas dizem versos decorados.

> *Há nove anos, Pedro Gomez*
> *Cerca a fortaleza em Pamba,*
> *Só com leite de alimento;*
> *Toda a tropa de Don Pedro*
> *Todos, dez mil castelhanos,*
> *Fazem uma só promessa:*
> *Bebem tão somente leite,*
> *Não comendo sequer pão.*

— Como?! O quê? Como assim, leite? — exclamou o titio, olhando perplexo para mim.

---

[76] Mikhail Lomonóssov (1711-1765), cientista, enciclopedista e poeta. (N. do T.)

— Continue recitando, Iliucha — exclamou Sáchenka.

Dia após dia Don Pedro
Chora o pranto da impotência
Escondendo-se na capa.
Quase às portas do ano décimo
Mouros maus já comemoram;
E, da tropa de Don Pedro,
Dela toda restam apenas
Dezenove bravos homens...

— Mas que despautério é esse?! — exclamou o titio, inquieto. — Mas isso é algo impossível! Restaram dezenove homens da tropa inteira, sendo que antes havia um contingente até bastante significativo! Mas o que é isso, meu querido?

Mas então Sacha não se conteve, desfazendo-se no riso mais sincero de criança; e embora não houvesse nada de muito engraçado, era impossível olhar para ela e não rir imediatamente.

— São versos de brincadeira, papai — exclamou ela, alegrando-se muitíssimo com seu capricho infantil. — É assim de propósito, o próprio escritor escreveu assim para todos acharem graça, papai.

— Ah! De brincadeira! — exclamou o titio, o rosto radiante. — Quer dizer, são cômicos! Agora estou vendo... Justamente, justamente, de brincadeira! E engraçadíssimos, extremamente engraçados: o exército inteiro passando a leite, por causa de um voto desses! Era bom fazer um voto assim! Muito original, não é, Fomá? Está vendo, mamãe? São versos cômicos, desses que os autores às vezes escrevem; não é verdade que escrevem, Serguei? Extremamente engraçados! E então, e então, Iliucha, o que vem depois?

Dezenove bravos homens!
Reunindo-os Pedro Gomez
Diz a eles: "Dezenove!
Ergam altos os estandartes,
Nas trombetas toda a força
E vigor nos atabais.'
Vamos recuar de Pamba!
Ainda que sem o castelo,
Nós juramos com orgulho,
Frente à honra e à consciência,
Não rompemos uma vez
Só o voto que fizemos:
Por nove anos não comemos
Absolutamente nada
Que não fosse leite puro!".

— Mas que molenga! Consolar-se com isso — interrompeu novamente o titio —, com o fato de que bebeu leite por nove anos!... Mas que virtude há nisso? Seria melhor cada um comer um carneiro inteiro, mas não deixar as pessoas passando fome! Belíssimo, magnífico! Estou vendo, agora estou vendo: isso é uma sátira ou... Como é que se chama mesmo? Alegoria, não é? E talvez ainda seja baseada em algum chefe militar estrangeiro — acrescentou o titio, dirigindo-se a mim, levantando o sobrecenho de modo significativo e piscando com força. — Hein? O que você acha? Mas é claro que é só uma sátira inocente, nobre, que não ofende ninguém! Magnífico! Magnífico! E nobre, principalmente! Mas Iliucha, continue! Ah, seus traquinas, seus traquinas! — acrescentou ele, olhando com sentimento para Sacha e, com o rabo do olho, para Nástienka, que estava corada, sorrindo.

Animados com o discurso,
Os restantes castelhanos
Vão, sentados em suas selas,
Em voz fraca a gritar:
"Sancto Iago Compostello!
Vivas a Don Pedro Gomez!
Vivas a Leão e Castela!".
Mas seu capelão Diego
Disse assim, por entre dentes:
"Ah, se eu fosse o comandante...
A promessa era só carne
com vinho de Santorini!".

— Veja só! Não foi o mesmo que eu disse? — exclamou o titio, extremamente alegre. — No exército inteiro, só se encontra um homem sensato, e esse ainda por cima é um capelão! Mas quem é esse, Serguei: um capitão lá deles ou o quê?

— Um monge, uma figura importante do clero, titio.

— Ah, sim, sim! Capela, capelão? Sei, lembro! Já tinha lido nos romances de Radcliffe.[77] Porque lá eles têm várias ordens, não é? Beneditinos, parece... Existem beneditinos?...

— Existem, titio.

— Hm!... Foi o que eu pensei. Mas então, Iliucha, e depois? Belíssimo, magnífico!

E ouvindo isso, Don Pedro
Retrucou a gargalhar:
"Deem ao homem um carneiro.
Que piada de matar!...".

---

[77] Ann Radcliffe (1764-1823), escritora inglesa. (N. do T.)

— Conseguiu tempo para rir! Mas que tolo! No final ele mesmo deve ter achado graça! Um carneiro! Então tinham carneiros; e por que é que ele mesmo não comeu? Mas e então, Iliucha, e depois? Belíssimo, magnífico! É extraordinário como é mordaz!

— Mas terminou, papai!

— Ah! Terminou! Na verdade, que mais restava fazer, não é verdade, Serguei? Magnífico, Iliucha! É uma maravilha, muito bom! Dê-me um beijo, meu benzinho! Ah, meu querido! Mas quem exatamente deu a ideia? Foi você, Sacha?

— Não, foi Nástienka. Lemos faz pouquinho tempo. Ela leu e disse: "Que versos engraçados! Logo é o dia do santo de Iliucha; vamos fazer com que ele os decore e recite. Mas como vão rir!".

— Então foi Nástienka? Bem, fico agradecido, agradecido — murmurou o titio, corando de repente como uma criança. — Dê-me mais um beijo, Iliucha! Você também, minha traquinas — disse ele, abraçando Sáchenka e olhando com sentimento em seus olhos. — Espere mais um pouco, Sáchurka, logo será o dia do seu santo — acrescentou ele, como que sem saber o que mais dizer de satisfação.

Dirigi-me a Nástienka e perguntei de quem eram os versos.

— Sim, sim! De quem são os versos? — disse o titio, agitado. — Deve ter sido um poeta inteligente que escreveu, não é verdade, Fomá?

— Hm!... — balbuciou Fomá consigo mesmo. Ao longo de toda a declamação, um sorriso cáustico e zombeteiro não saíra de seus lábios.

— Na verdade eu me esqueci — respondeu Nástienka, olhando timidamente para Fomá Fomitch.

— Foi o senhor Kuzmá Prutkov quem escreveu, papai, foi publicado na revista *O Contemporâneo* — interveio Sáchenka.

— Kuzmá Prutkov! Não conheço[78] — falou o titio. — Púchkin, eu conheço!... Mas nota-se que é um poeta bem decente, não é verdade, Serguei? Além disso, é um homem com as mais nobres qualidades, isso é claro como o dia! Talvez seja até mesmo um oficial... Louvável! E O *Contemporâneo* é uma revista magnífica! Precisamos assinar sem falta se poetas como esse aí participam... Adoro os poetas! Pessoas incríveis! Conseguem descrever tudo em versos! Lembra, Serguei, que eu vi um literato em sua casa, em Petersburgo? Tinha um nariz bem peculiar... Juro!... O que você disse, Fomá?

Fomá Fomitch, cada vez mais irrequieto, começou a dar sonoras risadinhas.

— Não, é que eu... Não foi nada... — falou ele, como que contendo o riso com muito esforço. — Continue, Iegor Ilitch, continue! Direi depois algumas palavras... Stepan Aleksêitch está ouvindo com muito prazer a história de seus encontros com literatos de Petersburgo...

Stepan Aleksêievitch, que passara o tempo inteiro sentado a uma certa distância, pensativo, de repente levantou a cabeça, corou e revirou-se em sua poltrona, exasperado.

— Você que não venha arranjar briga comigo, Fomá, deixe-me em paz! — disse ele, olhando encolerizado para Fomá com seus olhos pequeninos e injetados. — Que tenho eu com a sua literatura? Quero apenas que Deus me dê saúde — resmungou ele consigo mesmo. — Pois se todos eles... e esses escritores também... são uns voltairianos, nada mais!

---

[78] Kozmá Prutkov era, na realidade, um pseudônimo coletivo, utilizado por Aleksei Tolstói (1817-1875) e pelos irmãos Jemtchújnikov, Aleksei (1821-1908), Aleksandr (1826-1896) e Vladímir (1830-1884). Diversos poemas satíricos foram publicados sob essa assinatura nos anos 1850 e 1860, a maioria deles no periódico O *Contemporâneo* [*Sovremiênnik*]. "O cerco de Pamba" veio à luz precisamente nessa revista, em 1854. Aqui, a tradução é de Rafael Frate. (N. do T.)

— Os escritores são voltairianos? — falou Iejevíkin, surgindo rapidamente ao lado de Bakhtchêiev. — O senhor acaba de dizer a mais pura verdade, Stepan Aleksêitch. Outro dia Valentin Ignátitch expressou-se da mesma maneira. Eu mesmo fui chamado de voltairiano, juro por Deus; sendo que todo mundo sabe, meu senhor, que eu ainda escrevi tão pouco... Quer dizer, se azeda a bilha de leite de uma mulher qualquer, é culpa do senhor Voltaire! Conosco é sempre assim.

— Mas não! — observou o titio com ar de importância. — Isso é um equívoco! Voltaire foi apenas um escritor arguto; ria dos preconceitos; mas nunca foi um voltairiano! Foram seus inimigos que espalharam tudo isso. E realmente, por que é tudo culpa dele, pobrezinho?...

Ouviu-se novamente o risinho venenoso de Fomá Fomitch. O titio olhou preocupado para ele, ficando visivelmente constrangido.

— Não, Fomá. Sabe, estava só falando das revistas — falou ele com embaraço, desejando emendar-se de alguma maneira. — Você estava totalmente certo, meu querido Fomá, quando no outro dia me convenceu de que era preciso assinar. Eu mesmo acho que é preciso! Hm... Porque de qualquer maneira eles realmente difundem a cultura! Do contrário, que filho da pátria alguém será, se não assinar? Não é verdade, Serguei? Hm!... Pois é!... Pelo menos *O Contemporâneo*... Mas sabe, Serguei? Na minha opinião, as ciências de maior peso estão naquela revista grossa, como se chama mesmo? Uma de capa amarela...

— *Os Anais da Pátria*, titio.[79]

---

[79] *Os Anais da Pátria* ou *Notas Patrióticas* [*Otiêtchestvennie Zapíski*], célebre periódico russo que existiu de 1818 a 1884 e no qual foi publicado pela primeira vez *A aldeia de Stepántchikovo e seus habitantes*. (N. do T.)

— Sim, *Os Anais da Pátria*, até o nome é magnífico, Serguei, não é verdade? A pátria inteira senta e escreve, por assim dizer... Um objetivo dos mais nobres! Uma revista das mais úteis! E como é grossa! Imagine publicar um calhamaço desses! E a ciência nela, é de fazer os olhos pularem da cabeça... Outro dia estava passando e vi um livro desses encostado; peguei, por curiosidade, abri e passei três páginas de uma vez. É simplesmente de ficar de boca aberta, meu querido! E sabe, lá tem explicação para tudo: o que, por exemplo, significa uma vassoura, uma pá, uma concha, uma tenaz. Na minha opinião, uma vassoura é uma vassoura; uma tenaz é uma tenaz! Não, meu querido, espere! Uma tenaz, nessa linguagem científica, não é uma tenaz, mas um emblema ou uma coisa qualquer da mitologia, já não me lembro de qual, apenas sei que era algo assim...[80] Veja só como é! Não deixam passar nada!

Não sei o que exatamente Fomá pretendia fazer depois desse novo disparate do titio, mas naquele mesmo instante Gavrila apareceu e, cabisbaixo, parou na soleira da porta.

Fomá lançou-lhe um olhar significativo.

— Tudo pronto, Gavrila? — perguntou ele com uma voz fraca, mas decidida.

— Pronto, senhor — respondeu Gavrila num tom triste, e suspirou.

— Colocou também minha trouxinha na telega?

— Coloquei, senhor.

— Bem, então também estou pronto! — disse Fomá, levantando-se rapidamente de sua poltrona. O titio olhava perplexo para ele. A generala saltou de seu lugar e pôs-se a olhar para os lados com ar preocupado.

---

[80] Referência irônica ao artigo de Karamzin "O significado pagão religioso da isbá eslava". Nela, o autor dava explicações simbólicas e místicas aos itens que compunham uma casa camponesa. (N. do T.)

— Permita-me agora, coronel — começou Fomá, com ar de dignidade —, pedir ao senhor que deixe de lado por um minuto o interessante tema das tenazes literárias; podem continuá-lo depois, sem mim. Porque eu, *despedindo-me do senhor para sempre*, gostaria de dizer-lhe algumas últimas palavras...

O assombro e a perplexidade deixaram todos os ouvintes paralisados.

— Fomá! Fomá! Mas o que você tem? Aonde pretende ir? — perguntou afinal o titio.

— Pretendo deixar sua casa, coronel — proferiu Fomá com a voz mais calma. — Tomei a decisão de partir sem rumo, e com esse fim aluguei, às minhas custas, uma simples telega de mujiques. Nela está agora mesmo a minha trouxinha; ela não é grande: alguns livros favoritos, duas trocas de roupa, e só! Sou pobre, Iegor Ilitch, mas agora por nada neste mundo aceitarei seu dinheiro, que ontem mesmo já recusei!...

— Mas, pelo amor de Deus, Fomá! O que significa isso? — exclamou o titio, branco como uma folha de papel.

A generala deu um gritinho e olhou desesperada para Fomá Fomitch, estendendo-lhe os braços. A dama Perepelítsina precipitou-se a segurá-la. As agregadas estavam petrificadas em seus lugares. O senhor Bakhtchêiev levantou-se pesadamente da cadeira.

— Bem, começou a história! — sussurrou Mizíntchikov ao meu lado.

Naquele instante, ouviu-se o remoto ribombo de um trovão: começava a tempestade.

IV
A EXPULSÃO

— Pelo visto o senhor está se perguntando "o que isso significa?", coronel — falou Fomá solenemente, como que satisfeito com o embaraço de todos. — A pergunta me surpreende! Queira elucidar-me, de sua parte, como o *senhor* terá agora condições de me olhar nos olhos? Queira elucidar-me esta última questão psicológica proveniente do descaramento humano, e eu então partirei, pelo menos enriquecido com um novo conhecimento acerca da corrupção do gênero humano.

Mas o titio não estava em condições de responder; ele olhava para Fomá assustado, devastado, de boca aberta, com os olhos esbugalhados.

— Meu Deus! Que horror! — gemeu a dama Perepelítsina.

— O senhor compreende, coronel — continuou Fomá —, que deve me deixar partir agora, simplesmente, sem indagações? Em sua casa, até eu, homem idoso e pensante, começo a recear seriamente pela pureza de minha moral. Acredite, suas indagações não levarão a nada além de seu opróbrio.

— Fomá! Fomá!... — exclamou o titio, e um suor frio despontou em sua testa.

— E por isso permita-me, sem quaisquer indagações, dizer-lhe algumas palavras finais de despedida, minhas últimas palavras em sua casa, Iegor Ilitch. Está feito, não há mais volta! Espero que o senhor entenda de que estou falando. Mas imploro de joelhos: se em seu coração restou uma faísca que seja de moralidade, refreie os anseios de suas paixões! E, se o veneno putrefato ainda não tomou conta de toda a casa, na medida do possível, apague o incêndio!

— Fomá! Garanto que você está equivocado! — exclamou o titio, pouco a pouco voltando a si e pressentindo, horrorizado, qual seria o desenlace.

— Contenha suas paixões — continuou Fomá no mesmo tom solene, como que sequer ouvindo as exclamações do titio —, domine a si mesmo. "Se quer dominar o mundo, domine a si mesmo!" Essa é a minha lei, hoje em dia. O senhor é um dono de terras; deveria brilhar como um diamante em suas propriedades, mas que exemplo infame de descontrole dá aqui a seus subalternos! Rezei pelo senhor por noites inteiras, trêmulo, tentando encontrar sua felicidade. Eu não a encontrei, pois a felicidade consiste na virtude...

— Mas isso é impossível, Fomá! — interrompeu novamente o titio. — Você não entendeu bem, não é bem por aí o que você está dizendo...

— Portanto, lembre-se de que o senhor é dono de terras — continuou Fomá, novamente não ouvindo as exclamações do titio. — Não pense que a classe senhorial está predestinada ao ócio e à voluptuosidade. É um pensamento funesto! Não o ócio, mas o zelo, e o zelo diante de Deus, do tsar e da pátria! O dono de terras deve trabalhar, trabalhar e trabalhar, como se fosse o último de seus camponeses!

— Então eu tenho que começar a lavrar no lugar do mujique, é isso? — resmungou Bakhtchêiev. — Eu sou dono de terras...

— Dirijo-me agora a vocês, os da casa — continuou Fomá, dirigindo-se a Gavrila e a Falaliei, que aparecera junto à porta. — Amem seus senhores e cumpram seus desejos com servilismo e docilidade. Isso fará com que seus senhores também os amem. E o senhor, coronel, seja justo e compassivo com eles. Eles também são a imagem de Deus, são pequeninos, por assim dizer, confiados ao senhor, como uma criança, pelo tsar e pela pátria. É um dever grandioso, mas igualmente grandioso será seu mérito!

— Fomá Fomitch! Meu queridinho! O que foi que você inventou? — gritou em desespero a generala, prestes a desmaiar de terror.

— Bem, parece que é só isso, não? — gritou Fomá, sem prestar atenção sequer à generala. — Agora, alguns detalhes; podem até parecer pequenos, mas são imprescindíveis, Iegor Ilitch! No baldio de Khárino, o senhor até agora não mandou ceifar o feno. Não tarde: mande ceifar, e depressa. Esse é o meu conselho...

— Mas, Fomá...

— O senhor queria, sei que queria, mandar cortar o lote de floresta de Ziriánovo; não corte: esse é o meu outro conselho. Mantenha as florestas: pois as florestas mantêm a umidade da superfície da terra... É uma pena que o senhor tenha mandado fazer o plantio da primavera tão tarde; é impressionante como foi tarde o plantio da primavera!...

— Mas, Fomá...

— Mas, também, chega! Não dá para dizer tudo, e além disso não é a hora! Mandarei ao senhor uma instrução por escrito, num caderninho especial. Bem, adeus, adeus a todos. Fiquem com Deus, que o Senhor os abençoe! Eu também o abençoo, minha criança — continuou ele, dirigindo-se a Iliucha —, e que Deus o proteja do veneno putrefato de suas paixões! Eu também o abençoo, Falaliei; esqueça o *Kamárinski*!... E vocês todos... Lembrem-se de Fomá... Bem, vamos, Gavrila! Ajude este velhinho a subir na telega.

E Fomá dirigiu-se à porta. A generala deu um gritinho e precipitou-se atrás dele.

— Não, Fomá! Não o deixarei partir assim! — exclamou o titio e, alcançando-o, segurou-o pela mão.

— Quer dizer que o senhor quer agir à força? — perguntou Fomá, com desdém.

— Sim, Fomá... Até mesmo à força! — respondeu o titio, tremendo de agitação. — Você falou demais e deve explicar-se! Você não leu direito minha carta, Fomá!...

— Sua carta! — esgoelou Fomá, afogueando-se instantaneamente, como se esperasse justo aquele momento para estourar. — Sua carta! Aqui está sua carta! Aqui está ela! Eu rasgo esta carta, eu cuspo nesta carta! Eu pisoteio sua carta, e cumpro desta maneira o mais sagrado dever da humanidade! Veja o que eu faço, se o senhor me obriga, por meio da força, a dar explicações! Está vendo?! Está vendo?! Está vendo?!...

E pedacinhos de papel voaram pelo cômodo.

— Repito, Fomá, você não entendeu! — gritou o titio, cada vez mais pálido. — Pedirei a mão dela, Fomá, estou atrás da minha felicidade...

— A mão! O senhor seduziu essa donzela e quer me embromar ao pedir-lhe a mão; pois eu vi o senhor e ela ontem no jardim, atrás dos arbustos!

A generala deu um grito e caiu prostrada na poltrona. Começou um terrível rebuliço. A pobre Nástienka seguia sentada, pálida como uma morta. Sáchenka, assustada, enlaçava Iliucha e tremia, como se estivesse com febre.

— Fomá! — exclamou o titio, em delírio. — Se você espalhar esse segredo, vai cometer o ato mais infame do mundo!

— Eu espalharei esse segredo — esganiçou-se Fomá —, e cometerei o mais nobre dos atos! Fui enviado especialmente por Deus para desmascarar as suas obscenidades aos olhos do mundo inteiro! Estou disposto a trepar no telhado de palha de um mujique, e de lá gritar acerca de seu ato ignóbil para todos os proprietários das redondezas e para todos os passantes!... Pois que todos, todos saibam que ontem, de madrugada, apanhei-o com esta donzela, que possui o aspecto mais inocente, no jardim, atrás dos arbustos!...

— Ora, mas que vergonha, meu senhor! — piou a dama Perepelítsina.

— Fomá! Não crie a sua ruína! — gritou o titio, cerrando os punhos e com os olhos brilhando.

— ... E ele — esganiçou-se Fomá —, ele, assustado por eu tê-lo visto, atreveu-se a tentar me cativar com uma carta mentirosa, a mim, homem honesto e sincero, para que fosse complacente com seu crime; sim, seu crime!... Pois, de uma donzela que até então era a mais inocente, o senhor fez...

— Mais uma palavra ofensiva a respeito dela e eu mato você, Fomá, eu juro!...

— Eu direi essa palavra, pois, de uma donzela que até então era a mais inocente, o senhor conseguiu fazer a mais devassa das donzelas!

Mal Fomá proferiu a última palavra, o titio agarrou-o pelos ombros, virou-o como um pedacinho de palha e, com força, lançou-o contra a porta de vidro que conduzia do escritório ao pátio da casa. O golpe foi tão forte, que as portas, que estavam entrecerradas, se escancararam, e Fomá, caindo aos trambolhões pelos sete degraus de pedra, estatelou-se no pátio. Os cacos do vidro quebrado voaram pelos degraus do terraço.

— Gavrila, levante-o! — exclamou o titio, pálido como um morto. — Coloque-o na telega e que em dois minutos não fique nem sombra dele em Stepántchikovo!

O que quer que Fomá Fomitch tivesse maquinado, ele certamente não esperava semelhante desenlace.

Não me porei a descrever o que aconteceu nos primeiros minutos após aquele incidente. O lamento lancinante da generala, que desabara na poltrona; o pasmo da dama Perepelítsina diante do ato inesperado do titio, que até então fora sempre submisso; os "ais" e "uis" das agregadas; Nástienka amedrontada, quase desmaiando, e seu pai volteando ao seu redor; Sáchenka, fora de si de tanto medo; o titio, numa agitação indescritível, andando pelo cômodo e aguardando que a mãe voltasse a si; e, finalmente, o choro alto de Falaliei, lamentando-se por seus senhores: tudo aquilo compunha um quadro inexprimível. Acrescento ainda que, naquele momento, começava uma forte tempestade; ouvia-se o estrondo dos trovões com frequência cada vez maior, e uma chuva pesada batia contra as janelas.

— Que bela festinha, hein? — murmurou o senhor Bakhtchêiev, baixando a cabeça e abrindo os braços.

— A coisa vai mal! — sussurrei a ele, também fora de mim de agitação. — Mas, pelo menos Fomitch foi expulso e já não volta mais.

— Mamãe! A senhora voltou a si? Sente-se melhor? Pode finalmente me ouvir? — perguntou o titio, detendo-se diante da poltrona da velhinha.

Ela ergueu a cabeça, cruzou os braços e, com um ar suplicante, olhou para o filho, que ela, em toda a sua vida, jamais vira em tamanha fúria.

— Mamãe! — continuou ele. — Foi a gota d'água, a senhora mesma viu. Não era assim que eu queria expor essa questão, mas é chegada a hora e não há por que adiar! A senhora ouviu a calúnia, ouça também a justificativa. Mamãe, eu amo esta moça, que é mais do que nobre e elevada, amo há muito tempo e nunca deixarei de amar. Ela fará a felicidade de meus filhos e será para a senhora a mais honrada das filhas, e por isso, diante da senhora, e na presença de meus parentes e amigos, faço solenemente meu pedido aos pés dela e imploro a ela que me faça a infinita honra de concordar em ser minha esposa!

Nástienka estremeceu, depois enrubesceu completamen-

te e saltou da poltrona. A generala olhou por um tempo para o filho, como que sem entender o que ele estava lhe dizendo, e, de súbito, com um penetrante lamento, lançou-se aos pés dele.

— Iegóruchka, meu queridinho, traga Fomá Fomitch de volta! — gritou ela. — Traga-o já! Do contrário, sem ele, antes do anoitecer terei morrido!

O titio ficou petrificado, vendo sua velha mãezinha, voluntariosa e caprichosa, colocar-se de joelhos. Um sentimento doentio refletia-se em seu rosto; finalmente voltando a si, ele se pôs a erguê-la e sentou-a novamente na poltrona.

— Traga Fomá Fomitch, Iegóruchka! — continuou a berrar a velhinha. — Traga-o, traga o meu queridinho! Não posso viver sem ele!

— Mamãe! — exclamou o titio com amargura. — Será que a senhora não ouviu nada do que acabei de lhe dizer? Não posso trazer Fomá de volta, entenda isso! Não posso e não tenho direito, depois da calúnia baixa e infame que ele disse contra este anjo de honra e virtude. A senhora entende, mamãe, que sou obrigado, que minha honra me ordena agora restabelecer a virtude?! A senhora ouviu: pedi a mão desta moça e suplico à senhora que abençoe nossa união.

A generala novamente saiu correndo de seu lugar e lançou-se aos pés de Nástienka.

— Minha cara! Minha querida! — pôs-se ela a esganiçar-se. — Não se case com ele! Não se case com ele, convença-o, minha cara, a trazer Fomá Fomitch de volta! Minha queridinha Nastássia Ievgráfovna! Darei tudo a você, sacrificarei tudo por você, se não se casar com ele! Ainda não gastei tudo, velha que sou, ainda me restaram algumas migalhas do que me deixou meu falecido maridinho. É tudo seu, minha cara, darei tudo de presente a você, e Iegóruchka também dará, só não me coloque viva no túmulo, convença-o a trazer Fomá Fomitch de volta!...

E a velhinha teria continuado ainda por muito tempo a uivar e a tagarelar, se Perepelítsina e todas as agregadas não tivessem se precipitado a levantá-la, com gritinhos e lamúrias, indignadas por ela estar de joelhos diante de uma preceptora contratada. Nástienka mal podia se conter de assombro, enquanto Perepelítsina quase chorava de raiva.

— Vai acabar matando sua mãe, meu senhor — gritava ela para o titio —, vai acabar matando! E a senhora, Nastássia Ievgráfovna, não deveria indispor uma mãe com seu filho; o Senhor Deus condena isso, minha senhora...

— Anna Nílovna, contenha sua língua! — exclamou o titio. — Já aguentei o bastante!...

— Eu também aguentei bastante do senhor. E ainda me esfrega na cara minha condição de órfã? Vai continuar ofendendo uma órfã? Ainda não sou sua escrava, meu senhor! Sou filha de um tenente-coronel, meu senhor! Não porei mais meus pés em sua casa, meu senhor, não porei... Hoje mesmo!...

Mas o titio não ouvia: ele se aproximara de Nástienka e, com veneração, pegara sua mão.

— Nastássia Ievgráfovna! A senhora ouviu meu pedido? — falou ele, olhando para ela com tristeza, quase com desespero.

— Não, Iegor Ilitch, não! É melhor deixarmos isso de lado — respondeu Nástienka, por sua vez completamente desanimada. — Tudo isso é inútil — continuou ela, apertando as mãos dele e desfazendo-se em lágrimas. — Depois de ontem, o senhor decidiu assim... mas não pode ser, o senhor mesmo está vendo. Estávamos errados, Iegor Ilitch... Mas sempre me lembrarei do senhor como meu benfeitor e... e para sempre, para sempre rezarei pelo senhor!...

Nesse ponto, as lágrimas cortaram-lhe a voz. O pobre titio nitidamente pressentia aquela resposta; ele sequer pensou em objetar, em insistir... Ele ouvia, inclinando-se na direção dela, ainda segurando sua mão, mudo e abatido. Lágrimas brotaram em seus olhos.

— Ainda ontem disse ao senhor — continuou Nástia — que não posso ser sua esposa. O senhor está vendo: não me querem em sua casa... E há muito tempo eu já pressentia tudo isso; sua mãezinha não nos dará a bênção... *Os outros* também não. O senhor mesmo, embora não vá se arrepender depois, por ser o mais magnânimo dos homens, ainda assim será infeliz por minha causa... Com seu caráter bondoso...

— Justamente, tem um *caráter bondoso*, meu senhor! Justamente, é *bonzinho*, senhor! Isso mesmo, Nástienka, isso mesmo! — fez coro seu velho pai, que estava de pé do outro lado da poltrona. — Era justamente essa palavrinha que era preciso mencionar.

— Não quero que, por minha causa, a discórdia seja semeada em sua casa — continuou Nástienka. — E não se preocupe comigo, Iegor Ilitch; ninguém me tocará, ninguém me ofenderá... Irei para a casa de meu pai... Hoje mesmo... É melhor nos despedirmos, Iegor Ilitch...

E a pobre Nástienka novamente se desfez em lágrimas.

— Nastássia Ievgráfovna! Essa é mesmo sua última palavra? — falou o titio, olhando para ela com um desespero indescritível. — Diga apenas uma palavra, e eu sacrificarei tudo pela senhora!...

— É a última palavra, Iegor Ilitch, a última, meu senhor — insistiu Iejevíkin. — E ela explicou tudo tão bem ao senhor, que confesso que eu nem mesmo esperava por isso. O senhor é um homem dos mais nobres, Iegor Ilitch, justamente, dos mais nobres, meu senhor, e dignou-se a nos dar uma grande honra! Uma grande honra, uma grande honra, senhor!... Mas mesmo assim não estamos à sua altura, Iegor Ilitch. O senhor, Iegor Ilitch, precisa de uma noiva que seja rica, que seja importante, e que seja muito bela, meu senhor, que seja conhecida na sociedade, e que possa andar de brilhantes e penas de avestruz pela sua casa... Aí, talvez Fomá Fomitch até lhe dê um descontinho... e o abençoe, senhor! E Fomá Fomitch, o senhor há de trazê-lo de volta. Foi à toa, à toa que o senhor o ofendeu daquela maneira! Foi só por causa da virtude, no calor do momento, que ele disse tudo aquilo... Depois, o senhor mesmo vai dizer que foi por causa da virtude, o senhor vai ver! É um homem digníssimo. E agora vai ficar todo ensopado... Seria melhor trazê-lo de volta, senhor... Porque será preciso mesmo trazê-lo de volta, senhor...

— Traga! Traga-o de volta! — exclamou a generala. — Ele está lhe dizendo a verdade, meu queridinho!...

— Sim, senhor — continuou Iejevíkin. — Veja como está sofrendo a sua mãezinha, não tem motivo para isso... Traga-o de volta, senhor! Enquanto isso, Nástia e eu estamos de saída...

— Espere, Ievgraf Lariônitch! — exclamou o titio. — Estou suplicando! Só mais uma palavra, Ievgraf, só uma palavrinha mais...

Tendo dito isso, ele se afastou, sentou-se num canto, numa poltrona, reclinou a cabeça e tapou os olhos com as mãos, como se pensasse em alguma coisa.

Naquele momento, ouviu-se o imenso estrondo de um trovão, que rebentou quase em cima da casa. O edifício inteiro estremeceu. A generala deu um grito, Perepelítsina também, as agregadas benzeram-se, embasbacadas de medo e, junto com elas, o senhor Bakhtchêiev.

— Meu santo Elias, profeta! — murmuraram cinco ou seis vozes, todas juntas, de uma vez.

Logo após o trovão, começou a cair um dilúvio tão imenso, que parecia que entornavam um lago inteiro sobre Stepántchikovo.

— E Fomá Fomitch, o que será dele agora no campo? — piou a dama Perepelítsina.

— Iegôruchka, traga-o de volta! — exclamou a generala com uma voz desesperada, lançando-se em direção à porta, como que enlouquecida.

As agregadas a contiveram; cercaram-na, consolaram-na, choramingaram, esgoelaram-se. Uma algazarra terrível!

— Saiu apenas de sobrecasaca: se pelo menos tivesse levado um capote consigo! — continuou Perepelítsina. — Nem um guarda-chuva levou. Agora vai ser morto por um raio!...

— Vai mesmo ser morto! — secundou Bakhtchêiev. — E depois ainda vai pegar chuva.

— Se pelo menos o senhor ficasse quieto! — sussurrei a ele.

— Mas ele é um homem, ou não é? — respondeu-me colericamente Bakhtchêiev. — Pois um cão é que não é. Na certa você mesmo não vai sair na rua. Pois vá lá, vá tomar um banho, a seu bel-prazer.

Pressentindo o desenlace, e com receio dele, aproximei-me do titio, que estava como que entorpecido em sua poltrona.

— Titio — disse eu, inclinando-me em seu ouvido —, o senhor vai mesmo concordar em trazer Fomá Fomitch de volta? Entenda que isso será o cúmulo da indecência, pelo menos enquanto Nastássia Ievgráfovna estiver aqui.

— Meu amigo — respondeu o titio, levantando a cabeça e olhando em meus olhos com ar decidido —, nesse instante julguei, por mim mesmo, e agora sei o que devo fazer! Não se preocupe, não haverá ofensas contra Nástia, vou cuidar disso...

Ele se levantou da cadeira e aproximou-se da mãe.

— Mãezinha! — disse ele. — Acalme-se: trarei Fomá Fomitch de volta. Hei de alcançá-lo: ele não pode ter ido muito longe. Juro, ele voltará, mas apenas com uma única condição: aqui, publicamente, em meio a todas as testemunhas da ofensa, ele deverá reconhecer sua culpa e pedir solenemente o perdão desta donzela mais que nobre. Conseguirei com que faça isso! Hei de obrigá-lo a fazer isso!... Do contrário, ele não passará pela porta desta casa! Também lhe juro, mamãe, solenemente: se ele concordar com isso por conta própria, voluntariamente, estarei disposto a me lançar aos pés dele e dar-lhe tudo, tudo que puder, sem prejudicar meus filhos! Eu mesmo, doravante, hei de me afastar de tudo. Apagou-se a estrela de minha felicidade! Deixarei Stepántchikovo. Vivam todos aqui, tranquilos e felizes. Voltarei para o regimento, e na fúria do combate, no campo de batalha, realizarei meu destino desesperançado... Basta! Irei!

Naquele momento, abriram-se as portas, e Gavrila, todo molhado, sujo até não mais poder, surgiu diante do perturbado grupo.

— O que foi? De onde você está vindo? Onde está Fomá? — exclamou o titio, precipitando-se em direção a Gavrila.

Seguiram todos atrás dele e, com uma curiosidade ávida, cercaram o velhinho, do qual literalmente vertia, em torrentes, uma água suja. Gritinhos, ais e berros acompanhavam cada palavra de Gavrila.

— Parou no bosque de bétulas, a versta e meia daqui — começou ele, com voz chorosa. — Um raio assustou o cavalo, e ele correu para uma vala.

— E?!... — exclamou o titio.

— A telega virou...

— Mas... e Fomá?

— Caiu na vala, senhor.

— Mas termine logo de contar, seu carrasco!

— Machucou as ancas e começou a chorar, senhor. Desatrelei o cavalo, e vim galopando para relatar tudo.

— E Fomá ficou lá?

— Levantou e continuou andando com um pauzinho — concluiu Gavrila; depois suspirou e baixou a cabeça.

As lágrimas e os soluços de todas as damas eram inexprimíveis.

— Polkan! — gritou o titio, precipitando-se para fora do cômodo. Trouxeram Polkan; o titio montou no animal, sem sela, e um minuto depois o tropel dos cascos do cavalo anunciou a perseguição que se iniciava, em busca de Fomá Fomitch. O titio saiu galopando, sem sequer colocar seu quepe.

As damas lançaram-se em direção às janelas. Em meio aos ais e aos gemidos, ouviam-se também conselhos. Falavam em dar, o quanto antes, um banho quente, em esfregar Fomá com álcool, dar-lhe chá de malva; diziam que Fomá Fomitch desde a manhã não colocara sequer uma migalhinha de pão na boca, e que agora estava em jejum. A dama Perepelítsina encontrou, no estojo, os óculos que ele esquecera, e a descoberta produziu um efeito extraordinário: a generala lançou-se para pegá-los, com um clamor e entre lágrimas, e, sem soltá-los, pôs-se novamente a olhar a estrada pela janela. A espera atingiu finalmente o grau mais extremo de tensão... No outro canto, Sáchenka consolava Nástia: elas se abraçavam e choravam. Nástienka segurava Iliucha pela mão e o beijava a todo instante, despedindo-se de seu aluno. Iliucha chorava até soluçar, ainda sem saber por quê. Iejevíkin e Mizíntchikov debatiam alguma coisa em outro lado. Pareceu-me que Bakhtchêiev, olhando para as donzelas, como que também estava prestes a choramingar. Aproximei-me dele.

— Não, *bátiuchka* — disse-me ele. — Fomá Fomitch pode até ter se afastado daqui, mas ainda não chegou a hora: ele ainda não conseguiu os bois de chifre de ouro para o seu carro! Não se preocupe, *bátiuchka*, vai é desalojar os donos da casa e ficar por aqui!

A tempestade passou, e o senhor Bakhtchêiev nitidamente mudara suas convicções.

De súbito, ouviu-se: "Estão trazendo! Estão trazendo!", e as damas lançaram-se às portas, dando gritinhos. Não haviam se passado nem dez minutos desde a partida do titio: era aparentemente impossível trazer Fomá Fomitch tão depressa; mas, em seguida, o enigma se explicou de maneira muito simples: Fomá Fomitch, depois de liberar Gavrila, realmente "continuara andando com um pauzinho"; mas, ao sentir-se em completa solidão, em meio à tempestade, aos trovões, ao dilúvio, acovardou-se da maneira mais vergonhosa, voltou-se na direção de Stepántchikovo e saiu correndo atrás de Gavrila. O titio o apanhou já na aldeia. Pararam imediatamente uma telega que ia passando; os mujiques acorreram e colocaram nela o amansado Fomá Fomitch. E assim o conduziram diretamente para os braços abertos da generala, que quase foi à loucura de tanto terror ao ver a situação em que ele se encontrava. Estava ainda mais sujo e molhado que Gavrila. Começou um terrível rebuliço: queriam arrastá-lo imediatamente para cima para trocá-lo; gritavam algo a respeito do sabugueiro e de outros remédios revigorantes; corriam agitados para todos os lados, sem qualquer direção; falavam todos de uma vez... Mas Fomá como que não percebia nada, nem ninguém. Levaram-no pela mão. Ao atingir sua poltrona, deixou-se cair pesadamente nela e fechou os olhos. Alguém gritou que ele estava morrendo: ergueu-se um horrendo uivo; mas Falaliei berrava mais que todos, tentando abrir caminho, em meio à multidão de senhoras, para chegar até Fomá Fomitch e beijar o quanto antes sua mãozinha...

V
FOMÁ FOMITCH PROPORCIONA A FELICIDADE GERAL

— Aonde foi que me trouxeram? — falou finalmente Fomá com a voz de um homem que morria pela verdade.
— Maldito molengão! — sussurrou ao meu lado Mizíntchikov. — Faz de conta que não viu aonde o levaram. Vai começar com as suas palhaçadas, agora!
— Você está em casa, Fomá, está em meio aos seus! — exclamou o titio. — Anime-se, acalme-se! E é melhor mesmo você trocar de roupa agora, Fomá, ou vai ficar doente... Mas será que não quer algo para se revigorar? Hein? Talvez, assim... um copinho pequeno de alguma coisa, para se aquecer...
— Eu beberia um vinho de Málaga, agora — gemeu Fomá, fechando novamente os olhos.
— Vinho de Málaga? É pouco provável que tenhamos em casa! — disse o titio, olhando com preocupação para Praskóvia Ilínitchna.
— E, como não?! — secundou Praskóvia Ilínitchna. — Sobraram quatro garrafas inteiras — e de imediato, com as chaves tilintando, ela correu para buscar o vinho de Málaga, seguida pelos conselhos e gritos de todas as damas, que rodeavam Fomá como moscas no mel. O senhor Bakhtchêiev, em compensação, atingira o mais alto grau de indignação.
— Ficou com vontade de tomar vinho de Málaga! — resmungou ele, quase em voz alta. — E me pede um vinho que ninguém toma! Mas quem é que bebe vinho de Málaga

além de canalhas que nem ele? Arre, mas que malditos! Mas que é que eu estou fazendo aqui? O que é que eu estou esperando aqui?

— Fomá! — começou o titio, enrolando-se a cada palavra. — Agora que... você descansou e está novamente junto conosco... eu queria dizer, Fomá, que entendo que agora há pouco, ao acusar, por assim dizer, a mais inocente das criaturas...

— Onde, onde está ela, a minha inocência? — secundou Fomá, como que ardendo e em delírio. — Onde estão meus dias dourados? Onde está você, minha infância dourada, quando eu, inocente e belo, corria pelos campos atrás de borboletas na primavera? Onde, onde está essa época? Tragam minha inocência de volta, tragam-na!...

E Fomá, abrindo os braços, dirigiu-se a todos, um de cada vez, como se sua inocência estivesse no bolso de algum de nós. Bakhtchêiev estava prestes a estourar de raiva.

— E essa, veja o que quer agora! — resmungou ele, enfurecido. — Deem-lhe sua inocência! O que ele quer, beijar-se com ela? Já quando menininho devia ser esse mesmo rufião que é agora! Juro, devia ser.

— Fomá!... — começou novamente o titio.

— Onde estão, onde estão eles, aqueles dias em que eu acreditava no amor e amava o ser humano? — gritava Fomá. — Quando eu abraçava o ser humano e chorava em seu peito? Mas agora onde estou? Onde estou?

— Você está em casa, Fomá, acalme-se! — gritou o titio.
— E eu queria lhe dizer o seguinte, Fomá...

— Seria melhor o senhor se calar — sibilou Perepelítsina, lançando-lhe um olhar maldoso e faiscante com seus olhinhos viperinos.

— Onde estou? — continuou Fomá. — Quem está ao meu redor? São búfalos e bois, apontando seus chifres para mim. Oh, vida, o que é você, afinal? Vivemos, vivemos para sermos desonrados, difamados, depreciados, espancados, e quando o túmulo for coberto pela terra, só então as pessoas cairão em si, e nossos pobres ossos serão esmagados por um monumento!

— Meu Deus, já começou a falar de monumentos! — sussurrou Iejevíkin, cruzando os braços.

— Oh, não me façam um monumento! — gritou Fomá. — Não me façam! Não preciso de monumentos! Podem erigir um monumento em minha honra em seus corações, mas não preciso de mais nada, não preciso, não preciso!

— Fomá! — interrompeu o titio. — Basta! Acalme-se! Não há por que ficar falando de monumentos. Apenas escute... Sabe, Fomá, entendo que você talvez tenha, por assim dizer, sido consumido por um nobre fogo ao me recriminar agora há pouco; mas você se deixou levar além do limite da virtude, Fomá. Garanto que você estava errado, Fomá...

— Mas não vai parar com isso, meu senhor? — piou novamente Perepelítsina. — Por acaso quer matar um homem infeliz, meu senhor, só porque está em suas mãos, meu senhor?...

Seguindo o exemplo de Perepelítsina, a generala também agitou-se, e com ela todo o seu séquito; todas gesticulavam para que o titio parasse.

— Anna Nílovna, a senhora é que tem que ficar quieta, eu sei o que estou dizendo! — respondeu o titio com dureza. — É uma questão sagrada! Uma questão de honra e justiça. Fomá! Você é ponderado; deve, neste preciso instante, pedir perdão a essa moça, que é mais do que nobre e a quem você ofendeu.

— Que moça? Que moça foi que eu ofendi? — falou Fomá, lançando um olhar perplexo para todos, como se tivesse se esquecido completamente de tudo que acontecera, e não entendesse o que se passava.

— Sim, Fomá, e se você agora, por sua própria conta,

reconhecer com nobreza a sua culpa, juro a você, Fomá, que cairei aos seus pés, e então...

— Mas, quem foi que eu ofendi? — berrou Fomá. — Que moça? Onde está ela? Onde está essa moça? Lembrem-me pelo menos alguma coisa a respeito dessa moça!...

Naquele momento, Nástienka, perturbada e assustada, aproximou-se de Iegor Ilitch e puxou-o pela manga.

— Não, Iegor Ilitch, deixe-o, desculpas não são necessárias! Tudo isso para quê? — disse ela com uma voz suplicante. — Pare com isso!...

— Ah! Agora me lembro! — exclamou Fomá. — Meu Deus! Eu me lembro! Oh, ajudem, ajudem-me a lembrar! — pediu ele, aparentando uma enorme inquietação. — Digam-me: é verdade que me expulsaram daqui como um cão sarnento? É verdade que um raio quase me acertou? É verdade que fui jogado daqui terraço afora? É verdade, é verdade tudo isso?

Os gritos e os lamentos da ala feminina foram a resposta mais eloquente à pergunta de Fomá Fomitch.

— Pois é, pois é! — repetiu ele. — Eu me lembro... Eu me lembro agora de que, depois do raio e de minha queda, vim correndo para cá, seguido pelos trovões, para cumprir meu dever e desaparecer para sempre! Ergam-me! Por mais fraco que esteja agora, devo cumprir minha obrigação.

Ergueram-no imediatamente da poltrona. Fomá colocou-se em posição de orador e estendeu sua mão.

— Coronel! — exclamou ele. — Agora voltei a mim completamente; os trovões ainda não acabaram com minhas capacidades mentais; restou, é verdade, a surdez no ouvido direito, resultado, talvez, não tanto do trovão, quanto de minha queda do terraço... Mas que importa! Quem liga para o ouvido direito de Fomá!

A essas suas últimas palavras, Fomá conferiu uma ironia tão entristecida, acompanhou-as de um sorriso tão dorido, que novamente ouviu-se o gemido comovido das senhoras. Todas olhavam para o titio com ar de reprovação, algumas com fúria; ele já começava, pouco a pouco, a abater-se perante a expressão de tão unânime opinião geral. Mizíntchikov cuspiu e afastou-se em direção à janela. Bakhtchêiev dava-me cotoveladas cada vez mais fortes; mal conseguia ficar parado no lugar.

— Agora ouçam todos a minha confissão! — berrou Fomá, lançando a todos um olhar orgulhoso e decidido. — E com isso julguem o destino do infeliz Opískin. Iegor Ilitch! Há tempos vinha observando o senhor, observando com grande ansiedade no coração, e vi tudo, tudo, quando o senhor sequer suspeitava de que eu o observava. Coronel! Talvez eu estivesse errado, mas eu conhecia seu egoísmo, seu ilimitado amor-próprio, sua fenomenal volúpia; e quem haverá de me culpar por ter ficado, a contragosto, agoniado pela honra da mais inocente das pessoas?

— Fomá, Fomá!... Mas também não se estenda muito, Fomá! — exclamou o titio, olhando com inquietação para a expressão sofrida do rosto de Nástienka.

— Não foi tanto a inocência e a credulidade desta pessoa que me desconcertaram, mas sim sua inexperiência — continuou Fomá, como que sem ouvir as advertências do titio. — Vi que um sentimento de carinho florescia em seu coração, como uma rosa primaveril, e lembrei-me involuntariamente de Petrarca, que disse que "a inocência está sempre a um passo da perdição". Suspirei, gemi, e, embora estivesse disposto a empenhar todo o meu sangue por essa moça, que é pura como uma pérola, quem é que poderia dar uma garantia pelo senhor, Iegor Ilitch? Conhecendo o ímpeto desenfreado de suas paixões, sabendo que o senhor está sempre disposto a sacrificar tudo pela sua satisfação momentânea, mergulhei, de repente, num abismo de terror e de receio com relação ao destino da mais nobre das donzelas...

— Fomá! Mas será possível que você pôde pensar isso? — exclamou o titio.

— Segui o senhor com ansiedade no meu coração. Se quiserem saber como sofri, perguntem a Shakespeare: ele lhes contará, em seu *Hamlet*, sobre o meu estado de espírito. Tornei-me desconfiado, temeroso. Em minha inquietação, em minha indignação, vi tudo numa luz negra, e não era aquela "luz negra" que é cantada na famosa romança, tenham certeza disso![81] É por isso que vocês, então, viram meu desejo de retirá-la desta casa: queria salvá-la; é por isso que vocês viram que, nos últimos tempos, eu estava irritadiço e enraivecido com todo o gênero humano. Oh! Quem haverá de reconciliar-me com a humanidade? Sinto que talvez tenha sido exigente e injusto com seus convidados, com seu sobrinho, com o senhor Bakhtchêiev, ao exigir dele que conhecesse a astronomia; mas quem haverá de me julgar pelo estado de espírito em que então me encontrava? Invocando novamente Shakespeare, digo que o porvir desenhava-se para mim como um sombrio redemoinho de profundidade desconhecida, em cujo fundo havia um crocodilo.[82] Sentia que era minha obrigação prevenir a infelicidade, que eu fora escolhido, fora feito para isso. Mas o que aconteceu? O senhor não entendeu os impulsos mais nobres de minha alma, e me pagou, por todo esse tempo, com raiva, ingratidão, zombaria, humilhações...

— Fomá! Se é assim... é claro que sinto... — exclamou o titio, numa inquietação extraordinária.

— Se o senhor realmente sente, coronel, faça a honra de

---

[81] A romança "Luz negra, luz sombria", de autor desconhecido, era muito popular à época. (N. do T.)

[82] A imagem a que Fomá Fomitch se refere não é de Shakespeare, mas do romance *Atala*, do escritor, político e historiador francês François-René de Chateaubriand (1768-1848). (N. do T.)

terminar de ouvir, e não me interromper. Sigo adiante: toda a minha culpa, por conseguinte, consistia no fato de que eu estava demasiadamente apreensivo com o destino e com a felicidade desta criancinha; pois ela ainda é uma criança perto do senhor. O mais elevado amor pela humanidade transformou-me, nesse momento, numa espécie de demônio de cólera e desconfiança. Estava prestes a lançar-me contra as pessoas e despedaçá-las. E o senhor sabia, Iegor Ilitch, que todos os seus atos, como que de propósito, confirmavam a minha desconfiança a todo instante, e atestavam todas as minhas suspeitas? Sabia que ontem, quando o senhor tentou me cobrir com seu ouro para me fazer sair de sua casa, pensei: "O que ele está querendo tirar de sua casa, com a minha pessoa, é a sua consciência, para poder cometer seu crime de forma mais confortável...".

— Fomá, Fomá! Mas será possível que você pensou isso ontem? — exclamou o titio, horrorizado. — Senhor Deus, e eu nem suspeitei de nada!

— Foi o próprio céu que me incutiu essas suspeitas — continuou Fomá. — Decidam por si mesmos: o que eu poderia pensar quando, por mero acaso, fui levado, naquela mesma noite, àquele fatídico banco no jardim? Que foi que senti naquele momento (oh, Deus!), ao ver finalmente, com meus próprios olhos, que todas as minhas suspeitas haviam se confirmado de repente e da maneira mais esplêndida? Mas ainda me restava uma esperança, fraca, é claro, mas ainda assim uma esperança. E o que aconteceu? Hoje de manhã, o senhor fez essa esperança em pedaços, reduziu-a a pó! O senhor me manda uma carta; manifesta a intenção de casar-se; suplica que eu não espalhe... "Mas por que", pensei, "por que ele escreveu justamente agora, quando eu já o apanhei, e não antes? Por que ele não veio correndo até mim antes, feliz e belo (pois o amor embeleza o rosto), por que ele não se lançou então em meus braços, não chorou em meu peito, com lágrimas de uma alegria infinita, e não me revelou tudo, tudo?" Ou será que sou um crocodilo que apenas o devoraria, e não lhe daria um conselho útil? Ou sou um besouro repulsivo, que apenas o picaria, e não contribuiria para sua felicidade? "Sou seu amigo ou o mais infame dos insetos?", eis a pergunta que fiz a mim mesmo hoje pela manhã! "Para que, afinal", pensei, "para que foi que ele mandou chamar seu sobrinho da capital e tentou casá-lo com essa moça, se não para enganar a nós e ao sobrinho *leviano*, continuando, enquanto isso, com a mais criminosa das intenções, em segredo?" Não, coronel, se alguém me convenceu do pensamento de que seu amor recíproco era criminoso, foi o senhor mesmo, e somente o senhor! Além disso, o senhor cometeu um crime também perante esta donzela, pois ela, pura e de boa conduta, graças à sua inépcia e à sua falta de confiança, próprias de um egoísta, foi submetida a calúnias e graves suspeitas!

O titio permaneceu calado, cabisbaixo: a eloquência de Fomá nitidamente prevalecera sobre todas as suas objeções, e ele já se considerava um perfeito criminoso. A generala e sua companhia, com silêncio e veneração, ouviam Fomá, e Perepelítsina olhava para a pobre Nástienka com um maldoso ar de triunfo.

— Estupefato, exasperado, deprimido — continuou Fomá —, tranquei-me hoje à chave e rezei para que Deus me inspirasse os pensamentos corretos! Finalmente, me decidi: colocá-lo à prova uma última vez, em público. Talvez eu tenha posto isso em prática de maneira por demais acalorada, talvez tenha me entregado em demasia à minha indignação; mas, devido a meus mais nobres desejos, o senhor me jogou fora pela janela! Caindo pela janela, pensei comigo mesmo: "Pois é sempre assim que se recompensa a virtude no mundo!". Então, choquei-me com a terra e, depois disso, mal me lembro o que se passou comigo!

Os gritinhos e os gemidos interromperam Fomá Fomitch após aquela trágica lembrança. A generala fez menção de lançar-se em sua direção, segurando a garrafa de vinho de Málaga que ela pouco antes arrancara das mãos de Praskóvia Ilínitchna, mas Fomá afastou majestosamente com a mão tanto o vinho de Málaga, como a generala.

— Parem! — exclamou ele. — Preciso terminar. O que aconteceu depois de minha queda, não sei. Sei apenas que agora, molhado e prestes a ficar com febre, estou aqui para fazer sua mútua felicidade. Coronel! Depois de muitos sinais, que não quero explicar agora, tive finalmente certeza de que seu amor era puro e até elevado, embora, ao mesmo tempo, incrédulo de maneira quase criminosa. Fui surrado, humilhado, suspeito de ter ofendido uma donzela por cuja honra eu, como um cavaleiro da Idade Média, estaria disposto a verter até a última gota do meu sangue, decidi mostrar-lhe agora como Fomá Opískin vinga suas ofensas. Estique-me sua mão, coronel!

— Com prazer, Fomá! — exclamou o titio. — E como você agora se explicou perfeitamente com relação à honra dessa pessoa tão nobre, eu... é claro... Aqui está minha mão, Fomá, junto com meu arrependimento...

E o titio entregou-lhe a mão com ardor, sem suspeitar ainda o que viria daquilo.

— Dê-me a senhora também sua mão — continuou Fomá com uma voz fraca, afastando a multidão feminina que se amontoara ao seu redor e dirigindo-se a Nástienka.

Nástienka ficou desorientada e confusa, e olhou com timidez para Fomá.

— Venha, venha, minha criança querida! Isso é imprescindível para sua felicidade — acrescentou Fomá carinhosamente, continuando a segurar em suas mãos a mão do titio.

— O que é que ele está tramando? — falou Mizíntchikov.

Nástia, assustada e trêmula, aproximou-se lentamente de Fomá e, com timidez, estendeu a ele sua mãozinha.

Fomá pegou aquela mãozinha e colocou-a na mão do titio.

— Uno-os e os abençoo — proferiu ele, com a voz mais solene —, e, se a bênção de um mártir abatido pela tristeza pode lhes servir, sejam então felizes. Eis como se vinga Fomá Opískin! Viva!

A surpresa geral foi extrema. O desenlace fora tão inesperado, que todos foram acometidos por certo pasmo. A generala ficou como estava, de boca aberta e com uma garrafa de vinho de Málaga nas mãos. Perepelítsina ficou pálida e estremeceu de fúria. As agregadas ergueram os braços e ficaram petrificadas em seus lugares. O titio começou a tremer e quis dizer algo, mas não conseguiu. Nástia empalideceu como uma morta, e falou timidamente que "não era possível"... Mas já era tarde. Bakhtchêiev foi o primeiro — é preciso fazer-lhe justiça — a apoiar o "viva" de Fomá Fomitch. Depois eu, e em seguida, no alto de sua sonora vozinha, Sáchenka, que foi logo abraçar o pai; depois Iliucha, depois Iejevíkin; depois de todos, Mizíntchikov.

— Viva! — bradou novamente Fomá. — Viva! Fiquem de joelhos, crianças de meu coração, fiquem de joelhos diante da mais carinhosa das mães! Peçam sua bênção, e, se for preciso, eu mesmo hei de me ajoelhar diante dela, junto com vocês...

O titio e Nástia, ainda sem olhar um para o outro, assustados e, pelo visto, sem entender o que se passava com eles, caíram de joelhos diante da generala; todos apinharam-se ao redor deles; mas a velhinha parecia aturdida, sem entender absolutamente como agir. Fomá ajudou também nessa situação: ele mesmo caiu de joelhos diante de sua protetora. Aquilo liquidou de vez toda a sua perplexidade. Desfa-

zendo-se em lágrimas, ela falou finalmente que concordava. O titio saltou e estreitou Fomá em seus braços.

— Fomá, Fomá!... — falou ele, mas sua voz falhou, e ele não conseguiu continuar.

— Champanhe! — berrou Stepan Aleksêievitch. — Viva!

— Não, senhor, nada de champanhe, meu senhor — objetou Perepelítsina, que já tivera tempo de voltar a si e pesar todas as circunstâncias e, além disso, as consequências. — Temos que acender uma velinha para Deus, meu senhor, rezar para uma imagem, receber dela a bênção, como fazem todos os devotos, meu senhor...

Todos precipitaram-se imediatamente a cumprir aquele sensato conselho; começou um terrível rebuliço. Era preciso acender a vela. Stepan Aleksêievitch colocou uma cadeira e trepou nela para colocar a vela junto à imagem, mas quebrou de imediato a cadeira e despencou pesadamente no chão, conseguindo, porém, manter-se em pé. Nem um pouco zangado, ele logo cedeu, com respeito, o lugar a Perepelítsina. Perepelítsina, magrinha que era, num piscar de olhos resolveu a questão: a vela foi acesa. A monja e as agregadas começaram a benzer-se e a fazer reverências até o chão. Tiraram a imagem do Salvador e levaram-na até a generala. O titio e Nástia novamente se puseram de joelhos, e a cerimônia realizou-se seguindo as devotas instruções de Perepelítsina, que a todo instante sentenciava: "Fiquem de joelhos, encostem os lábios na imagem, beijem a mãozinha de sua mamãe!". Depois dos noivos, o senhor Bakhtchêiev também se considerou obrigado a encostar os lábios na imagem, e ainda beijou a mão da mamãe generala. Estava num êxtase indescritível.

— Viva! — gritou ele novamente. — E agora vamos beber champanhe!

Todos, aliás, estavam em êxtase. A generala chorava, mas agora já eram lágrimas de felicidade: a união, abençoada por Fomá, tornou-se imediatamente aos seus olhos decente e sagrada; mas, principalmente, ela sentia que Fomá Fomitch se distinguira, e que agora permaneceria com ela até o fim dos tempos. Todas as agregadas, pelo menos na aparência, compartilhavam o êxtase geral. O titio ora ficava de joelhos diante da mãe, beijando sua mão, ora corria para me abraçar, abraçar Bakhtchêiev, Mizíntchikov e Iejevíkin. Quase sufocou Iliucha com seus abraços. Sacha precipitou-se para abraçar e beijar Nástienka, Praskóvia Ilínitchna desfez-se em lágrimas. O senhor Bakhtchêiev, percebendo isso, aproximou-se dela para beijar-lhe a mão. O velhinho Iejevíkin comoveu-se e chorou num canto, secando seus olhos com o mesmo lenço xadrez da véspera. Num outro canto, choramingava Gavrila, olhando com veneração para Fomá Fomitch, enquanto Falaliei soluçava a plenos pulmões, aproximava-se de todos e também lhes beijava a mão. Todos estavam tomados pela emoção. Ninguém ainda começara a falar, ninguém se explicara; parecia que tudo já fora dito; ouviam-se apenas exclamações de alegria. Ninguém ainda entendia como de repente tudo se resolvera de forma tão rápida e simples. Sabiam apenas que tudo aquilo fora feito por Fomá Fomitch, e que aquele era um fato básico e irrefutável.

Mas ainda não haviam se passado nem cinco minutos após a felicidade geral, quando de repente em nosso meio surgiu Tatiana Ivánovna. De que maneira, com que intuição poderia ela, estando em seu quarto na parte de cima da casa, ficar sabendo tão rapidamente do amor e do casamento? Ela irrompeu com um rosto radiante, com lágrimas de alegria nos olhos, numa toalete elegante e sedutora (afinal, lá em cima ela tivera tempo de se trocar), e precipitou-se diretamente, com sonoros gritos, para abraçar Nástienka.

— Nástienka, Nástienka! Você o amava, e eu nem sabia — exclamou ela. — Meu Deus! Eles amavam um ao outro, sofriam em silêncio, em segredo! Foram perseguidos! Que romance! Nástia, minha queridinha, diga-me toda a verdade: você realmente ama este louco?

No lugar de uma resposta, Nástia abraçou-a e beijou-a.

— Deus, que romance fascinante! — e Tatiana Ivánovna bateu palmas, em êxtase. — Escute, Nástia, escute, meu anjo: todos esses homens, do primeiro ao último, são ingratos, monstros, não valem o nosso amor. Mas talvez este seja o melhor de todos. Venha cá, seu louco! — exclamou ela, dirigindo-se ao titio e agarrando-o pela mão. — Está mesmo apaixonado? Será mesmo capaz de amar? Olhe para mim: quero olhar em seus olhos; quero ver se esses olhos estão ou não mentindo. Não, não, eles não estão mentindo: neles brilha o amor. Oh, como estou feliz! Nástienka, minha amiga, escute: você não é rica, vou lhe dar trinta mil de presente. Pegue, em nome de Deus! Eu não preciso, não preciso; ainda vai me restar muito. Não, não, não, não! — gritou ela, agitando as mãos, ao ver que Nástia queria recusar. — Fique quieto também o senhor, Iegor Ilitch, isso não lhe diz respeito. Não, Nástia, já me decidi: vou presenteá-la; há tempos queria presenteá-la e estava apenas esperando seu primeiro amor... Cuidarei de sua felicidade. Vai me ofender se não aceitar; vou chorar, Nástia... Não, não, não e não!

Tatiana Ivánovna estava em tamanho êxtase, que, pelo menos naquele instante, era impossível, dava quase pena contrariá-la. Não se decidiram a fazê-lo, e deixaram a questão para um outro momento. Ela correu para beijar a generala, Perepelítsina; enfim, todos nós. Bakhtchêiev acercou-se dela da maneira mais respeitosa, e pediu-lhe a mão.

— Minha cara! Minha queridinha! Queira perdoar-me, tolo que sou, pelo que ocorreu há pouco tempo: não conhecia esse seu coraçãozinho de ouro!

— Seu louco! Eu o conheço há tempos — balbuciou Tatiana Ivánovna com uma brejeirice extasiada; ela bateu no nariz de Stepan Aleksêievitch com seu lenço e passou flutuan-

do por ele, como um zéfiro, roçando nele com seu vestido bufante. O gorducho deu-lhe passagem respeitosamente.

— Uma donzela das mais dignas! — falou ele com enternecimento. — E não é que colaram o nariz do alemão! — sussurrou ele para mim em tom confidencial, olhando alegremente em meus olhos.

— Que nariz? De que alemão? — perguntei, surpreso.

— O que eu encomendei, que beija a mãozinha de sua alemã, enquanto ela limpa uma lágrima com seu lencinho. Ievdokim conseguiu consertar, ontem à noite mesmo, lá em casa; e agora há pouco, quando voltávamos da perseguição, mandei alguém buscar... Logo vão trazê-lo. É uma coisa magnífica!

— Fomá! — exclamou o titio, num êxtase frenético. — Você é a causa de nossa felicidade! Como posso recompensá-lo?

— De maneira nenhuma, coronel — respondeu Fomá com uma expressão amuada. — *Continuem a não prestar atenção em mim* e sejam felizes sem Fomá.

Ele estava nitidamente melindrado: em meio à efusividade geral, pareciam ter se esquecido dele.

— Isso é por causa da alegria, Fomá! — exclamou o titio. — Já nem sei onde estou, meu querido. Escute, Fomá: eu o ofendi. Toda a minha vida, todo o meu sangue não serão suficientes para apagar essa ofensa, e por isso ficarei em silêncio, sequer pedirei perdão. Mas se em algum momento você precisar da minha cabeça, da minha vida, se for preciso lançar-me por você num abismo escancarado, é só mandar e você vai ver... Não direi mais nada, Fomá.

E o titio agitou as mãos, plenamente consciente de que era impossível acrescentar qualquer coisa que fosse para expressar de maneira mais forte o seu pensamento. Ele apenas olhou para Fomá com olhos agradecidos e cheios de lágrimas.

— Mas veja só que anjo, senhor! — piou por sua vez a dama Perepelítsina, elogiando Fomá.

— Sim, sim! — apoiou Sáchenka. — Eu não sabia que o senhor era um homem tão bom, Fomá Fomitch, e fui desrespeitosa com o senhor. Peço-lhe que me desculpe, Fomá Fomitch, e tenha certeza de que o amarei com todo o meu coração. Se o senhor soubesse como o respeito agora!

— Sim, Fomá! — secundou Bakhtchêiev. — Perdoe-me também, tolo que sou! Eu não o conhecia, não conhecia! Você, Fomá Fomitch, é não apenas um erudito, mas simplesmente um herói! Minha casa está toda a seu dispor. Mas é melhor que você venha me visitar, meu querido, depois de amanhã, e traga a mãezinha generala, e também os noivos... Mas que estou dizendo?! Que venha a casa toda me visitar! E como vamos almoçar bem; não quero me gabar de antemão, mas digo uma coisa: vou lhes servir só do bom e do melhor! Dou minha palavra de honra!

Em meio a toda aquela efusividade, Nástienka também se aproximou de Fomá Fomitch e, sem dizer nada, abraçou-o com força e o beijou.

— Fomá Fomitch! — disse ela. — O senhor é nosso benfeitor; fez tanto por nós, que sequer sei como pagar por tudo isso, mas sei apenas que serei como uma irmã para o senhor, e a mais carinhosa, a mais respeitosa...

Ela não conseguiu concluir: as lágrimas sufocaram-lhe as palavras. Fomá beijou-a na cabeça e veio também às lágrimas.

— Minhas crianças, crianças de meu coração! — disse ele. — Vivam, floresçam e, nos momentos de alegria, lembrem-se às vezes do pobre exilado! Digo por mim mesmo que talvez a infelicidade seja a mãe da virtude. Parece que foi Gógol quem disse isso, um escritor leviano, mas que tem às vezes pensamentos expressivos. O exílio é uma infelicidade! Sairei agora como um errante pela Terra, com meu bastão, e quem sabe? Talvez por minha infelicidade eu me torne ainda mais virtuoso! Tal pensamento é o único consolo que ainda me resta!

— Mas... aonde você vai, Fomá? — exclamou o titio, assustado.

Todos se sobressaltaram e atiraram-se na direção de Fomá.

— Acaso poderei permanecer em sua casa depois de seu ato de há pouco, coronel? — perguntou Fomá com um ar de extraordinária dignidade.

Mas não o deixaram falar: uma gritaria generalizada abafou suas palavras. Colocaram-no sentado na poltrona; rogaram a ele, choraram, e já nem sei que mais fizeram com ele. É claro que não lhe passava pela cabeça sair "daquela casa", assim como ainda há pouco não passara, como no dia anterior não passara, como tampouco passara quando ele se pusera a cavar na horta. Ele sabia que agora o conteriam com fervor, que se aferrariam a ele, especialmente depois que ele fizera todos felizes, quando todos novamente acreditavam nele, quando todos estavam dispostos a carregá-lo em seus braços e considerar tal coisa uma honra e uma alegria. Mas é possível que seu retorno pusilânime de ainda há pouco, quando ele se assustara com os trovões, excitara consideravelmente sua ambição, e o instigara a tentar, de alguma forma, realizar mais feitos heroicos; mas, principalmente, havia uma tremenda atração para fazer uma cena; seria possível falar tão bem, representar, delongar-se, elogiar a si mesmo: não havia qualquer possibilidade de resistir àquela tentação. E ele não resistiu: tentava escapar das pessoas, que não o deixavam partir; exigia seu bastão; implorava que lhe dessem sua liberdade, que o deixassem ir aonde quisesse; dizia que "naquela casa" ele era desonrado, agredido, que só voltara para fazer a felicidade de todos; e, finalmente, perguntava se era possível permanecer na "casa da ingratidão e comer o *schi*⁸³ que, embora nutritivo, era temperado com surras". Finalmente, ele parou de tentar escapar. Colocaram-no novamente sentado na poltrona; mas sua eloquência não se interrompeu.

— Por acaso não fui ofendido aqui? — gritava ele. — Por acaso não me provocaram aqui? Por acaso o senhor, o senhor mesmo, coronel, tal como uma ignorante criança pequeno-burguesa nas ruas das cidades, não me fez a figa de hora em hora? Sim, coronel! Insisto nessa comparação, porque, se o senhor não me fez a figa fisicamente, mesmo assim eram figas morais; e as figas morais, em certos casos, são até mais ofensivas que as físicas. Já nem falo das surras...

— Fomá, Fomá! — exclamou o titio. — Não me mate com essas lembranças! Já disse a você que todo o meu sangue não basta para lavar essa ofensa. Seja magnânimo! Esqueça, perdoe e fique para contemplar nossa felicidade! São seus frutos, Fomá!...

— ... Quero amar, quero amar o ser humano — gritou Fomá —, mas não me dão o ser humano, vetam-me o ser humano, privam-me do ser humano! Deem-me, deem-me o ser humano para que eu possa amá-lo! Onde está esse ser humano? Onde se escondeu esse ser humano? Como Diógenes com o lampião, passei a vida inteira procurando por ele e não o encontro, e não posso amar ninguém enquanto não encontrar esse ser humano.⁸⁴ Ai daquele que fez de mim um misantropo! Eu grito: "deem-me um ser humano para que eu possa amá-lo", e me empurram um Falaliei! Será que amarei

---

⁸³ Tradicional sopa russa à base de repolho. (N. do T.)

⁸⁴ Diógenes de Sínope ou Diógenes, o Cínico (*c.* 404-323 a.C.), filósofo grego que defendia a vida modesta e que, segundo a lenda, caminhou certo dia pelas ruas de Atenas segurando um lampião. Quando lhe perguntaram o que fazia, respondeu "que estava à procura de um ser humano". (N. do T.)

um Falaliei? Hei de querer amar um Falaliei? E, finalmente, poderei amar um Falaliei, mesmo que queira? Não. E por que não? Porque ele é Falaliei. Por que não amo a humanidade? Porque tudo que existe no mundo é Falaliei ou semelhante a Falaliei! Não quero Falaliei, odeio Falaliei, cuspo em Falaliei, esmago Falaliei, e, se fosse preciso escolher, preferiria amar Asmodiei, e não Falaliei![85] Venha, venha cá, meu carrasco de cada dia, venha cá! — exclamou ele, dirigindo-se de repente a Falaliei, que, na ponta dos pés, olhava com o ar mais ingênuo por sobre a multidão que rodeava Fomá Fomitch. — Venha cá! Provarei ao senhor, coronel — gritou Fomá, puxando para junto de si com o braço Falaliei, quase sem sentidos de tanto medo. — Provarei ao senhor a justiça de minhas palavras a respeito das zombarias e das figas de sempre! Diga, Falaliei, e diga a verdade: com o que foi que você sonhou na noite de ontem? Pois o senhor vai ver, coronel, o senhor vai ver seus frutos! Pois então, Falaliei, diga!

O pobre menino, tremendo de medo, lançou ao redor um olhar desesperado, procurando em quem quer que fosse a sua salvação; mas todos apenas estremeciam e esperavam horrorizados pela resposta.

— Pois então, Falaliei, estou esperando!

Em vez de responder, Falaliei enrugou o rosto, escancarou a boca e pôs-se a berrar como um bezerro.

— Coronel! O senhor está vendo que teima? Isso pode ser natural? Falo pela última vez, Falaliei, diga: com que você sonhou ontem?

— Com...

— Diga que sonhou comigo — soprou Bakhtchêiev.

— Com as suas virtudes, senhor! — soprou Iejevíkin, no outro ouvido.

---

[85] Em português, Asmodeu, demônio da mitologia judaica. Ver *Tobias*, 3, 8-17. (N. do T.)

Falaliei apenas olhou ao redor.

— Com... Com suas vir... Com um boi bran-co! — mugiu ele finalmente, desfazendo-se em amargas lágrimas.

Todos soltaram uma exclamação. Mas Fomá Fomitch estava num acesso de extraordinária generosidade.

— Pelo menos vejo sua sinceridade, Falaliei — disse ele —, uma sinceridade que não noto em outros. Fique com Deus! Se você estiver me provocando de propósito com essas palavras, incitado por outros, que Deus dê a paga a você e aos outros. Se não, respeito sua sinceridade, pois mesmo na última das criaturas, como você, estou acostumado a distinguir a imagem e a semelhança de Deus... Eu o perdoo, Falaliei! Minhas crianças, venham me abraçar, eu ficarei!...

"Ficará!", exclamaram todos em êxtase.

— Ficarei e perdoarei. Coronel, premie Falaliei com açúcar: que ele não chore neste dia de felicidade geral.

É evidente que tamanha generosidade foi considerada estupenda. Preocupar-se *de tal maneira*, em *tal* momento, e com quem? Com Falaliei! O titio correu para cumprir a ordem a respeito do açúcar. Imediatamente, sabe Deus de onde, nas mãos de Praskóvia Ilínitchna surgiu um açucareiro de prata. O titio fez menção de tirar dois torrões com sua mão trêmula, depois três, depois os derrubou, vendo, finalmente, que, por conta de sua agitação, não tinha condições de fazer nada:

— Ah! — exclamou ele. — Num dia como este, pegue, Falaliei! — e despejou em seu colo todo o açucareiro. — Isso é por sua sinceridade — acrescentou ele, à guisa de pregação moral.

— O senhor Koróvkin — anunciou de repente Vidopliássov, que aparecera pela porta.

Começou um pequeno rebuliço. A visita de Koróvkin era nitidamente inoportuna. Todos olharam para o titio com ar de interrogação.

— Koróvkin! — exclamou o titio com certa perturbação. — É claro que fico contente... — acrescentou ele, lançando uma olhadela tímida para Fomá. — Mas juro que não sei se devo pedir que entre agora, num momento como esse. O que você acha, Fomá?

— Tudo bem, tudo bem! — falou Fomá, de modo benevolente. — Convide Koróvkin; deixe que ele também participe na felicidade geral.

Resumindo, Fomá estava numa disposição angelical de espírito.

— Tomo a liberdade de informar, de maneira respeitosa — observou Vidopliássov —, que Koróvkin não se encontra em seu pleno juízo, senhor.

— Não está em seu pleno juízo? Como? Mas que história é essa? — exclamou o titio.

— Exatamente isso, senhor: não está num estado de sobriedade, senhor...

Mas antes que o titio pudesse abrir a boca, enrubescer, assustar-se e constranger-se ao extremo, veio a solução do enigma. Na porta, apareceu o próprio Koróvkin, que afastou Vidopliássov com a mão e se apresentou diante do assombrado grupo. Era um senhor baixo, mas corpulento, de uns quarenta anos, de cabelos escuros, com alguns fios brancos, cortados bem rente; tinha um rosto rubro e redondo, com olhinhos pequenos e injetados. Usava uma comprida gravata feita de crina, afivelada por trás, uma casaca extraordinariamente surrada, coberta de penas e de feno e com um grande rasgo embaixo do braço, um par de *pantalons impossibles*[86] e um quepe, ensebado a não mais poder e que ele segurava meio de lado. Esse senhor estava completamente bêbado. Chegando no centro do cômodo, ele parou, cambaleando e

---

[86] Em francês, no original: "calças impossíveis". (N. do T.)

empinando o nariz, num torpor ébrio; depois, sorriu lentamente de orelha a orelha.

— Perdão, senhores — falou ele. — Eu... já... — nesse momento, ele deu um peteleco em sua gola[87] — estou bem servido!

A generala rapidamente adotou uma expressão de dignidade ofendida. Fomá, sentado em sua poltrona, media ironicamente com o olhar o excêntrico convidado. Bakhtchêiev olhava para ele com perplexidade, pela qual, porém, transparecia certa compaixão. O embaraço do titio era incrível; ele sofria por Koróvkin com toda a sua alma.

— Koróvkin! — começou o titio. — Escute!

— *Atandê*,[88] meu senhor — interrompeu Koróvkin. — Apresento-me: um filho da natureza... Mas o que vejo? Há damas aqui... E por que você não me disse que haveria damas em sua casa, seu canalha? — acrescentou ele, olhando para o titio com um sorriso trapaceiro. — Tudo bem! Não se acanhe!... Vamos nos apresentar também ao belo sexo... Damas encantadoras! — começou ele, movendo com esforço a língua e tropeçando em cada palavra. — Estão vendo um infeliz que... Bem, e assim por diante... O resto não se pode dizer até o final... Músicos! Uma polca!

— O senhor não quer tirar uma soneca? — perguntou Mizíntchikov, aproximando-se calmamente de Koróvkin.

— Soneca? Mas o senhor está querendo me ofender?

— De modo algum. Sabe, é útil depois de uma viagem...

— Nunca! — respondeu Koróvkin com indignação. — Você pensa que estou bêbado? Nem um pouco... Aliás, onde é que se pode dormir por aqui?

— Vamos, num instante eu levo o senhor.

---

[87] Tal gesto (um peteleco próximo à garganta) é comum até hoje na Rússia para denotar o ato de beber. (N. do T.)

[88] Em francês russificado, no original: "espere". (N. do T.)

— Aonde? Ao galpão? Não, meu querido, você não vai me embromar! Já pernoitei lá... Aliás, me leve... Por que não ir com um bom homem?... Não preciso de travesseiro; um militar não precisa de travesseiro. Só me arranje um sofazinho, meu querido, um sofazinho... Mas escute — acrescentou ele, parando. — Estou vendo que você é um rapaz cordial. Pode me arranjar também um pouco de... Entende? Só um tantinho de rum, para afogar uma mosquinha... É só para afogar uma mosquinha, só uma tacinha.

— Pois bem, pois bem! — respondeu Mizíntchikov.

— Pois bem... Mas espere, preciso me despedir... *Adieu, mesdames* e *mesdemoiselles*!... As senhoras me perfuraram, por assim dizer... Bem, mas não há o que falar! Depois nos explicamos... Só me acordem quando começar... Ou mesmo cinco minutos antes do começo... Mas não comecem sem mim! Estão ouvindo? Não é para começar!...

E o alegre senhor sumiu atrás de Mizíntchikov.

Todos ficaram em silêncio. A perplexidade continuou por um tempo. Finalmente, Fomá começou, pouco a pouco, em voz baixa e quase inaudível, a dar risadinhas; seu riso foi aumentando mais e mais, tornando-se uma gargalhada. Ao ver isso, a generala também se alegrou, embora a expressão de dignidade ofendida ainda se mantivesse em seu rosto. Um riso involuntário começou a erguer-se de todas as partes. O titio parecia aturdido, corando ao ponto de chorar e sem condições de proferir uma palavra sequer por algum tempo.

— Meu Deus do céu! — disse ele, afinal. — Quem poderia saber? Mas é que... é que isso pode acontecer com qualquer um. Fomá, garanto a você que esse é um homem dos mais honestos, dos mais nobres, e é até extremamente erudito. Fomá... Você vai ver!...

— Estou vendo, estou vendo — respondeu Fomá, sufocando de rir. — Extraordinariamente erudito, justamente, erudito!

— Precisa ver como fala das linhas de ferro, senhor! — observou Iejevíkin a meia-voz.

— Fomá!... — exclamou o titio, mas a gargalhada geral encobriu suas palavras. Fomá Fomitch mal se aguentava de rir. Ao ver aquilo, o titio também começou a rir.

— Ora, então que seja! — disse ele com entusiasmo. — Você é generoso, Fomá, tem um grande coração: você fez a minha felicidade... Também vai perdoar Koróvkin.

Apenas Nástienka não ria. Ela olhava para seu noivo com os olhos cheios de amor, e parecia querer proferir: "Mas que homem maravilhoso, que homem bondoso e nobre você é, e como eu o amo!".

VI
CONCLUSÃO

O triunfo de Fomá foi completo e inquestionável. Realmente, sem ele nada haveria se resolvido, e tudo aquilo que se passara acabou por liquidar todas as dúvidas e objeções. Era infinita a gratidão daqueles a quem ele tornara feliz. O titio e Nástienka fizeram até gestos de reprovação quando tentei questionar, de leve, o processo pelo qual se dera a concordância de Fomá com aquele casamento. Sáchenka gritava: "Bondoso, bondoso Fomá Fomitch; vou costurar para ele um travesseiro de lã!", e até me fez sentir vergonha pela dureza do meu coração. Creio que o recém-convertido Stepan Aleksêitch teria me sufocado se eu dissesse, em sua presença, algo desonroso a respeito de Fomá Fomitch. Ele agora seguia Fomá Fomitch como um cachorrinho, olhava para ele com veneração e, a cada palavra do outro, acrescentava: "Você é o mais nobre dos homens, Fomá! Você é um homem erudito, Fomá!". No que se referia a Iejevíkin, este encontrava-se no mais alto grau de êxtase. Havia muito, muito tempo o velhinho notara que Nástienka havia virado a cabeça de Iegor Ilitch, e, desde então, sonhava, de olhos fechados e de olhos abertos, com o modo pelo qual poderia dar-lhe sua filha em casamento. Ele insistira naquilo até o último momento, e só desistira quando já era impossível não desistir. Mas Fomá reavivou a questão. É claro que o velhinho, a despeito de seu êxtase, entendia Fomá Fomitch inteiramente; resumindo, estava claro que Fomá Fomitch reinaria naquela casa para sempre e que sua tirania agora já não teria fim. É sabido que as pessoas mais desagradáveis e mais caprichosas ficam mansas, ainda que apenas por um tempo, quando realizam seus desejos. Com Fomá Fomitch era exatamente o oposto: parecia que se tornava ainda mais tolo com seu êxito, que empinava cada vez mais o nariz. Logo antes do almoço, já tendo mudado sua roupa de baixo e se trocado, ele se sentou na poltrona, chamou o titio e, na presença de toda a família, começou a passar-lhe um novo sermão.

— Coronel! — começou ele. — O senhor está contraindo matrimônio. O senhor por acaso compreende a obrigação...?

E assim por diante... Imaginem dez páginas, no formato do *Journal des Débats*, impressas com os caracteres mais miúdos, repletas dos mais terríveis absurdos, e nas quais não havia rigorosamente nada a respeito das obrigações, mas apenas os mais desavergonhados elogios ao intelecto, à docilidade, à generosidade, à coragem, e à abnegação dele mesmo, Fomá Fomitch. Todos estavam famintos, todos queriam almoçar; mas, apesar disso, ninguém ousou contrariá-lo, e todos, com veneração, ouviram até o final aquela sandice inteira; até Bakhtchêiev, com todo o seu voraz apetite, permaneceu sentado, sem se mover, com o mais profundo respeito. Tendo se satisfeito com sua própria eloquência, Fomá Fomitch finalmente alegrou-se, e chegou até a passar um tanto da conta na bebida durante o almoço, fazendo os brindes mais incomuns. Pôs-se a dizer gracejos e a fazer zombarias, é claro que a respeito dos noivos. Todos gargalharam e aplaudiram. Mas algumas brincadeiras eram a tal ponto obscenas e descaradas, que até Bakhtchêiev ficou constrangido. Finalmente, Nástienka levantou-se da mesa e saiu correndo. Isso levou Fomá Fomitch a um êxtase indescritível; mas ele imediatamente contornou a situação: com palavras breves, mas fortes, descreveu os méritos de Nástienka e fez um brinde à saúde da ausente. O titio, que por um instante ficara constrangido e já começara a sofrer, agora estava disposto a abraçar Fomá

Fomitch. No geral, o noivo e a noiva pareciam envergonhados um do outro e de sua felicidade. Eu percebera: desde a bênção, eles ainda não haviam trocado uma palavra entre si, e parecia até que evitavam olhar um para o outro. Quando nos levantamos da mesa, o titio sumiu de repente, fora não se sabe aonde. Tentando encontrá-lo, entrei de passagem no terraço. Lá, sentado numa poltrona, tomando café, Fomá discursava, já bastante alto. Ao redor dele estavam apenas Iejevíkin, Bakhtchêiev e Mizíntchikov. Parei para escutar.

— Por quê? — gritava Fomá. — Por que é que estou disposto a ir agora mesmo para a fogueira por minhas convicções? E por que é que, dentre vocês, ninguém está em condições de ir para a fogueira? Por quê? Por quê?

— Porque isso seria um desperdício, Fomá Fomitch, ir para a fogueira! — zombou Iejevíkin. — Mas a troco de que faria isso? Em primeiro lugar, dói. E em segundo lugar, se vão queimar, o que vai restar?

— O que vai restar? Nobres cinzas, é isso que vai restar. Mas como é que você vai me entender, como é que vai me dar valor?! Para vocês, não existem pessoas grandiosas além de César ou Alexandre Magno! E que foi que fez esse seu César? Quem ele fez feliz? O que fez o seu Alexandre Magno, tão alardeado que é? Conquistou a terra inteira? Pois me dê uma falange como a dele, e eu também conquisto, você conquista, ele conquista... Em compensação, ele matou o virtuoso Clito, e eu não matei o virtuoso Clito...[89] Era um rapazola! Um biltre! Deveria entrar na chibata, não ser enaltecido por toda a história mundial... E César a mesma coisa!

— Poupe pelo menos César, Fomá Fomitch!

---

[89] Clito, o Negro (*c.* 375-328 a.C.), oficial do exército macedônico responsável pela segurança de Alexandre. Alguns anos depois de ter sua vida salva por Clito no campo de batalha, Alexandre o matou durante um banquete, após a conquista da Pérsia. (N. do T.)

— Não vou poupar um tolo desses! — gritou Fomá.

— E nem é para poupar! — apoiou com ardor Stepan Aleksêievitch, também já um pouco alegre. — Não tem que poupar; ficavam só pulando de lá para cá, eram até capazes de dar piruetas numa perna só! Bando de salsicheiros![90] O outro ontem queria instituir uma tal de bolsa. Mas que bolsa é essa? Sabe Deus o que é que isso significa! Aposto que é alguma nova porcaria. E aquele outro, agora há pouco, chega numa companhia nobre trançando as pernas e pedindo rum! Eu acho o seguinte: por que não beber? Pois que beba, beba, mas aí vá para o seu cantinho e depois, talvez, beba de novo... Não tem que poupar! São todos uns trapaceiros! Só você é um erudito, Fomá!

Bakhtchêiev, quando se entregava a alguém, entregava-se por inteiro, de maneira incondicional e sem quaisquer críticas.

Fui encontrar o titio no jardim, junto ao lago, no lugar mais isolado. Estava com Nástienka. Ao me ver, Nástienka saiu correndo na direção de uma moita, como que culpada. O titio veio ao meu encontro com um rosto radiante; em seus olhos, havia lágrimas de êxtase. Ele segurou ambas as minhas mãos e apertou-as com força.

— Meu amigo! — disse ele. — Até o presente momento é como se eu não acreditasse na minha felicidade... Nástia também. Estamos apenas maravilhados, louvando o Todo-Poderoso. Agora ela estava chorando. Acredita que até esse momento é como se eu estivesse fora de mim, como que desnorteado por completo: ora acredito, ora não acredito! E a troco de que isso está acontecendo comigo? A troco de quê? Que foi que eu fiz? Como posso merecer isso?

— Se alguém merece isso, titio, é o senhor — disse eu

---

[90] Alcunha ofensiva pela qual os russos chamavam os alemães. (N. do T.)

com entusiasmo. — Ainda não conheci um homem tão honrado, tão maravilhoso, tão bondoso como o senhor...

— Não, Serioja, não, isso é demais — respondeu ele, como que com pesar. — O ruim é que somos bons (quer dizer, estou falando só de mim mesmo) quando tudo vai bem; quando as coisas vão mal, aí não é bom nem chegar perto! Nástia e eu estávamos falando disso agora mesmo. Por mais que Fomá brilhasse, bem na minha frente, eu (você acredita?) talvez até hoje não acreditasse plenamente nele, embora eu mesmo tentasse convencer você de sua perfeição; mesmo ontem não acreditava, quando ele recusou tamanho presente! Falo para minha vergonha! Meu coração palpita com essa lembrança! Mas eu estava fora de mim... Quando, naquele momento, ele começou a falar sobre Nástia, foi como se algo tivesse me picado bem no coração. Não entendi e agi como um tigre...

— Mas, titio, isso talvez tenha sido até natural.

O titio fez um gesto com a mão.

— Não, não, meu querido, nem fale! Tudo isso foi pura e simplesmente pela depravação de minha natureza, pelo fato de que sou um egoísta sórdido e voluptuoso, de que me entrego desenfreadamente às minhas paixões. Foi o que Fomá disse. (Que podia responder a isso?) Você não sabe, Serioja — continuou ele com profundo sentimento —, quantas vezes fui irritadiço, impiedoso, injusto, arrogante, e não apenas com Fomá! Tudo isso de repente me veio à lembrança, e fico até envergonhado por não ter feito, até agora, nada para ser digno de tamanha felicidade. Nástia acabou de dizer o mesmo, embora, a bem da verdade, eu nem saiba que pecados ela possa ter, porque ela é um anjo, não um ser humano! Ela me disse que temos uma dívida terrível com Deus, que agora é preciso tentarmos ser mais bondosos, fazer apenas coisas boas... E se você tivesse ouvido com que fervor, com que beleza ela disse tudo isso! Meu Deus, que moça é essa?!

Ele parou, agitado. Depois de um minuto, continuou:

— Nós decidimos, meu querido, mimar especialmente Fomá, a mamãe e Tatiana Ivánovna. Tatiana Ivánovna! Que criatura nobre! Oh, como sou culpado diante de todos! Sou culpado também diante de você... Mas se alguém agora ousasse ofender Tatiana Ivánovna, oh! Então eu... Bem, não há por que falar disso!... Por Mizíntchikov também seria preciso fazer alguma coisa.

— Sim, titio, agora mudei minha opinião com relação a Tatiana Ivánovna. É impossível não respeitá-la e não ter comiseração por ela.

— Justamente, justamente! — apoiou com ardor o titio.
— É impossível não respeitar! Veja, por exemplo, Koróvkin. Você na certa está rindo dele — acrescentou ele, olhando com acanhamento para meu rosto. — Todos nós rimos dele agora há pouco. Mas isso talvez seja imperdoável... Porque talvez ele seja o mais magnífico, o mais bondoso dos homens, mas o destino... Passou por muitas desgraças... Você não acredita, mas talvez seja a verdade.

— Não, titio. Por que não haveria de acreditar?

E comecei a falar com ardor que, na mais decadente das criaturas, podem ainda manter-se os mais elevados sentimentos humanos; que as profundezas da alma humana eram inescrutáveis; que não era certo desprezar aqueles que decaíram, mas que, pelo contrário, era preciso buscá-los e restabelecê-los; que era errônea a noção, geralmente aceita, de bem e de moralidade etc. etc.; resumindo, fiquei inflamado e falei até da Escola Natural; para concluir, até declamei os versos:

Quando da densa treva da ilusão...[91]

---

[91] Trata-se do verso de abertura — e do título — de um famoso poema de Nikolai Nekrássov (1821-1878), um dos autores da Escola Natural a que o protagonista se refere acima e à qual Dostoiévski se filiou na ju-

O titio entrou num êxtase extraordinário.

— Meu amigo, meu amigo! — disse ele, enternecido. — Você me entende perfeitamente e disse ainda melhor do que eu tudo o que eu queria expressar. É isso, é isso! Senhor! Por que o homem é mau? Por que sou sempre mau, quando é tão bom, tão maravilhoso ser bom? Nástia acabou de dizer a mesma coisa... Mas veja só que lugar fantástico temos aqui — acrescentou ele, olhando ao seu redor. — Que natureza! Que paisagem! Veja só que árvores! Olhe: tudo ao alcance do ser humano! A seiva, as folhas! O sol! Como tudo ao redor ficou mais alegre depois da tempestade, como tudo ficou banhado!... Você acha que as árvores também entendem alguma coisa lá consigo mesmas, que sentem e se deliciam com a vida?... Será que é assim, hein? O que você acha?

— É muito provável, titio. À sua maneira, é evidente...

— Pois sim, é evidente que à sua maneira... O Criador é maravilhoso, maravilhoso!... Mas você deve se lembrar bem de todo esse jardim, Serioja: como você brincava e corria quando era pequeno! Pois eu me lembro de quando você era pequeno — acrescentou ele, olhando para mim com uma expressão indizível de amor e felicidade. — Só não deixavam você andar sozinho perto do lago. Mas você está lembrado de uma vez, à noite, quando a falecida Kátia chamou você e começou a acariciá-lo? Até então você não parara de correr pelo jardim, tinha ficado todo vermelhinho. Seus cabelinhos eram clarinhos, com cachinhos... Ela ficou brincando com eles, brincando, e depois disse: "Que bom que você trouxe esse pequeno órfão aqui para nossa casa". Lembra-se disso ou não?

— Bem pouquinho, titio.

ventude. A primeira estrofe do poema foi também utilizada como epígrafe à segunda parte da novela *Memórias do subsolo*. A tradução do poema é de Rafael Frate. (N. do T.)

— Era de tardinha, ainda, e o sol batia em vocês dois, enquanto eu estava sentado num canto, fumando meu cachimbo e olhando para vocês... Serioja, vou uma vez por mês visitar o túmulo dela, na cidade — acrescentou ele com uma voz abafada, na qual se distinguiam um tremor e lágrimas reprimidas. — Estava falando sobre isso com Nástia: ela disse que nós dois vamos juntos visitá-la...

O titio se calou, tentando reprimir sua emoção.

Naquele instante, Vidopliássov aproximou-se de nós.

— Vidopliássov! — exclamou o titio, sacudindo-se. — Foi Fomá Fomitch que o mandou?

— Não, senhor, vim mais por minha necessidade.

— Ah, que beleza! Vamos saber de Koróvkin. Ainda há pouco eu queria perguntar... Mandei que ficasse de olho em Koróvkin, Serioja. Mas qual é o problema, Vidopliássov?

— Tomo a liberdade de lembrar-lhe — disse Vidopliássov — que ontem o senhor deu-me a honra de considerar meu pedido e prometeu-me sua nobre intercessão no que se refere a minhas ofensas diárias, senhor.

— Mas não está falando de novo do sobrenome, está? — exclamou o titio, assombrado.

— Que posso fazer, senhor? São ofensas diárias, senhor...

— Ah, Vidopliássov, Vidopliássov! Mas o que eu faço com você? — disse o titio com aflição. — Mas que ofensas podem ser essas? Assim você vai ficar simplesmente louco, vai terminar sua vida num hospício!

— Creio, senhor, que meu juízo... — fez menção de dizer Vidopliássov.

— Está bem, está bem — cortou o titio. — Não estou dizendo isso, meu querido, para ofender, é para o seu bem. Mas que ofensas são essas contra você? Aposto que é alguma sujeira, não é?

— Não me dão sossego, senhor.

— Quem?

— Todos, mas principalmente Matriôna, senhor. Por conta dela devo sofrer por toda a minha vida. É sabido que todas as pessoas distintas que já me viram, desde a infância, dizem que sou muitíssimo parecido com um estrangeiro, em especial pelos traços do rosto, senhor. Mas e então, meu amo e senhor? Por conta disso, agora não me dão sossego. Basta que eu passe perto, e todos eles gritam na minha direção as palavras mais feias; até criancinhas pequenas, senhor, dessas que deveriam, antes de qualquer coisa, ser açoitadas com vara, até elas gritam, senhor... Agora mesmo, quando eu vinha para cá, gritaram... Não aguento mais. Defenda-me, meu amo e senhor, dê-me sua proteção!

— Ah, Vidopliássov!... Mas o que é que eles gritam, afinal? Na certa é alguma asneira qualquer, nem precisa ficar prestando atenção.

— Seria indecente dizer, senhor.

— Mas o que é, exatamente?

— Seria asqueroso pronunciar, senhor.

— Mas fale logo!

— "Grichka da estranja, comendo laranja", senhor.

— Ora, mas que tipo é você! Eu já estava pensando sabe Deus o quê! Você tem é que cuspir e passar reto.

— Já fiz isso, senhor: gritaram ainda mais.

— Escute, titio — disse eu. — Ele está se queixando de que não pode viver nesta casa. Mande-o, pelo menos por um tempo, para Moscou, para aquele calígrafo. O senhor mesmo disse que ele viveu com um tal calígrafo.

— Pois é, meu querido, esse também teve um fim trágico!

— Qual foi?

— Ele — respondeu Vidopliássov — teve a infelicidade de apossar-se de bens alheios, senhor, pelo que, a despeito de todo o seu talento, foi levado para a prisão, onde arruinou-se para sempre, senhor.

— Muito bem, muito bem, Vidopliássov: agora acalme-se, que eu hei de esclarecer e resolver tudo isso — disse o titio. — Prometo! Mas e Koróvkin? Está dormindo?

— De maneira alguma, senhor, partiu agora mesmo. Vim informar isso também ao senhor.

— Como, partiu? O que você está dizendo? Como é que você foi deixar? — exclamou o titio.

— Por bondade de coração, senhor: dava pena vê-lo. Assim que acordou e lembrou-se de todo o ocorrido, imediatamente deu um tapa na cabeça e começou a gritar como um possesso, senhor...

— Como um possesso!...

— Seria melhor que eu me expressasse de maneira mais respeitosa: soltou lamentos multivariados, senhor. Gritou: "Como vou me apresentar agora ao belo sexo?". E depois acrescentou: "Não sou digno do gênero humano!". E disse tudo isso de maneira tão lastimosa, senhor, com palavras bem escolhidas.

— É um homem delicadíssimo! Eu disse a você, Serguei... Mas como é que foi deixá-lo partir, Vidopliássov, quando eu mandei justamente você tomar conta dele? Ah, meu Deus, meu Deus!

— Foi mais por piedade, senhor. Pediu para não falar nada. E foi o próprio cocheiro dele quem deu de comer aos cavalos e os atrelou. E mandou agradecer, senhor, com todo o respeito, pela soma confiada a ele três dias atrás, e disse que enviará a dívida no primeiro correio.

— Que soma é essa, titio?

— Ele disse que foram vinte e cinco rublos em prata, senhor — disse Vidopliássov.

— É que emprestei para ele, meu querido, na estação: ele estava sem. É claro que ele vai enviar no primeiro correio... Ah, meu Deus, que pena! Será que devo mandar alguém atrás dele, Serioja?

— Não, titio, é melhor não mandar.
— Pois eu penso o mesmo. Está vendo, Serioja? É claro que não sou nenhum filósofo, mas acho que em cada pessoa há muito mais bondade do que parece por fora. E é assim com Koróvkin: ele não suportou a vergonha... Mas, enfim, vamos ver Fomá! Já estamos atrasados; pode se ofender com a ingratidão, com a falta de atenção... Vamos já! Ah, Koróvkin, Koróvkin!

Acabou-se a história. Os amantes se uniram, e na casa passou a reinar absoluto o gênio do bem, na pessoa de Fomá Fomitch. Aqui poderiam ser dadas muitas explicações oportunas; mas, na realidade, todas essas explicações seriam, agora, de todo supérfluas. Tal é, pelo menos, a minha opinião. No lugar de quaisquer explicações, direi somente algumas palavras a respeito do destino que tiveram todos os heróis de meu relato: sem isso, como é sabido, não acaba um romance sequer, e é algo até prescrito pelas regras.

O casamento daqueles que haviam "ganhado a felicidade" aconteceu seis semanas após os fatos por mim narrados. Fizeram tudo de modo discreto, em família, sem nenhuma suntuosidade e sem muitos convidados. Fui o padrinho de Nástienka, e Mizíntchikov foi o do titio. Havia, porém, alguns convidados. Mas o primeiríssimo, o mais importante era, é evidente, Fomá Fomitch. Tomaram todos os cuidados com ele; foi carregado nos braços. Mas aconteceu, não se sabe como, de uma vez não lhe servirem champanhe. Rapidamente começou uma confusão, acompanhada de reprimendas, lamentos, gritos. Fomá saiu correndo para seu quarto, trancou-se à chave, gritou que o desprezavam, que agora "novas pessoas" haviam entrado para a família, e que, por isso, ele não era nada além de um fiapo qualquer, dos que é preciso jogar fora. O titio entrou em desespero; Nástienka pôs-se a chorar; a generala, como era de costume, teve convulsões... O banquete de casamento parecia um enterro. E foram exatos sete anos de tal convivência com seu benfeitor Fomá Fomitch: tal foi a sina que coube ao meu pobre titio e à pobre Nástienka. Até sua morte (Fomá faleceu no ano passado), ele se comportou de forma azeda e mal-humorada, fez fita, irritou-se, ofendeu os outros; mas a veneração por ele, da parte daqueles que haviam "ganhado a felicidade", não apenas não diminuía, como até aumentava diariamente, de maneira proporcional a seus caprichos. Iegor Ilitch e Nástienka eram a tal ponto felizes um com o outro, que até temiam por sua felicidade, considerando que Deus lhes dera em demasia, que não mereciam tamanha graça, e presumiam que talvez, posteriormente, estava destinado a eles redimir-se de sua felicidade com a cruz do sofrimento. É compreensível que Fomá Fomitch, numa casa submissa como essa, pudesse fazer tudo que lhe vinha à cabeça. E quanto ele não fez nesses sete anos! Chega a ser difícil imaginar até que ponto chegavam, às vezes, as fantasias desenfreadas de sua alma indiferente e ociosa quando se tratava de inventar os caprichos mais refinados e, do ponto de vista moral, luculianos.[92] Três anos após o casamento do titio, faleceu a vovó. Fomá, agora órfão, foi tomado pelo desespero. Até hoje, na casa do titio, falam com horror de sua disposição naquela época. Quando estavam fechando o túmulo, ele se lançou para dentro dele, gritando que o enterrassem junto com ela. Por um mês, não quiseram dar-lhe nem facas, nem garfos; mas, uma vez, foram necessárias quatro pessoas para, à força, abrir sua boca e tirar de lá um alfinete que ele queria engolir. Uma das pessoas de fora que haviam teste-

---

[92] Relativo a Lúcio Licínio Luculo (*c.* 118-57 a.C.), orador, político e general romano. Seu nome ficou associado à ideia de luxo e ostentação. (N. do T.)

munhado a batalha observou que Fomá Fomitch poderia ter engolido mil vezes o alfinete durante a batalha, mas que, no entanto, ele não o engolira. Mas todos ouviram aquela hipótese com resoluta indignação, e imediatamente acusaram a pessoa que a formulara de crueldade e indecência. Apenas Nástienka guardou o silêncio e sorriu bem de leve; momento em que o titio olhou para ela com certa preocupação. No geral, é preciso observar que Fomá, embora ainda fizesse fita, embora ainda viesse, como antes, com seus caprichos na casa do titio, já não havia as broncas despóticas e insolentes que antes ele se permitia dar no titio. Fomá queixava-se, chorava, reprovava, esfregava na cara, envergonhava, mas já não injuriava como antes; não havia cenas como a do "Vossa Excelência", e isso, aparentemente, era obra de Nástienka. Ela, de maneira quase imperceptível, fez com que Fomá cedesse um pouco e se resignasse em algumas coisas. Não queria ver o marido humilhado, e acabou conseguindo o que queria. Fomá via claramente que ela quase o compreendia. Digo *quase* porque Nástienka também mimava Fomá, e até mesmo apoiava o marido sempre que ele louvava efusivamente seu sábio. Ela queria fazer com que os outros respeitassem seu marido em tudo, e por isso justificava em público até sua afeição por Fomá. Mas tenho certeza de que o coraçãozinho de ouro de Nástienka já se esquecera de todas as ofensas: ela perdoara tudo que Fomá fizera quando ele a uniu com o titio, e, além disso, parecia ter adotado a sério, do fundo do coração, a ideia de que não se deve pedir muito de um "sofredor" e antigo bufão, mas que se deve, pelo contrário, curar seu coração. A pobre Nástienka era, ela própria, um dos *humilhados*, ela própria sofrera e se lembrava disso. Depois de um mês, Fomá abrandou-se, ficou até carinhoso e dócil; mas, em compensação, começaram outros acessos, dos mais inesperados: ele começou a cair numa espécie de sono hipnótico, deixando todos amedrontados ao extremo. De repente, por exemplo, quando o sofredor estava falando alguma coisa, até mesmo rindo, num átimo ele ficava petrificado, e ficava petrificado justamente na posição em que se encontrava no último instante antes do acesso; se ele estivesse rindo, por exemplo, ficava desse jeito, com um sorriso nos lábios; se estivesse segurando alguma coisa, como um garfo, o garfo permanecia na mão erguida, no ar. Depois, é evidente, a mão descia, mas Fomá Fomitch já não sentia nada e não se lembrava de como ela havia descido. Ele ficava sentado, olhando, até piscava os olhos, mas não dizia nada, não ouvia nada e não entendia. Isso durava às vezes até uma hora. É evidente que todos na casa quase morriam de medo, prendiam a respiração, andavam na ponta dos pés, choravam. Finalmente, Fomá acordava, sentindo uma terrível prostração, e garantia que não ouvira nem vira rigorosamente nada durante aquele tempo. Seria mesmo necessário fazer tamanha palhaçada, tamanha cena, suportar horas inteiras de tortura voluntária, e unicamente para depois dizer: "Olhem para mim, meus sentimentos são mais delicados que os seus!"? Finalmente, Fomá Fomitch amaldiçoou o titio "pelas ofensas que cometia hora após hora e por sua falta de respeito", e mudou-se para a casa do senhor Bakhtchêiev. Stepan Aleksêievitch, que depois do casamento do titio se desentendera ainda muitas vezes com Fomá Fomitch, mas que sempre acabava ele mesmo pedindo-lhe perdão, dessa vez abraçou a questão com um ardor extraordinário: recebeu Fomá com entusiasmo, deu-lhe de comer até empanturrar-se, e logo sugeriu romper formalmente com o titio e até apresentar uma queixa contra ele. Havia entre eles um litígio acerca de um pedaço de terra em algum lugar, o qual, porém, nunca haviam disputado, porque o titio cedera-o completamente, sem quaisquer disputas, a Stepan Aleksêievitch. Sem dizer uma palavra, o senhor Bakhtchêiev mandou preparar uma carruagem, voou até a cidade, escreveu às pressas a queixa e apresentou-a, pedindo ao tribunal que lhe concedesse formalmente a terra, com a restituição das custas e dos prejuízos, e desta maneira punisse a arbitrariedade e a usurpação. Enquanto isso, Fomá, já no dia seguinte, tendo se enfadado na casa do senhor Bakhtchêiev, perdoou o titio, que reconhecera sua culpa, e partiu de volta para Stepántchikovo. A fúria do senhor Bakhtchêiev, ao retornar da cidade e não encontrar Fomá, foi terrível; mas depois de três dias ele apareceu em Stepántchikovo para reconhecer sua culpa, pediu perdão ao titio com lágrimas nos olhos e retirou sua queixa. O titio conseguiu reconciliá-lo com Fomá Fomitch naquele mesmo dia, e Stepan Aleksêievitch voltou a andar atrás de Fomá como um cachorrinho e, como antes, a acrescentar a cada palavra do outro: "Você é um homem inteligente, Fomá! Você é um homem erudito, Fomá!".

Fomá Fomitch jaz agora em seu túmulo, ao lado da generala; sobre ele, há um precioso monumento de mármore branco, todo recoberto de citações, lamentos e inscrições laudatórias. Às vezes, Iegor Ilitch e Nástienka, ao voltar de um passeio, passam com devoção pelos muros da igreja para reverenciar Fomá. Até agora, eles não conseguem falar dele sem um especial sentimento; lembram-se de cada palavra sua, o que ele comia, do que gostava. Seus objetos são conservados como joias. Sentindo-se completamente órfãos, o titio e Nástia apegaram-se ainda mais um ao outro. Deus não lhes deu filhos; eles lamentam muito por isso, mas não ousam se queixar. Sáchenka já há tempos casou-se com um magnífico rapaz. Iliucha estuda em Moscou. Desta maneira, o titio e Nástia vivem sozinhos e têm olhos apenas um para o outro. Seu cuidado um para com o outro chega ao ponto de ser doentio. Nástia reza sem cessar. Se um deles morrer primeiro, creio que o outro não deverá viver mais uma semana. Mas que Deus lhes dê vida longa! Recebem a todos com plena hospitalidade, e estão dispostos a dividir tudo que têm com qualquer pessoa infeliz. Nástienka adora ler as vidas dos santos, e fala, com desolação, que apenas boas ações não bastam, mas que é preciso repartir tudo com os miseráveis e ser feliz na pobreza. Se não houvesse a preocupação com Iliucha e Sáchenka, o titio há tempos teria feito isso, porque ele concorda plenamente com tudo que sua esposa pensa. Praskóvia Ilínitchna vive com eles, e faz tudo por eles com prazer; ela cuida também da administração da casa. O senhor Bakhtchêiev pediu-lhe a mão logo após o casamento do titio, mas ela recusou categoricamente. Com isso, concluíram que ela iria para um monastério; mas isso também não aconteceu. A índole de Praskóvia Ilínitchna possui uma característica notável: a de anular-se completamente diante daqueles que ama, de abdicar de si mesma por eles, de olhar em seus olhos e submeter-se a todos os seus possíveis caprichos, de cuidar deles e de servi-los. Agora, depois da morte da generala, sua mãe, ela considera sua obrigação não se afastar do irmão e de fazer tudo por Nástienka. O velhinho Iejevíkin ainda está vivo, e nos últimos tempos passou a visitar a filha cada vez mais. No início, levou o titio ao desespero, porque ele e também a sua miudagem (assim ele chamava seus filhos) haviam se afastado completamente de Stepántchikovo. Nenhum dos convites insistentes do titio surtiam algum efeito sobre ele: não era tão orgulhoso, quanto melindroso e desconfiado. Sua desconfiança cheia de amor-próprio às vezes chegava a ser doentia. O pensamento de que ele, pobre que era, seria recebido numa casa rica por piedade, e que o considerariam impertinente e inoportuno, era-lhe devastador; às vezes, recusava até a ajuda de Nástienka, e aceitava apenas o mais essencial. Do titio ele não queria aceitar rigorosamente nada. Nástienka estava extremamente equivocada ao me dizer, naquele dia no jardim, que seu pai fazia de si um bufão *por ela*. De fato, ele queria muitíssimo casá-la; mas ele passava por bufão devido a uma simples necessidade interna, para dar vazão a sua raiva acumulada. A necessidade de zombarias e aquela sua *língua* estavam em seu sangue. Ele fazia de si mesmo uma caricatura, por exemplo, do mais infame, do mais servil adulador; mas, ao mesmo tempo, manifestava claramente que fazia aquilo apenas pelas aparências; e quanto mais degradante era sua adulação, mais cáustico e evidente era o escárnio que nela transparecia. Tal era sua maneira. Foi possível colocar todos os seus filhos nas melhores instituições de ensino de Moscou e de Petersburgo, e isso apenas quando Nástienka provou-lhe claramente que tudo seria feito às suas próprias custas, ou seja, às custas de seus próprios trinta mil, aqueles que Tatiana Ivánovna lhe dera de presente. Esses trinta mil, na verdade, nunca foram cobrados de Tatiana Ivánovna; para não contrariá-la nem ofendê-la, conseguiram abrandá-la com a promessa de que se dirigiriam a ela na primeira situação inesperada de necessidade doméstica. Foi o que fizeram: para manter as aparências, foram feitos junto a ela, em diferentes ocasiões, dois empréstimos bastante consideráveis. Mas Tatiana Ivánovna morreu três anos atrás, e Nástia recebeu de qualquer maneira seus trinta mil. A morte da pobre Tatiana Ivánovna foi repentina. Toda a família se preparava para ir a um baile na casa de um proprietário de terras vizinho; ela acabara de colocar seu vestido de baile, e na cabeça pusera uma coroa encantadora, feita com rosas brancas, quando teve um súbito mal-estar, sentou-se numa poltrona e morreu. Foi enterrada com essa mesma coroa. Nástia entrou em desespero. Tatiana Ivánovna era mimada na casa e tratada como uma criança. Ela surpreendeu a todos com a sensatez de seu testamento: além dos trinta mil de Nástienka, todo o resto, quase trezentos mil em notas, destinou à educação de meninas pobres e órfãs e estabeleceu uma condecoração em dinheiro para quando saíssem de suas instituições de ensino. No ano de sua morte, casou-se também a dama Perepelítsina, que, depois da morte da generala, permanecera na casa do titio, na esperança de obter algo adulando Tatiana Ivánovna. Nesse meio tempo, enviuvara também o antigo funcionário e proprietário de terras, dono de Míchino, o mesmo pequeno vilarejo em que se dera nossa cena com Obnóskin e sua mãezinha por conta de Tatiana Ivánovna. Esse funcionário era um tremendo vigarista, e tinha seis filhos da primeira esposa. Suspeitando que Perepelítsina tivesse dinheiro, ele começou a lhe fazer propostas às ocultas, e ela imediatamente aceitou. Mas Perepelítsina era mais pobre que uma galinha: tinha no máximo trezentos rublos em prata, e mesmo esses haviam sido dados por Nástienka como presente de casamento. Hoje em dia, marido e mulher digladiam-se dia e noite. Ela puxa os filhos pelo cabelo e vive dando-lhes tabefes, chega a arranhar o rosto do marido (pelo menos, é o que dizem), e a cada minuto relembra-o de sua origem e do fato de que é a filha do tenente-coronel. Mizíntchikov também se arranjou. Com sensatez, ele desistiu de todas as suas esperanças com Tatiana Ivánovna e começou, pouco a pouco, a aprender economia agrária. O titio o recomendou para um conde, um rico proprietário que possuía três mil almas a oitenta verstas de Stepántchikovo e que só visitava de quando em quando suas terras. Percebendo que Mizíntchikov era capacitado e levando em consideração a recomendação, o conde ofereceu-lhe um lugar como administrador de suas terras, expulsando o antigo gestor, um alemão que, a despeito da célebre honestidade germânica, depenara completamente seu conde. Depois de cinco anos, era impossível reconhecer a propriedade: os camponeses haviam enriquecido; a contabilidade havia sido introduzida, algo antes impossível; a receita quase dobrou; resumindo, o novo administrador distinguiu-se e ganhou fama em toda a província por seus talentos na administração. Qual não foi o assombro e o desgosto do conde quando Mizíntchikov, exatos cinco anos depois, a despeito de todos os pedidos e de todas as ofertas de aumento, recusou-se definitivamente a continuar no trabalho e pediu demissão! O conde pensou que ele fora seduzido pelos proprietários vizinhos, ou até de outras províncias. Mas todos ficaram surpresos quando, de repente, dois meses depois de sua demissão, Ivan Ivánovitch Mizíntchikov apareceu com uma magnífica propriedade, com cem almas, a exatas quarenta verstas das terras do conde, que ele comprara de um hussardo arruinado qualquer, um antigo amigo seu! Essas cem almas ele empenhou imediatamente, e um ano depois conseguiu mais sessenta almas nas redondezas. Agora, ele é também um proprietário, e suas posses são admiráveis. Todos se perguntam, maravilhados: de onde ele tirou o dinheiro, assim, de repente? Outros apenas meneiam a cabeça. Mas Ivan Ivánovitch está perfeitamente tranquilo, e sente-se em seu pleno direito. Mandou trazer sua irmã de Moscou, aquela mesma que lhe dera seus últimos três rublos para comprar botas quando ele partiu para Stepántchikovo: uma moça das mais adoráveis, já passada do auge de sua juventude, dócil, amável, educada, mas extremamente assustadiça. Ela vagara por Moscou durante todo aquele tempo, como dama de companhia de uma benfeitora qualquer; agora, venera o irmão, administra sua casa, considera sua vontade como lei e acredita ser totalmente feliz. O irmão não a mima e trata-a um tanto mal; mas ela não percebe isso. Em Stepántchikovo, passaram a gostar muitíssimo dela, e dizem que o senhor Bakhtchêiev tinha uma inclinação por ela. Ele até faria o pedido, mas teme uma recusa. Aliás, esperamos falar um pouco mais do senhor Bakhtchêiev numa outra ocasião, em outro relato, de maneira mais detalhada.

Aí estão, creio, todas as personagens... Ah, sim! Já ia me esquecendo: Gavrila envelheceu muito e desaprendeu completamente a falar francês. Falaliei saiu um cocheiro muito decente, e o pobre Vidopliássov foi há muito tempo para um hospício, e parece que lá morreu... Um dia desses, irei para Stepántchikovo e hei de me informar sem falta sobre ele com o titio.

UM OUTRO DOSTOIÉVSKI

Lucas Simone

Ao longo dos últimos cento e cinquenta anos, o nome de Fiódor Mikháilovitch Dostoiévski foi conquistando, paulatinamente, um lugar de honra na plêiade dos grandes romancistas de nosso tempo. O mestre russo passou a ser conhecido, em todos os quadrantes, como epítome de artista visceral, de profundidade e sensibilidade inquestionáveis, de genialidade literária. Ecos de sua obra podem ser ouvidos nos mais diversos campos — da psicanálise clássica ao cinema contemporâneo —, e sua percepção da alma e da existência humanas seguem calando fundo na consciência das mais variadas plateias. A despeito da fecundidade de sua pena, porém, o lastro da grandeza dostoievskiana permanece o quinteto, escrito nos últimos vinte anos de sua vida, que se inicia com *Memórias do subsolo* (1864), passa por *Crime e castigo* (1866), *O idiota* (1869), *Os demônios* (1872) e culmina no colossal *Os irmãos Karamázov* (1880). Tais obras formam o núcleo do que se convencionou chamar de "segunda fase" de sua prosa, e ainda hoje ofuscam, compreensivelmente, seus demais textos, em especial os de juventude.

No entanto, embora frutos de um talento ainda em formação, as primeiras obras já prefiguravam o impacto que Dostoiévski teria na literatura russa e mundial. *Gente pobre*, por exemplo — seu romance de estreia, publicado em 1846 — rendeu-lhe não apenas a estima do público, como também uma ampla aprovação da crítica. O eminente Vissarion Bielínski chegou, à época, a forjar a alcunha de "o novo Gógol" para o jovem escritor, enxergando em seu livro o nascimento do "romance social" na Rússia.

Mas a ascensão de Dostoiévski no horizonte literário russo foi bruscamente interrompida por sua prisão, ocorrida em 1849, motivada por sua participação no círculo de Petrachévski, grupo de liberais que liam e discutiam obras proibidas pela censura de Nikolai I. Após alguns meses de prisão, Dostoiévski, juntamente com diversos outros membros do grupo, foi condenado à morte. A execução, no entanto, revelou-se uma encenação, e sua pena foi comutada para o degredo na Sibéria. Após quatro anos de reclusão num campo de trabalhos forçados, Dostoiévski foi transferido para um batalhão do exército em Semipalatinsk, na Sibéria Ocidental, onde serviria até seu retorno à capital, em 1859.

Os quase dez anos de exílio deixaram profundas marcas no homem e influenciaram decisivamente o artista. Dostoiévski regressou a Petersburgo já casado com Maria Issáieva, sua primeira esposa; nesse meio tempo, sua saúde havia se deteriorado e a situação financeira tornara-se delicada. Mas a Rússia que Fiódor Mikháilovitch reencontrou também vivia um momento crítico: fora derrotada na Guerra da Crimeia (1853-56), e enfrentava uma série de reformas, levadas a cabo pelo recém-coroado tsar Aleksandr II e que culminariam na emancipação dos servos, em 1861. Foi nesse cenário nebuloso que surgiu esse romance de difícil classificação, quase picaresco: *A aldeia de Stepántchikovo e seus habitantes*.

ALMA, CARNE E SANGUE

Não é simples a tarefa de situar o momento em que se inicia o processo de criação da *Aldeia*. A correspondência de Dostoiévski, nossa principal fonte a esse respeito, é obscura, muitas vezes contraditória; raramente os textos são referidos por seus títulos e o autor muda a todo momento a visão que tem da própria obra. Mas o mais provável é que ele tenha concebido o embrião da trama em 1854, logo após sua saída da prisão. Acredita-se que, antes mesmo de 1856, já havia pelo menos um esboço do texto, provavelmente na forma de uma peça. Tal suposição foi reforçada em 1891, quando Anna Dostoiévskaia, segunda esposa do escritor, confidenciou a Konstantin Stanislávski a intenção original de seu falecido esposo. (O célebre teatrólogo russo montaria um espetáculo baseado na *Aldeia* naquele ano, e novamente no conturbado biênio 1917-18, atingindo enorme sucesso.) Em janeiro de 1856, porém, Fiódor Mikháilovitch escreve a Apollon Máikov, deixando claro que mudara de ideia: "gostei tanto do herói [...] que larguei a forma de comédia e passei a fazer um 'romance cômico'". Evidentemente, Dostoiévski devia estar se referindo a Fomá Fomitch ou ao coronel, as duas personagens que, logo de início, mereceram sua maior atenção. Em maio de 1859, ele escreve a respeito da trama, em carta a seu irmão Mikhail: "[no romance] há dois grandiosos personagens típicos, *criados* e *anotados* ao longo de cinco anos, elaborados de maneira irretocável; personagens completamente russos e até agora pouco explorados pela literatura russa".

Mas só no outono do ano seguinte Dostoiévski começaria a trabalhar seriamente no texto. Em 18 de janeiro de 1856, em nova carta ao irmão, ele chega a expressar sua esperança de concluí-lo em dois meses. Tais erros de cálculo por parte de Fiódor Mikháilovitch eram, no entanto, comuns, e em setembro ele é forçado a abandonar o projeto inconcluso para escrever *O sonho do titio*, novela que se comprometera a entregar para a revista *Palavra Russa* [*Rússkoie Slovo*]. Assim, *A aldeia de Stepántchiko*vo só seria finalizada em junho do ano seguinte.

Parece-nos portanto seguro afirmar que, ao contrário da situação em que se encontrava ao produzir muitas de suas obras da "segunda fase", Dostoiévski conseguiu escrever *A aldeia* com relativa tranquilidade. O escritor de fato passava por dificuldades financeiras, mas o romance fora maturado ao longo de alguns anos. Com isso, após um breve período de descrença, Dostoiévski parecia bastante eufórico com o resultado que obtivera; em correspondência com o irmão, ele decreta: "Tenho certeza de que é minha melhor obra. Nela coloquei minha alma, minha carne e meu sangue".

Para sua decepção, porém, em abril de 1859 o romance foi recusado por Mikhail Katkov, redator do *Mensageiro Russo* [*Rússki Viéstnik*]. A solução sugerida por Mikhail Dostoiévski — enviar novamente o texto, dessa vez para *O Contemporâneo* [*Sovremiênnik*] — desagradava a Fiódor Mikháilovitch, já que anos antes ele se desentendera com o editor da revista, o poeta Nikolai Nekrássov. Foi somente em setembro que Mikhail conseguiu convencê-lo, e o texto foi remetido à redação do *Contemporâneo*. Mas, após um mês de indecisão, Nekrássov também recusou o romance, agravando a rusga entre os dois escritores. O poeta teria até mesmo dito: "Dostoiévski está acabado. Nunca mais escreverá algo de importância".

A boa notícia chegaria apenas em outubro de 1859: Andrei Kraiévski, do periódico *Anais da Pátria* [*Otiêtchestvennie Zapiski*], leu o romance e o aprovou com entusiasmo. Os doze primeiros capítulos vieram à luz no número 11 da revista, e a "segunda e última parte", na edição seguinte. Finalmente, *A aldeia de Stepántchikovo e seus habitantes* tornava-se realidade.

Dostoiévski, um cômico

Quase um ano antes da publicação da *Aldeia*, Dostoiévski manifestou ao irmão seu temor de que o romance não fosse bem aceito. E, de fato, a impressão geral não se afastou muito daquela que Nekrássov tivera. Os periódicos da capital ignoraram quase completamente o lançamento; nenhum comentário foi publicado a respeito da obra. O escritor e crítico Aleksei Pleschêiev, em carta de 10 de dezembro de 1859, escreve: "Onde estão os típicos gogolianos de que me falou Mikhail Mikháilovitch?! Em minha opinião, à exceção de Rostániev, não há ali nenhuma personagem viva. É tudo forçado, inventado; terrivelmente afetado". O próprio Kraiévski teria dito o seguinte a Mikhail Dostoiévski: "[O livro] é uma criação graciosa. [...] O final é magnífico, toda a segunda parte é magnífica, mas o começo é arrastado, e, no geral, é uma pena que ele às vezes se deixe influenciar pelo humor e queira fazer rir. A força de Fiódor Mikháilovitch está em sua passionalidade, em seu *páthos*; nisso, talvez, ele não tenha concorrente, e por isso é uma pena que ele menospreze seu talento".

Justo ou não, tal olhar negativo sobre a *Aldeia* persistiu mesmo depois da morte de seu autor. Popularizou-se a ideia de que o romance fora escrito unicamente para trazer o nome do escritor de volta aos lábios de seus leitores e para levantar algum dinheiro. Além disso, de certa forma, a posição expressa por Kraiévski a respeito do trabalho de Dostoiévski é a corrente até hoje: a magnitude da obra se baseia apenas nas cores mais escuras de sua paleta. O ridículo e o cômico seriam fatores — possivelmente os únicos — que ofuscariam seu brilho. E se, ao longo do último século, a crítica tem relativizado essa visão, ela segue preponderante em meio ao público mais abrangente. Uma voz contrária, que buscava resgatar o riso como elemento da boa literatura, foi, por exemplo, a do escritor argentino Julio Cortázar, que observava que os leitores costumavam enxergar apenas a "carga de profundidade" de Dostoiévski, e se esqueciam da comicidade de um Fomá Fomitch.[1]

Ademais, a veia cômica de Dostoiévski não é uma exclusividade de Stepántchikovo. Em maior ou menor grau, o humor permeia diversas páginas de sua obra, desde *O duplo* até *O crocodilo*, e até mesmo nas *Memórias do subsolo* e em seus demais romances tardios. É um riso que por vezes beira o grotesco, um riso quase nervoso; mas ele se amalgama e convive lado a lado com as notas mais amargas. Nesse caso, vale perguntar: o Dostoiévski cômico é de fato outro, ou será apenas uma faceta do mesmo mestre?

UM TALENTO CRUEL

A aldeia de Stepántchikovo é um romance classificado, muito amiúde, como "obra de transição": nela, resquícios da juventude e elementos da fase mais madura de Dostoiévski estariam reunidos; essa fusão, porém, não seria o suficiente para alçá-la à estatura das demais obras. Tal interpretação, no entanto, pode carregar em si uma dose considerável de anacronismo. Como vimos acima, Dostoiévski, à época, tinha um grande apreço pelo texto, depositava nele grandes esperanças e acreditava na possibilidade de consolidar seu nome por meio dele. A despeito das falhas que o próprio autor via na *Aldeia*, havia uma proposta artística definida no romance e, por isso, seu entusiasmo era genuíno; ademais, com base nos dados de que dispomos acerca de sua biografia é difícil

---

[1] Ver Julio Cortázar, *A volta ao dia em 80 mundos*, Rio de Janeiro, Civilização Brasileira, 2008.

sustentar que já existia então um projeto literário de longo prazo, consciente e destinado a ser posto em prática assim que ele retornasse à capital.

Se imaginarmos que a *Aldeia* é um laboratório do "romance dostoievskiano", suas personagens podem ser consideradas protótipos das célebres figuras que povoam as futuras páginas de Dostoiévski: Iegor Ilitch seria o precursor do Príncipe Míchkin, protagonista de *O idiota*; o viperino Iejevíkin corresponderia a Liébediev, do mesmo romance; o servo Vidopliássov anteciparia Smerdiakov, de *Os irmãos Karamázov*; Tatiana Ivánovna seria o esboço de Mária Timoféievna, e assim por diante. Mas, se admitirmos tais paralelos, o que dizer de Fomá Fomitch? Afinal, trata-se aqui de uma das personagens mais conhecidas da literatura russa, até hoje símbolo de hipocrisia e parasitismo. Em certa medida, não é exagerado afirmar que Opískin tornou-se mais conhecido que o próprio romance para o qual foi concebido. De qualquer maneira, as semelhanças entre o agregado de Stepántchikovo e algumas outras figuras da literatura russa e estrangeira não passaram despercebidas pela crítica.

O paralelo mais evidente é com *Tartufo*. Assim como o anti-herói de Molière, Fomá conquista a confiança de todos por meio de sua pretensa moralidade. Mais uma vez, temos aqui uma série de comparações ligeiramente imprecisas: o coronel Rostániev equivale a Orgon, o dono da casa; a generala, a Madame Pornelle (mãe de Orgon); o verborrágico Bakhtchêiev, a Cléante etc. Há, porém, uma diferença essencial entre Opískin e Tartufo: enquanto este arquitetara de antemão um plano para tomar conta da casa de Orgon e beneficiar-se com isso (financeiramente, inclusive), aquele não tem, em momento algum, algo semelhante a um projeto consciente; age tão só por instinto. Nas palavras de Mizíntchikov — talvez o único que chega perto de compreendê-lo —, Fomá "não é um homem prático; é uma espécie de poeta, à sua maneira". Não à toa, o crítico Nikolai Mikhailóvski dedica várias páginas de seu conhecido ensaio "Um talento cruel" à figura de Fomá Fomitch, descrevendo aquilo que ele chama de "crueldade desnecessária".[2] Após anos servindo como bufão, quase mendigando pelo pão alheio, sendo ridicularizado, humilhado e ofendido, Fomá sente a inevitável necessidade de tornar-se um tirano, torturando constantemente seus novos súditos, como, por exemplo, Falaliei, no episódio do boi branco. Essa mistura de raiva acumulada, irracionalidade e despotismo empedernido foi lida pelo pensador russo Vassíli Rózanov como uma prefiguração do homem do subsolo.[3]

À época, porém, os leitores mais íntimos dos círculos literários enxergaram outra inspiração para a figura de Fomá Fomitch: Nikolai Gógol. Anos antes, o autor de *Almas mortas* publicara o compêndio *Trechos selecionados da correspondência com amigos*, em que expressa posições que foram consideradas surpreendentemente conservadoras; à época, tal reviravolta chocou o cenário literário russo. Parecia, portanto, plausível — até natural — que Gógol fosse alvo da ironia de Dostoiévski. De fato, na *Aldeia*, muitos dos *Trechos selecionados* são parodiados de maneira quase literal, e Gógol chega a ter seu nome citado por Fomá Fomitch. Essa comparação com o tirano de Stepántchikovo foi elaborada em detalhes pelo escritor e crítico Iuri Tiniánov, em seu ensaio "Para uma teoria da paródia", de 1921.[4] Em contrapartida,

[2] "Jestóki talant" ["Um talento cruel"], São Petersburgo, 1882. O artigo integra a coletânea *Antologia do pensamento crítico russo (1802-1898)*, organizada por Bruno Barretto Gomide (São Paulo, Editora 34, no prelo).

[3] "Leguenda o velíkom inkvizítore F. M. Dostoiévskogo" ["A lenda do Grande Inquisidor de F. M. Dostoiévski"], São Petersburgo, 1891.

[4] *Dostoiévski i Gógol (k teórii paródii)* [*Dostoiévski e Gógol (para um teoria da paródia)*], Moscou, 1921.

Joseph Frank, renomado biógrafo de Dostoiévski, coloca em xeque tal teoria: para ele Gógol está realmente presente em Fomá Fomitch, mas não foi a única fonte em que seu criador bebeu para gerá-lo. Afinal, embora não no mesmo sentido, algumas posições que o autor de O *capote* adotara ao final de sua vida seriam também abraçadas por Fiódor Mikháilovitch, mais tarde; e, do ponto de vista estritamente literário, Dostoiévski continuou sendo um declarado admirador de Gógol.

De fato, é pouco provável que a complexa figura de Opískin seja paródia de uma única pessoa: trata-se, muito provavelmente, de um mosaico muito mais amplo. Até o próprio Fiódor Mikháilovitch, em carta de janeiro de 1856 ao amigo Máikov, afirma identificar-se em grande medida com Fomá.

Aqui, surge outra questão importante, também apontada por Frank: se há um *alter ego* do autor na trama, esse não é Fomá Fomitch, mas o narrador, Serguei Aleksándrovitch. Alguns traços dessa misteriosa personagem remetem ao jovem Fiódor Mikháilovitch: tímido, um tanto desengonçado no falar e no portar-se, mas ao mesmo tempo cheio de amor-próprio. Mais que isso: ele é um idealista, um admirador da "escola natural". (Esse movimento da literatura russa, representado por Dostoiévski em seus anos pré-exílio, advogava o engajamento dos escritores nas questões sociais; em última análise, defendia a perfectibilidade do homem, e acreditava que sua corrupção se dá pelo meio.) É curioso notar que o autor confere a essa figura uma forte autoironia. Muitos trechos do romance — em especial o final, quando Serioja cita os versos de Nekrássov, outro membro da escola natural — sugerem que o romance foi escrito também com o objetivo de ridicularizar essas posições e de iniciar a ruptura que se daria, gradualmente, ao longo da década subsequente.

Vozes da aldeia

Em sua célebre obra *Problemas da poética de Dostoiévski*, o teórico Mikhail Bakhtin cunha o conceito de *polifonia*, e com ele descreve as diversas camadas de discurso que se sobrepõem, umas às outras, nas linhas traçadas pela pena dostoievskiana. *Grosso modo*, o romance polifônico é aquele em que o autor apresenta uma gama variada de personagens, cada qual dona de uma visão de mundo, de referências e convicções particulares, muitas vezes contraditórias, que transparecem em sua fala, em seus gestos, em seu comportamento; enfim, em sua *voz*.

De acordo com a visão de alguns críticos, tais características estariam presentes, de maneira embrionária, já nos romances dos anos 1850, como *A aldeia de Stepántchikovo*. E, de fato, é notável a singularidade da fala de cada um dos moradores do local: há por vezes um verdadeiro abismo, lexical, sintático e lógico, entre as diferentes formas de expressão que coexistem no texto. Isso gera um desafio a mais para o tradutor, e diversas nuances linguísticas e até culturais se perdem no processo de recriação em português. Tentamos aqui reproduzir, na medida do possível, os recursos e os vícios da fala de Bakhtchêiev, Perepelítsina, Gavrila e companhia. Afinal, os diálogos são essenciais na *Aldeia* (e certamente em suas demais obras), e os momentos mais emblemáticos da trama são justamente aqueles em que todo o grupo se encontra reunido — as chamadas "cenas de conclave" —, produzindo um ruído crescente de vozes que ora se confrontam, ora se misturam e se complementam. Outro expediente utilizado por Dostoiévski — e de difícil recuperação em nossa língua — é o de conduzir a percepção que se tem das personagens ao atribuir-lhes, de acordo com a tradição gogoliana, nomes sugestivos e cômicos: Opískin deriva de *opiska* ("erro" ou "lapso" ao escrever); Perepelítsina, de *perepiôlka* ("codorniz"); Iejevíkin de *iejevika* ("amora-preta"); Mizíntchikov de *mizínets* ("dedo mindinho") etc. Com isso, o leitor vai formando, aos poucos, uma determinada imagem de cada personagem, o que ajuda a realçar as diferentes perspectivas por meio das quais elas agem ao longo da trama.

O romance possui, além disso, outra interessante faceta: a narrativa é em primeira pessoa, o que em si já cria um filtro que a voz das personagens deve atravessar para alcançar o leitor. Nesse sentido, a escolha do subtítulo (*Memórias de um desconhecido*) é reveladora: o narrador é na prática um anônimo, uma vez que em momento algum sabemos seu sobrenome. Ao final do primeiro capítulo, ele sugere que seu papel na trama será central, quiçá decisivo; mas os acontecimentos vão se sucedendo num ritmo mais rápido do que se poderia esperar — toda a ação se passa num período de quarenta e oito horas —, e tal desenrolar frenético faz com que o personagem de Serioja vá se esvaindo pouco a pouco, tornando-se, finalmente, um narrador quase impessoal. É também interessante notar que, no último capítulo, ao relatar, de modo quase apressado, o que ocorrera com todos os personagens após o episódio em questão — "algo até prescrito pelas regras", em suas palavras —, o narrador acaba omitindo seu próprio destino. Esse desvanecimento gradual, aliado ao fato de que Serioja parece ser o único a manter sua posição hostil em relação a Fomá Fomitch do início ao fim da trama, sugere certo ressentimento: sob determinado ponto de vista, a história trata de seu fracasso na tentativa de ajudar o tio e resolver a situação; de sua inexperiência e vulnerabilidade frente a figuras tão agressivas e astutas. Em alguns capítulos do livro, as suspeitas de Serguei recaem até mesmo sobre a figura pacata e bondosa do titio, e a hipótese de uma involuntária e ingênua traição pairam no ar ao fim da primeira parte.

Porém, se nos parece precipitado qualificar o sobrinho do coronel como um "narrador não confiável" — o que abriria, sem dúvida, novas perspectivas de interpretação —, cremos, ainda assim, que o cenário apresentado por Dostoiévski na *Aldeia* é mais complexo do que pode parecer ao primeiro exame, e talvez mereça, no futuro, um estudo crítico aprofundado, que possa trazer à luz todas as suas qualidades.

BIBLIOGRAFIA

DOSTOIÉVSKI, Fiódor. *Sobránie sotchiniénii v piatnádtsati tomakh*. Leningrado: Ed. Naúka, 1988, tomo III, pp. 509-19 (comentários de A. V. Arkhípova).

_____ [DOSTOYEVSKY, Fyodor]. *The village of Stepanchikovo*. Londres: Penguin, 1995, pp. vii-xxi (prefácio de Ignat Avsey).

FRANK, Joseph. *Dostoiévski: os anos de provação (1850-1859)*. São Paulo: Edusp, 1999.

AGRADECIMENTOS

O tradutor gostaria de expressar seus agradecimentos às seguintes pessoas: Alberto Martins, Cecília Rosas, Cide Piquet, Paulo Malta e toda a equipe da Editora 34; Tatiana Lárkina e Rafael Frate; Denise Sales e Bruno Gomide; minha família, em especial Livia Koeppl, sem a qual a realização deste trabalho não teria sido possível.

SOBRE O AUTOR

Fiódor Mikháilovitch Dostoiévski nasceu em Moscou a 30 de outubro de 1821, num hospital para indigentes onde seu pai trabalhava como médico. Em 1838, um ano depois da morte da mãe por tuberculose, ingressa na Escola de Engenharia Militar de São Petersburgo. Ali aprofunda seu conhecimento das literaturas russa, francesa e outras. No ano seguinte, o pai é assassinado pelos servos de sua pequena propriedade rural.

Só e sem recursos, em 1844 Dostoiévski decide dar livre curso à sua vocação de escritor: abandona a carreira militar e escreve seu primeiro romance, *Gente pobre*, publicado dois anos mais tarde, com calorosa recepção da crítica. Passa a frequentar círculos revolucionários de Petersburgo e em 1849 é preso e condenado à morte. No derradeiro minuto, tem a pena comutada para quatro anos de trabalhos forçados, seguidos por prestação de serviços como soldado na Sibéria — experiência que será retratada em *Escritos da casa morta*, livro que começou a ser publicado em 1860, um ano antes de *Humilhados e ofendidos*.

Em 1857 casa-se com Maria Dmitrievna e, três anos depois, volta a Petersburgo, onde funda, com o irmão Mikhail, a revista literária *O Tempo*, fechada pela censura em 1863. Em 1864 lança outra revista, *A Época*, onde imprime a primeira parte de *Memórias do subsolo*. Nesse ano, perde a mulher e o irmão. Em 1866, publica *Crime e castigo* e conhece Anna Grigórievna, estenógrafa que o ajuda a terminar o livro *Um jogador*, e será sua companheira até o fim da vida. Em 1867, o casal, acossado por dívidas, embarca para a Europa, fugindo dos credores. Nesse período, ele escreve *O idiota* (1869) e *O eterno marido* (1870). De volta a Petersburgo, publica *Os demônios* (1872), *O adolescente* (1875) e inicia a edição do *Diário de um escritor* (1873-1881).

Em 1878, após a morte do filho Aleksiêi, de três anos, começa a escrever *Os irmãos Karamázov*, que será publicado em fins de 1880. Reconhecido pela crítica e por milhares de leitores como um dos maiores autores russos de todos os tempos, Dostoiévski morre em 28 de janeiro de 1881, deixando vários projetos inconclusos, entre eles a continuação de *Os irmãos Karamázov*, talvez sua obra mais ambiciosa.

SOBRE O TRADUTOR

Lucas Simone nasceu em São Paulo, em 1983. É formado em História pela Faculdade de Filosofia, Letras e Ciências Humanas da Universidade de São Paulo (2011), com doutorado em Letras pelo Programa de Literatura e Cultura Russa da FFLCH-USP (2019).

Publicou as seguintes traduções: *Pequeno-burgueses* (Hedra, 2010) e *A velha Izerguil e outros contos* (Hedra, 2010), de Maksim Górki; os contos "A sílfide", de Odóievski, "O inquérito", de Kuprin, "Ariadne", de Tchekhov, "Vendetta", de Górki, e "Como o Robinson foi criado", de Ilf e Petrov, para a *Nova antologia do conto russo (1792-1998)*, organizada por Bruno Barretto Gomide (Editora 34, 2011); *A aldeia de Stepántchikovo e seus habitantes* (Editora 34, 2012) e *Memórias do subsolo* (Hedra, 2013), de Fiódor Dostoiévski; *O artista da pá*, de Varlam Chalámov, terceiro volume dos *Contos de Kolimá* (Editora 34, 2016); *O fim do homem soviético*, da Prêmio Nobel de Literatura Svetlana Aleksiévitch (Companhia das Letras, 2016); *Diário de Kóstia Riábtsev*, de Nikolai Ogrióv (Editora 34, 2017); *O ano nu*, de Boris Pilniák (Editora 34, 2017); *A morte de Ivan Ilitch* (Antofágica, 2020), *Dois hussardos* (Editora 34, 2020) e *Contos de Sebastopol* (Editora 34, 2024), de Lev Tolstói; além de participar da tradução coletiva de *Arquipélago Gulag*, de Aleksandr Soljenítsin (Carambaia, 2019).

SOBRE O ARTISTA

Darel Valença Lins nasceu em Palmares, Pernambuco, em 9 de dezembro de 1924. Em 1937 foi admitido na Usina Catende como aprendiz de desenho de topografia e de máquinas, porém, neste período, já desenhava e pintava há vários anos. Em 1941, transfere-se para o Recife, onde trabalha como funcionário público do Departamento Nacional de Obras e Saneamentos (DNOS). Frequentou por algum tempo a Escola de Belas Artes de Recife, mas o ensino, muito acadêmico, não correspondeu às suas expectativas. Darel resolve então praticar arte "dentro de seu quarto". Em 1946, foi transferido, ainda pelo DNOS, para trabalhar no Rio de Janeiro, onde sua carreira como funcionário público teria curta duração. É nesta cidade que, no Liceu de Artes e Ofícios, aprende a fazer gravura em metal com Henrique Oswald. Ali, recorda o artista, "não se pagava nada, havia material e uma prensa fabulosa". De início percebeu que gravura em metal era um trabalho difícil, mas se empenhou e descobriu que era uma forma de expressão que correspondia ao seu temperamento. Assim, incorporou a gravura em metal ao seu trabalho, até os dias de hoje.

Nessa época, circulando entre os artistas e boêmios que se reuniam no bar Vermelhinho, Darel trava amizade com pintores e gravadores como Marcelo Grassmann, Poty Lazzarotto, Lívio Abramo, Iberê Camargo, Pancetti, mas, sobretudo, Oswaldo Goeldi, com quem estabeleceu, por muitos anos, uma grande amizade. Entre os escritores, conhece Lúcio Cardoso. Sobre o período, depõe Darel: "Conheci Lúcio Cardoso no Vermelhinho, quando eu estava com *Humilhados e ofendidos*, de Dostoiévski, debaixo do braço, e Lúcio com o início, manuscrito a lápis, da *Crônica da casa assassinada*. Daí se estabeleceu entre nós uma amizade que durou até sua morte. Concluído seu romance, Lúcio me apresentou a José Olympio, para que eu fizesse a capa da primeira edição, publicada em 1959. Era hábito de José Olympio receber amigos, em sua maioria escritores, artistas, políticos etc. em reuniões que ocorriam aos sábados em sua editora. Ele tinha por mim um respeito e uma admiração que eu não saberia explicar, sendo eu um dos mais jovens do grupo. Certa vez perguntei porque editava Lúcio, que ainda não era um nome consagrado, e ele respondeu: 'Se dentre os escritores que eu editar, dez ficarem na história da literatura brasileira, um deles será Lúcio Cardoso'. Assim era José Olympio".

Na década de 1950, Darel se interessa também pela litografia. "Comprei uma prensa e a instalei na rua Taylor, na Lapa, buscando ressuscitar a litografia no sentido erudito". Já era de seu conhecimento que os europeus, em sua maioria, já faziam litografia como arte. Pouco depois, passa a lecionar essa disciplina na Escola Nacional de Belas Artes do Rio, apenas com a intenção de divulgar a litografia como expressão artística: não era sua intenção ser professor. Ainda nesse período, Darel dirige a parte técnica das edições dos Cem Bibliófilos do Brasil e inicia intensa atividade como ilustrador em livros, jornais e revistas, da qual resultarão várias obras-primas, entre as quais se destacam, entre outras, as ilustrações para *São Bernardo*, de Graciliano Ramos.

Em 1957, com o Prêmio de Viagem ao Exterior no Salão de Arte Moderna, o artista parte para uma temporada na Europa, que renova profundamente sua visão da arte. Em Bolonha, o contato com Giorgio Morandi, com quem convive com regularidade, desencadeia no artista uma nova forma de trabalhar.

De volta ao país, Darel retoma sua intensa produção como artista, professor e ilustrador. Apenas para se ter uma ideia de seu ritmo, em um único ano, 1962, ele ilustra para a José Olympio três obras de Dostoiévski: os contos *Polzunkov* e *Um coração fraco*, e o romance *A aldeia de Stepántchikovo e seus habitantes*.

Tendo recebido inúmeros prêmios ao longo de sua carreira, entre eles o Prêmio de Melhor Desenhista Nacional, na VII Bienal de São Paulo (1963), Darel teve seus trabalhos mostrados em vários dos principais museus e galerias do Brasil e do exterior. Sobre as ilustrações de sua autoria reproduzidas na presente edição, o artista declarou: "Recentemente me deparei com a oportunidade de apresentar para a Editora 34 os desenhos que fiz para a José Olympio. As atuais ilustrações para *A aldeia*, é bom esclarecer, são praticamente novas, porque tive que usar técnicas da informática para fazer suas restaurações. São praticamente iguais, mas, de uma certa maneira, têm formas de expressão diferentes, mais recentes. Hoje, como artista, sinto-me aberto a todas as novas técnicas que venham a ocorrer no século XXI, pois o aparecimento da informática, de forma irreversível, contribui e induz a maneiras diferentes de trabalhar".

Darel faleceu no Rio de Janeiro, onde morava e mantinha seu ateliê, em 7 de dezembro de 2017, aos 92 anos de idade.

Este livro foi composto em Sabon, pela Bracher & Malta, com CTP da New Print e impressão da Graphium em papel Pólen Natural 80 g/m² da Cia. Suzano de Papel e Celulose para a Editora 34, em setembro de 2024.